Willy Seidel

Der Garten des Schuchân

Novellen

Willy Seidel: Der Garten des Schuchân. Novellen

Erstdruck: Leipzig, Insel Verlag, 1912

Neuausgabe
Herausgegeben von Karl-Maria Guth
Berlin 2019

Der Text dieser Ausgabe wurde behutsam an die neue deutsche Rechtschreibung angepasst.

Umschlaggestaltung von Thomas Schultz-Overhage unter Verwendung des Bildes: John Singer Sargent, Palmen, 1917

Gesetzt aus der Minion Pro, 11 pt

Die Sammlung Hofenberg erscheint im
Verlag der Contumax GmbH & Co. KG, Berlin
Herstellung: BoD – Books on Demand, Norderstedt

ISBN 978-3-7437-3245-2

Bibliografische Information der Deutschen Nationalbibliothek

Die Deutsche Nationalbibliothek verzeichnet diese Publikation in der Deutschen Nationalbibliografie; detaillierte bibliografische Daten sind im Internet über www.dnb.de abrufbar.

Inhalt

Der Garten des Schuchân

»Die Wüste wächst: Weh dem, der Wüsten birgt!«

Die Ankunft

Sadaui hob den Kopf, der mit geschlossenen Augen nach vorn gesunken war. Und während seine Füße ungleichmäßig vorwärtsfielen, schrie er: »Esch ... sch! Wahrlich, du Kalb, du bist toll geworden!« – Er machte noch eine müde, beschwörende Bewegung, um seinem heiseren Ausruf Nachdruck zu geben, doch niemand sah ihm zu. Da nahm er seine lange Flinte und stieß dem Bischarin, das aus der Reihe getrabt war, kräftig mit dem Kolben in den samtenen, elastischen Bauch. Es grunzte leise.

Nun war es schon das dritte Mal, dass dieses junge Kamel aus der Reihe gefallen war, obwohl es keine Kräuter mehr am Wege gab und man die bewachsene Vorwüste längst verlassen hatte. Nach kurzem Aufenthalt im Gebiet der Kopten-Klöster und der Salzsümpfe des Natrontales war man nach Südwesten abgeschwenkt und befand sich seit acht Tagen im Wadi-Faregh, das wie ein kolossaler Schmelztiegel glühte. Die Luft war von Hitze, schwersiedender Hitze erfüllt; der ganze Himmel wallte weißblau, gleich einer einzigen Schleierwelle von Licht, ursprünglichstem, heftigstem Licht; das schwache Rot ferner Höhenzüge, flacher Basaltschichten, und das schreiend helle Gelb der Kiesflächen, der von Glimmer- und Kalkspatfunken übersäten, ward aufgesogen und vernichtet. Der Glanz wanderte nicht hin und her, sondern herrschte starr; schwer lastete er auf dem Blick; er zerstörte die Konturen und streute Pulver ins Hirn. Still wabernd, wie ein Meer von weißer Lohe, füllte er das Gesichtsfeld; und seine Flamme hatte einen leisen, ganz hohen Ton, der unablässig in den stumpfen Gehören sang.

Sadaui sah jetzt eine Zeit lang geradeaus; das ungebärdige Tier hatte ihn munter gemacht. Sein tabakfarbenes, knochiges Gesicht mit den massiven, von grauem Kräuselhaar dünn bedeckten Kiefern hob die wollenen Burnusfalten in die Höhe, die es dick verhüllten. Er durchspähte die Reihe; neunzehn Schulternpaare bewegten sich rhythmisch vor ihm, und die Sonne stahl Funkengarben aus den Läufen der Feuersteinflinten. Auf den Kamelen, die nackten, mit kupfernen Knöchelringen versehenen Füße zwischen die fast geleerten Wassergirben gepresst, hockten die Frauen wie schwarze, unförmige Säcke, und zwischen ihnen, zusammengekrümmt, die Kinder. Den Kopf missmutig herumwerfend, musterte Sadaui das Häuflein; dann tat er einen gleichmäßig zischenden Zuruf, das »Zap zap« des Treibers, das die Reihe hinunterlief, bis alle Häupter sich hoben und die Füße sich taktfester bewegten.

Die Sonne kroch dem Zenit zu. Ein heller, wohllautender, leiernder Gesang erhob sich vorn:

»O schlagt mir nicht mein Bischurin, ihr Leute,
Wenn es das trübe Wasser schlürft, mein Freundchen;
Sein Hals ist wie ein Palmzweig langgestreckt;
Ich kam von Sîwa, und es folgte mir!«

Der Gesang setzte nicht ab, sondern ein Vers nach dem andern folgte; ein ganzer Strauß von blühenden Vergleichen entfaltete sich. Das junge Kamel hob die weichen, beweglichen Nüstern und drängte wiederum nach vorn, denn es kannte den Wohllaut und den Sänger: Das war Schuchân, der sechzehnjährige, spätgeborne und zierliche Halbbruder des Sadaui. Er ging, wiewohl gleich den andern von Hitze ermattet, dennoch schlank und unbekümmert dahin; seinen Burnus, in dessen Falten die Holzperlen einer schier hochzeitlich stattlichen Kette aneinanderschlugen, trug er mit großer Anmut, und sein rundes Gesicht mit den tiefschwarzen Augen war ohne Arg. So ging er dahin; hinter seiner schmalen Stirn, die er leicht beim Singen krauste, schien eine Hoffnung zu lächeln. Er sang seine Verse ab und fügte neue, selbsterdachte hinzu … und während er sang, eine einsame Stimme, die in der Wüste verklang wie das Pfeifen einer Springmaus, strafften sich knorrige Arme, spielten Muskeln, spannten sich Sehnen; ja selbst die Schleierbündel auf den schaukelnden Kamelrücken bewegten sich, und bläuliche Lider taten sich auf, einen Moment von Lethargie befreit.

Auf einmal brach Schuchân ab; und nach einer kleinen Pause blieb er stehen, so dass Mensch und Tier, ein Ross, zehn Kamele und das gesamte Häuflein der versprengten Auladali-Beduinen sich hinter ihm staute; er zog seinen Teppich aus der Packtasche hervor, breitete ihn aus und sank gefällig darauf nieder. Alle anderen taten desgleichen, so dass für einen Augenblick eine Geschäftigkeit entstand, als wolle man rasten und Zelte schlagen, hier bei Moghara, an der Todesstraße nach Bachrîje, in der Serîr-Wüste und am Saum jener Sandbreiten von Ländergröße, die alles Leben fressen. Die Beduinen warfen ihre Flinten ab und legten die gespreizten Hände parallel, die scharfen Gesichter in die verblichenen Muster ihrer Teppiche gepresst, alle nach Osten gewandt, und leisteten das Dhur, den Mittagsanruf, mit staubdürren Zungen. Auch Sadam sprach die gewohnten Worte, doch er dachte dabei daran, dass er altere, dass das Geschwür an seinem Fuß ihn plage und dass er des planlosen Umherschweifens in diesem Augenblick für immer müde sei. Er dachte daran, dass er der Blutrache, um deretwillen er sich durch Monate das Kreuz lahm geritten, verlustig gegangen sei; und dass der Mörder nun im Fayum bei einem fetten Pächter seine Brotfladen über friedlicher Asche backe oder der ägyptischen Gerichtsbarkeit verfallen und ihm so für immer entzogen sei.

Daran dachte Sadaui … Rote Blitze zuckten durch sein Hirn und erzeugten eine dumpfe Empfindlichkeit über den Brauen. Es war sein Privatgeschäft gewesen; doch alle wussten darum. Und alle hatten es eilig gehabt, ihr spöttisches Bedauern zu zeigen; hatten ein wenig, zur Entschädigung, an der Grenze des Deltas geräubert und waren sodann nach Westen aufgebrochen, um zum Mahdi zu stoßen, der gerade zu einem Überfall auf die Andersgläubige unter den Wüstenstämmen warb. Sadauis heißer Wille, sein Blutrecht zu fordern, hatte sich bescheiden müssen, als man die Flinten im Taumel dieser neuen fanatischen Losung durcheinanderschwenkte. Doch als der Mahdi eine verlustreiche Schlappe erlitt und sich in einer Zauja versteckte, hatte man sich zurückgezogen, neuer Weisung gewärtig, aber allzu bald ernüchtert und pfadlos; und war nun hier, beim Dschebel-Sommara, an der Pforte der Hölle, nahe der nackten Durstzone, wo eine Handvoll fauliges Brackwasser den Wert einer Perle besitzt.

Der Anruf war beendet. Man erhob sich. Stumpf kroch die Schlange des Zuges weiter. Schuchân sang nicht mehr; er ließ nur zuweilen ein anfeuerndes Zischen hören. Die Glut war unvermindert und erbarmungslos. Schon beschloss man zu rasten, als die Kamele begannen, sich unruhig zu gebärden. Sie schnauften hörbar; eines schrie. Die Leute sahen einander an. Ein Gespräch schwirrte auf, erregte Hände fuhren aus den Ärmelsäcken. Und siehe da: In der Ferne, an dem hitzeschwankenden äußersten Saum des Runds entstand ein dunkler Punkt mit einem geisterhaft tanzenden Zwillingsbild! Und der dunkle Punkt wuchs, je näher man rückte, wuchs unendlich langsam, sprang, die spähende Pupille äffend, in kleinen Sätzen zurück ... Was war das? Alâme, Wegzeichen konnten es nicht sein, wiewohl man solcher gewärtig war, da eine Karawanenstraße der Hedschas-Pilger unweit vorüberging. Das Ding wuchs jetzt an Fülle, wurde gleichsam fetter, eine kleine blaue Masse, die sich zusehends zerteilte ... Alle waren so bewegt, dass die ewigen Worte der Eröffnungssure in ergriffenen Bruchstücken von selbst über die Lippen drangen. Schuchân schrie einen langen Satz, in dem sich ein Preis Allahs mit einer Beglückwünschung seiner selbst und aller, die er liebte, verquickte; denn, wenn es Rechtens geschah, so gehörte das segenverheißende Pünktchen nächst den Kamelen, die es zuerst gewittert, *ihm*.

Eilig kam man näher, während man die Eigenschaften des Gottes, neben dem es keinen Gott gibt, auf den Lippen trug. Denn vor ihnen, als sei ein ungefasster Edelstein der Hand Allahs in der Muße entrollt, stand mitten in der dürren Wüste, unfern einer antiken Trümmerstätte, eine Gruppe Dunpalmen. Dies Wunder, mit den Fingern umrahmt, war einem Blick ins Paradies vergleichbar; es blühte dort, kobaltblaue Schatten spendend, mit zierlichen, smaragdgrünen Wedeln und schlanken Stämmen; es umgab sich mit Safsaf und Schîje-Kräutern, schleichenden Gespinsten voll aromatischer Blüten, Adjeram und hochgestielten Asphodelen; aus den Trümmern quollen Dornsträucher voll Wolfstrauben, die blutrot leuchteten, und hie und da bewegte eine stammlose Wüstenpalme, mit grauem Faserwerk gepanzert, raschelnde Fächer dolchscharfer, schmaler Blätter. Ein leiser Wind war spürbar, ein duftender Anhauch wie eine Begrüßung; und die Leute stießen ihre Flinten in die Höhe und knallten ziellos, wie berauscht, in die Luft. Braune Schatten stoben irgendwo auseinander; ein Rudel Gazellen, nur erkennbar an einer Kette glitzernder Sandwölkchen, verschwand hinter der nächsten Düne. Ein Tierschrei erscholl; ein Geier bohrte seine träge Spirale ins Blau. Es blieb totenstill.

Dies rätselhafte Schweigen machte die Leute stutzig; sie hielten darum ihre ungestüm vorwärtsdrängenden Tiere gewaltsam an und berieten schrill, wie sie sich der offenbar im Hinterhalt liegenden Bewohnerschaft nähern sollten. Sadaui blieb schweigsam, nur seine Blicke gingen schnell im Kreise umher. Durch diese unbeteiligte Haltung fiel er auf, wie es stets ist, wenn einer steinern bleibt, wo die Gemüter sich erhitzen; und so konnte es nicht ausbleiben, dass man, als die eigenen Schlüsse erschöpft waren, auch nach seiner Meinung forschte. Zudem galt er für klug und in Gemäßheit seiner grauen Haare (er stand im sechsten Jahrzehnt) redekundig und auf seinen Vorteil bedacht; und dann wollte man seinen Schmerz ehren, denn die misslungene Blutrache zehrte an ihm. Das sah man aus seinem Verhalten und seinen Augen, die kälter und trüber dreinstarrten als früher und, oft geschlossen, tiefer in den Höhlen lagen, so dass sich die Hackennase freier und gewalttätiger zu erheben schien.

So baten sie ihn denn, sich als erster in die Oase zu begeben. Als er ging, tastete er mit der Rechten nachlässig an Brust und Stirn ... Es war ein aufrechter, fast schwebender Gang, den er zeigte; er schritt lautlos auf seinen abgenutzten Sandalen durch den pulverartigen Sand, und es war etwas Fürstliches darin, wie der hochgewachsene Mann seinen graugelben beschmutzten Burnus trug. Er hatte die Flinte von seinen knochigen, breiten Schultern genommen und hielt sie waagrecht in der einen Faust. Als er aber dem Gesichtskreis der anderen so weit entschwunden war, dass er nur mehr als helles wanderndes Flöckchen erschien, das sich in dem stumpfen Grün bewegte und von den zersprengten Säulenstrünken und Quadern kaum noch zu unterscheiden war, stieß er einen dumpfen Fluch aus und begann ungleichmäßig und kläglich zu hinken, denn das Geschwür an seinem Fußknöchel, von den harten Kräutern unbarmherzig geritzt, brannte wie Feuer. Langsam vorwärts dringend, sah er sich halb geduckt um. Er stand jetzt in dem Schatten, den das schräg fallende Licht vor die Oase breitete.

Da nun ward ihm bewusst, dass Menschenhände hier gewirkt hatten. Unter kluger Benützung der Ruinen und gleichförmiger Anpflanzung von Dornsträuchern zwischen den Mauerresten und zerspaltenen Tempelstufen hatte man um die ganze Oase und einen Teil ihrer Umgebung einen Damm errichtet. Der Sand hatte sich hinter der lebenden und toten Schranke gleichmäßig gestaut; er war, wo er über das Hemmnis zu rieseln drohte, planiert worden, so dass er stufenweise nach außen abebbte; deutlich ließ sich erkennen, wie emsig und nachhaltig man da und dort seiner Herr geworden, wie man ihn mit Lehm gekittet und seine schleichende, tückische Lebendigkeit gefesselt hatte. Hinkend und vor Verwunderung leise zischend und mit der Zunge schnalzend, prüfte Sadaui den Damm. Er fand bald Stellen, die offenbar seit Monaten unbewacht, geborsten, überschüttet und zerblasen waren.

An solchen Breschen schob der Sand geschäftig seinen gelben Leib herein, einem riesenhaften Tausendfüßler gleich; hier lagen breite Streifen, die sich hell durch den Hain zogen; da und dort hatten seine Berührungen verwilderte Kulturstrecken zerstört.

Sadaui, die Flinte schussbereit schräg unter den Arm geklemmt, ging nun in das Innere, stets gewärtig, auf Leute zu stoßen. Bald genug überzeugte er sich, dass die Oase vollkommen leer und ausgestorben war. Halb vermoderte Reste eines ehemaligen eiligen Aufbruches traf er an; ein einziges friedliches Skelett ließ sich durch einen prüfenden Fußtritt zertrümmern. Eine rostbedeckte Waffe, eine Flinte mit zerfressenem Kolben, stak irgendwo. Durch die Palmenstämme gellte der jahrtausendalte Schrei der Einsamkeit: – – – – nur erträglich, wenn man selbst einen Lärm erzeugte. Das tat auch der Beduine; er stieß ein Gebet hervor, er löste Schüsse nach drei Richtungen, er hieb rhythmisch an die leicht erschütterten, jungfräulichen Stämme und ließ sich endlich, geräuschvoll atemziehend, am Ufer des kleinen Teiches nieder, unfern der Quelle, die ihr sorglos segenspendendes Wesen hatte und in regelmäßigen Intervallen stumme Blasen an die Oberfläche warf.

So, bald auf die Quelle starrend, bald von dem funkelnden, schon abendlich gemilderten Blau, das hinter den Stämmen war, den Blick geblendet, saß er längere Zeit und hatte seine Gedanken. Unerschütterliche Vorsätze, harte und reizende Entschlüsse tauchten auf; seine kantige Stirn war in Falten gelegt; die Augen unter den herabhängenden eisgrauen Brauen wurden schmal und verschmitzt. Sie wanderten unablässig, ohne dass Sadaui das Haupt auch nur leise bewegte, in der Oase umher und heimsten viele Möglichkeiten ein, die das brütende Hirn hungrig empfing; – und endlich erhob er sich mit einem steinernen Ausdruck und hinkte, so rasch sein Fuß es erlaubte, durch eine Dammbresche, deren Lage ihm ein schnurgerader Sandstreifen verriet, wieder zu den Seinen hinaus. Das Häuflein erwartete ihn voll würdiger Fassung, nahm aber dann seinen Bericht mit verblüfftem Meinungsaustausch und mit viel Geschrei entgegen.

Sie zogen, Mann hinter Mann und Tier hinter Tier, in die Oase ein. Die Kamele empfingen Nackenschläge; sie brachen in die Knie und brüllten entzückt, während man sie eilig abtakelte. Von der Last befreit und mit derben Fußtritten in die Richtung der Tränke gewiesen, erhoben sie sich ruckweise; mit gerade gestreckten Hälsen schritten sie zum Wasser und sogen mit den Unterlippen das rötlichbraune Nass in die lechzenden Kehlen. Die einzige Stute, die dem Häuflein noch geblieben war und durch deren seidenzarte Haut die enthaltsamen Rippen traten, stieg mit ihren harten, flechsenstarken Beinen in das Bad und schlürfte und soff, so dass sie sichtbar glatt und ansehnlich wurde wie zu jenen Zeiten, als sie sich noch in der Vorwüste tummelte und ihr Blick bei einer hitzigen Fantasie in königlichem Blutschimmer loderte. Und während auch die Leute unter großen Danksagungen die Hände füllten, wurde die Sonne zu einem schwankenden Purpurball, tanzte riesig und feuerflüssig auf der Scheide der Welt und ließ Schatten entstehen, die, ins Purpurbraune spielend, sich endlos streckten und der Dämmerung ein schmal gemustertes Pfühl erschufen.

Und ehe man nun daranging, Pflöcke einzuschlagen und die flachen Zelte aus schwarzem Tuch zu erbauen, ward es Zeit zum Abendanruf, dem Asr; und man sank nieder, wie erlöst: Für die nächste Zeit hatte man ja einen Rastort. Die Lippen murmelten: Segen über Segen Dem, der Seinen Kindern ein guter Führer ist, und dem Erlauchten, den Er berief! – Mittlerweile war die Sonne fast eilig gesunken; die Hitze entwirbelte dem Boden und stieg in den kühlen, von den winzigen Fackeln erster Sterne silbern durchzitterten Raum. Dieser Bereich wuchs blau und gnädig; entlegene Purpurmassen verblichen; ein letzter meergrüner Strich zögerte am Horizont, und die fahlroten Tinten des schwachen ungeheuren Lichtfächers zerliefen tiefviolett. Ein neues Glanzgebiet entstand auf der Gegenseite: der Mond. Zunächst oval, rundete er sich und prangte, scharfe Schatten erzeugend, am Osthimmel. Er schwebte seltsam körperlich im Raum, und ein kühler Wind sauste vor ihm dahin. Endloses Schakalgekläff ward hörbar: eine jammernde Lautwelle, deren Ursprung dem Gehöre verborgen blieb. Ein Goldwolf weinte schmerzlich wie ein Kind, das in eine Zisterne gefallen ist. Nach Stunden erst ward es still; die Leute lagen schwer und ruhig atmend zwischen den Sätteln, unförmig in ihre Burnusse gewickelt. Einer schluchzte im Schlaf: Das war Schuchân.

Sadaui blieb wach; der Schmerz saß auf seinem Fuß wie ein Kobold. Er dachte viel an seine Blutrache und an seinen greisen Oheim Abu-Sêf-Sâle, den »Vater des Schwertes«, der um seiner Amulette und seiner Gürtelsteine willen, die zu Rechts wegen ihm, Sadaui, anheimgefallen wären, eines meuchlerischen Todes starb. Er dachte an das Achselzucken und an die Stichelreden derer, die ihm damals ihren Beistand hitzig anboten und dann so mild und manierlich wurden, als sie an den Bachr

Jussuf kamen und an Zigaretten und gedörrten Pflaumen ihr läppisches Genügen fanden.

Dort lagen sie vor ihm, die drei Haupthähne: prächtige Männer, pomphaft zubenannt, Abu-Rîch, Abu-Makar und Abd-el-Al, zäh, tiefbraun und schwarzbärtig – – – doch Sadaui wusste, dass ihr Verstand klein war, hirsekornklein wie der von Weibern, und dass ihr Wille träg war, ihr Sinn eigennützig und ihre Gedanken nicht behänder als die von Sklaven, die gern einen Diebstahl begehen. –

Dämonenbeschwörung

Die Frühe dämmerte, und die Kamele taten hohe Schreie, denn sie waren des Weitermarsches gewärtig. Zudem waren sie voll nützlicher Feuchtigkeit und wohl imstande, wiederum geschmälerte Tibben-Rationen und heißen Sonnenblick unbeschadet zu ertragen; ihre Augen waren lebensvoll und ihre Gelenke beweglich. Sadaui erwachte zuerst, er leistete still für sich das Sobh, den Morgenanruf, und steckte nach dieser mit hergebrachter Inbrunst vollzogenen Handlung seinen Fuß in das Wasser. Zuvor schon, während er zum Ufer hinkte, bemerkte er untrüglich, dass der Knabe Schuchân von Fieber besessen war, denn er redete im Schlaf, mit hoher und zerstreuter Stimme.

Schuchân lag, den Kopf auf eine Kamelstasche gebettet, mit offenem Mund da, und der Atem fuhr ihm eilig wie ein Wind über die trockenen Lippen. Sein halbnackter Körper, mit den hellen Brustmalen, befand sich in Aufruhr und ward hin und her geworfen.

Sadaui sah in den Pausen, die die sorgsame Pflege seines Übels ihm gestattete, nach dem Halbbruder hinüber und nahm seinen krankhaften Zustand gedankenvoll wahr. Er holte eine runde Sattelflasche, füllte sie und setzte sie an den Mund des Fiebernden, der sie hastig leerte. Da löste sich der Krampf des Atmens, und Schuchân ward ruhiger; die tiefschwarzen Wimpern senkten sich still auf die bräunlichen Wangen.

Die Frühe brachte zarte Farben; ein leichter Nebel lag über dem Teich, und eine wundervolle, schwebende Kühle erhielt sich noch unter den Stämmen. Schwaden hellsten Goldes rollten herein; über den Palmenwedeln, die blasse Schatten warfen, entstand ein seliges Türkisblau.

Einige Gazellen, deren zierliche Silhouetten sich deutlich von dem Morgenhimmel abhoben, wagten sich mit unendlicher Vorsicht an die gewohnte Tränke heran. Sie blieben nicht lang: Ihre schlanken Ohren fuhren steil in die Höhe, da nun auch die anderen Beduinen erwacht waren und ihre Gebete sangen.

Dann durchbrach die Sonne den leichten Schleier und begann ihre Pfeile, wie tagtäglich, in blendenden Massen herabzuschütten: Der Sand empfing sie, letzter Taudunst rang sich los, letzte Brisen spielten matt hinweg. So ward die Glut im Verlauf einer halben Stunde voll und kräftig. – – –

Unter den zwanzig Männern gab es einen freigelassenen Sklaven, einen Negerbastard von tierischem Gesichtsschnitt, der aus der Barka stammte und Eluâni hieß. Seine Gestalt war dürr, seine Hautfarbe ein verschossenes, unregelmäßig gebleichtes Ockerbraun, sein Kopf klein und trotz spitzer Schultern von einem dicken, doch beweglich lauernden Nacken getragen, so als erwarte er jeden Augenblick angeschrien zu werden. Man duldete ihn gern, ja man zollte ihm hohen Respekt, denn es war bekannt, dass er über gewisse Kräfte verfügte und sich gewappnet zeigte, wenn trotz der Glut ein Schauer über die Herzen der anderen lief. Weit über hundertmal hatte jeder es erlebt, dass aus einer Ritze im Todestor ein Lichtstrahl ihn streifte, ein kleiner Strahl, der nur wie eine Ahnung aufblitzte, Sekunden aussetzenden Pulses lang, sei es, dass ein Stück Hackblei aus einer Askariflinte am Kopf vorübersummte, oder sei es, dass die Eingeweide allzu heftig nach Wasser schrien, und man bereit war, den Tod verhüllt zu erwarten. Dies war keinem unbekannt; und weiter ward es auch gerühmt, dass Eluâni alsdann wie ein stählerner Helfer sich bewährte, unantastbar von Ungemach und von den Leibesbedürfnissen eines Sperlings. Man erzählte sich, dass seine Kenntnisse aus der Senussi-Schule in Dscharabub stammten; er war des Schreibens kundig, und mehrere Suren waren ihm geläufig; darunter dunkle, seltsame, dem Korân fremde, von schwärmerischem Tonfall und hoher Schönheit der Verse. Gab es Krankheiten, so galt er als bewanderter Hakim; und so war es auch seine Sache, dem kranken Schuchân zu helfen.

Er entblößte den Schlummernden vollends, den braunen Blick starr auf ihn gerichtet, und da Schuchân sich wand und die Nerven an seinen Schultern zuckten, kostete es Arbeit, ihn in Schweiß zu bringen. Eluâni knetete ihm Brust und Bauch; und als Schuchân, schnell und erschöpft nach Luft ringend, eine Weile mit schlaffen Muskeln zurückgesunken war, erhob sich der Hakim und sah sich grübelnd im Kreise um, über die zusammengedrängten Köpfe der Leute spähend, die seinem Tun flüsternd folgten. Er blickte in die Lücke im Hain, wo der Stumpf eines halbversunkenen Bauwerks emporragte; blickte angestrengt, als sei er ganz Gesicht und Gefühl geworden; und auf einmal war es, als würden seine Hände mechanisch nach jener Richtung gezogen. Zuerst unsicher schwankend, flogen sie plötzlich empor; und er erließ eine große, scharfe Verwünschung. Das war klar; hier gab es Dschinn; ein besonders boshafter dieser Teufel lallte aus Schuchâns Mund und sprach sonderbare, liebliche Worte. Er sang: »Bleibt hier, ihr Männer. Baut Durrha und Gerste an; hier ist gut sein. Hier ist Schatten und Wasser. Bleibt hier!«

Alle lauschten, weil diese Rede so hübsch war; und weil sie des Schattens und Wassers wochenlang bedurft hatten, so dass die zwei Worte ihnen wie Zaubersilben erschienen. Eluâni aber hatte inzwischen eine Tonscherbe bekritzelt und legte sie mit einer gezierten Bewegung auf die Lippen des Kranken, die noch weiter bereit waren, Ähnliches zu formen, wie zwei Saiten, deren der Afrîd sich zu einem Lockakkord bediente. Der Kranke verstummte und entschlummerte, während Eluâni, auf seine Amulette pochend, sich mit schriller Stimme zu dem Versuch bereit erklärte, diese Teufel hinwegzutreiben. Die Oase sei vor Jahren verlassen worden, vielleicht weil die Verworfenen Allahs in den Trümmern ihr Wesen getrieben hätten ... und er werde vor dem Abendgebet noch heute hinübergehen und versuchen, sich mit den Geistern zu besprechen, sie zu bannen und Verträge mit ihnen zu schließen.

Alle staunten, weil Eluâni einen solchen Mut zeigte ... doch stand er so bescheiden und unantastbar da im Schutze der Katzenfellbeutelchen, die seine Amulette bargen, mit Münzen behangen und den Blick zu Boden gerichtet, dass kein Zweifel an seiner Berufung sich regte. Alle murmelten ihren Beifall und taten scheue Blicke nach der Gegend, die er verfemte; und da seine Worte auch die Kraft gehabt hatten, zu den Zelten zu dringen, zeigten sich die schmalen, kleinen Gesichter von Weibern in den Spalten ... Die durch Entbehrungen getrübte Glut schwarzer Augen zwischen bläulichen Lidern hub ein ängstliches Spiel an. Die Kinder, mager und keck, bildeten scheue Gruppen; ein einziges, den Kopf voll schwarzer Zottelhaare, schlug ein stillvergnügtes Gelächter auf.

Nun fragte Eluâni, ob jemand bereit sei, ihn in die Trümmerstätte zu begleiten. Und kaum hatte er diese Frage gestellt, als auch schon Sadaui vortrat und sich anbot. Denn – so lautete seine raue, kurz hervorgestoßene Rede – er lasse sich nicht vertreiben dadurch, dass einer der Verworfenen den geschwächten Leib eines Knaben erobert habe; überdies, wie er spöttisch meinte, sei das kein tückischer Afrîd, der von Schatten und Wasser plaudere und bei Auslegung von Tonscherben stracks verstumme. Er, Sadaui, mache sich anheischig, so sanften Teufeln jederzeit zu trotzen; überdies sei das Wasser ein Balsam, denn, wie ihn der Zustand seiner Fußwunde lehre, es wohne eine heilsame Kraft darin, die nur von der Güte Dessen, der Brunnen in der Wüste weckt, ihren Ursprung nehmen könne. Durch diese vermessenen Worte erregte er zunächst unverhohlenes Befremden und verblüffte Bedenklichkeit, so dass, wie geläufig auch die Zungen vorher gewesen, keiner zu reden wagte und nur die braunen Hände sich langsam und abwehrend gegen ihn hoben. Eluâni aber machte ganz kleine Augen und sah ihn wie ein Augur an, so dass ein schattenhaftes Lächeln an die Lippen Sadauis trat, nur erkennbar an einem kurzen Aufblitzen seiner scharfen Zähne.

Sadaui sagte nun noch etwas, und dies wirkte Wunder. Er sprach: »Als wir im Fayum waren, und ich aus der Spur dessen war, der Abu-Sêf-Sâle, meinen Oheim, gemordet – – meinen Oheim, der so hitzig und tapfer war wie zwanzig von euch, und so stark im Glauben, dass Allah seine Kugeln um die Ecke lenkte! – halfet ihr mir nicht. Nun, da ihr als gläubige Männer diese Stätte weihen und mit diesem da –« – er wies auf Eluâni – »die Dschinn vertreiben sollt, die hier hausen, denkt ihr: Mag Sadaui gehen, wir rühren uns nicht. – Ihr seid keine Männer, sondern Krämer und Weiber, ihr sollt verflucht sein!« – Man hatte ihn mehrmals unterbrochen; besonders Abd-el-Al und Abu-Rîch waren so erzürnt, dass man das Weiße in ihren Augen sah. Sie stießen die Kolben ihrer Flinten heftig nach unten; der Sand spritzte hinweg. Nun wagte Sadaui ein Weiteres: Den tiefliegenden Blick trüb und kalt auf sie gerichtet, spie er bedachtsam auf den Boden, ohne sich von der Stelle zu rühren. Ein Lärm entstand; ein bedrohliches Murmeln; Abu-Makar strich sich heftig seinen schwarz glänzenden Kinnbart und machte einige Schritte auf Sadaui zu. Da aber geschah es, dass Schuchân sich rührte.

Von dem Geräusch erweckt, erhob er sich schwankend mit Hilfe Eluânis, stand da und öffnete langsam die runden Augen. Herzhaft gähnend, streckte er die wohlgeformten Arme in die Luft; und dann, nach einem schnellen Tränenbad, das durch kräftiges Zwinkern versiegte, waren seine Blicke wie früher groß und hell ... Es war ersichtlich, dass der Druck von seiner Stirn gewichen und das Übel aus seiner Brust vertrieben war. Die Plötzlichkeit nun, mit der er sich genesen zeigte und zufrieden lächelnd sich umsah und anschickte, selbstständig zur Quelle zu schreiten, brachte einen Umschwung hervor. Ernüchtert und überrascht folgten ihm einen Augenblick alle Augen, und es rührte selbst die älteren Leute, wie er voll Unschuld und mit stiller Geschäftigkeit sein junges Kamel streichelte und mit Strohschnitt versah ... So kam es, dass die versöhnliche Stimmung flugs auf dem Fuße folgte. Und als Sadaui die Frage Eluânis wiederholte, erklärten sie sich prahlerisch bereit, mitzugehen, immer noch mürrische Blicke auf den Sprecher gerichtet, der es gewagt, sie der Feigheit so offen zu bezichtigen.

Der Tag verging. Eine Flauheit war in der Luft spürbar, die der früheren trockenen Hitze fremd gewesen war. Die ganze Zeit über war der junge Halbbruder Sadauis beweglich wie ein freundlicher Geist; er summte Liedlein vor sich hin und machte auch zwischendurch einen kleinen Ritt in die Wüste hinein, auf »Neid der Winde«, der einzig übrig gebliebenen Stute, die einen Schweif wie eine Flagge und hellrote Nüstern hatte. Sie war etwas heruntergekommen und triefäugig gewesen, als sie ankam; ihre edle Form war an der Grenze der Schlankheit angelangt. Nun, da sie erfrischt und gesättigt war, machte ihr kein Tempo mehr Mühe. Schuchân umritt eine Gazelle und trieb sie zwischen die Sträucher. Doch gelang es ihm nicht, sie zu schießen, da seine Hände von dem Sonnenstich, den er erlitten, noch schwankten. Während dieser Jagd, die mehr einem Tanz glich, den Mensch und Tier, beide von Leben erfüllt, zu ihrer Belustigung und Erholung vollführten, war die Zeit der Beschwörung reif geworden, und Schuchân dachte daran, dass sein wortkarger Bruder den Dschinn mit dem Messer zu Leibe wolle, und bewunderte ihn scheu von Weitem, als er mit der Stute in die Oase zurückkam. Dort war am Teich eine eifrige Unterhandlung im Gang. Die Dämmerung kam; das blaue Licht ward fahl und schmiegsam. Die Männer sanken nieder und beteten. Während Schuchân sich ihnen blitzschnell anschloss – denn es war Gott gefällig, wenn der Niederfall aller sich gleichzeitig vollzog –, sah er verstohlen nach Sadaui; und auch dieser hatte seine Augen nicht am Boden, sondern spähte mit abschätzenden Stirnfalten unter den Brauen hervor nach dem Bastard, der seine wulstigen Lippen in die schmutzigen, bunten Fransen seines Teppichs wühlte, in einer Stellung, als fürchte er getreten zu werden.

Man erhob sich und ging nun zu fünft nach der Trümmerstätte. Eluâni führte den kleinen unternehmungslustigen Zug, dann folgte Sadaui, und den Beschluss bildeten die drei Krieger, langsam und würdig, in gleichen Abständen. Ein großer Vogel stieg mit knatterndem Flügelschlag vor ihnen empor. Sie kamen allgemach in den Bereich, wo die Reste von Marmorfundamenten frühester Anlagen begannen. Dort blieb Eluâni plötzlich stehen. Vor ihnen wurde der Boden glatt, und ein riesiges Mosaikkreuz zeichnete sich dunkel am Grunde ab, von Schîjekraut überwuchert. Eluâni leistete eine kurze fanatische Verwünschung ... Eine halbverfallene Krypta, aus den antiken Quadern errichtet, ward übersprungen. Reiches, marmornes Blumenwerk blinkte am Wege auf: zerspaltene Kapitäle. Auf einmal taten alle, mit Ausnahme Sadauis, raue Schreie und schoben sich eng zusammen; denn aus einer halbverwehten Zisterne heraus blickte ein Afrîd.

Er blickte still und reglos mit seinem gefleckten, regelmäßigen Gesicht aus dem Sand hervor. Seine Nase war gerade wie ein Strich, sein Mund halb offen und von keuscher Form, zierlich umrahmt von geteiltem, weichwelligem Haar. Seine Augen waren entsetzenerregend. Sie hatten keine Sterne, waren vollkommen leer. Sie starrten weiß hervor, sie nahmen den ganzen Umkreis ohne Wimpernzucken auf und warfen ihn wieder ohne Seele zurück. Doch auf einmal belebte sich das eine der Augen ... es rollte langsam hin und her. Die Pupille senkte sich schlau in den Winkel, dann glitt sie herüber und sah eine Zeit lang in die Wüste hinaus, wo die Schakale wieder kläfften und der kaum geschmälerte Mond seinen geisterhaften Bereich näher rückte; und endlich erhob sie sich bis unter das Lid, anklagend und gebieterisch zugleich, so als sei der Afrîd es müde, angestarrt zu werden. Während sich nun, unter dem Vorsang Eluânis, der heftig seine Hände schwenkte, eine unermüdliche Beschwörung erhob, erglomm das Auge grün: Ein magischer Lichtkreis ging von ihm aus. Es erglühte zornig und boshaft ... und dann erlosch es plötzlich; die Pupille flog heraus wie ein Pfeil. Kreischend stob das Häuflein auseinander, als der Funken im Bogen über sie dahinstrich; nur Sadaui blieb stehen. Einen kurzen Augenblick lang hatte auch ihn das Entsetzen der anderen gepackt; nun übermannte ihn ein bewusster, überlegener Zorn auf den albernen Geist; er raffte schwere Steine auf und warf sie mit aller Macht in das weiße, wieder leer herübergrinsende Gesicht. Und als der sechste Stein schmetternd darauf fiel, verschwand es, war nicht mehr da; und Sadaui rief die anderen, die sich zitternd in einiger Entfernung verhalten hatten, an die Stätte zurück, wo er den Kampf mit dem Afrîd siegreich ausgefochten hatte.

Und siehe da – während die anderen hinzutraten und sich mit maßloser Verwunderung von seiner Tat überzeugten – erblickte Sadaui in der Falte seines Burnusses einen schwachen Lichtschein. Ihm stockte das Herz. Da sah er einen Käfer von der Größe eines halben Daumennagels, mit schwarzen Flügeldecken und phosphorischen Pünktchen an den Ringen des wurmartigen Leibes. Sadaui hob den Arm gekrümmt und behutsam, so dass sein spähendes Profil hinter der gehobenen Schulter versank, und schloss die Hand über dem Insekt. Es war weich und bohrte schwache, elastische Fühler in die zitternde Hand. Wiewohl Sadaui wusste, dass im Fayum oder in Beheira zur Frühlingszeit alle Kinder mit diesen Lampyriden spielten, so empfand er doch Sekunden hindurch einen erwartungsvollen Graus, ob nicht doch ein kleiner Scheitân sich in dem Wurm versteckt habe.

Doch der Wurm verhielt sich still und leblos. Der Beduine wandte sich jetzt in einem Ruck herum und sprach zu den andern: »Allah akbar! – Ich habe den Afrîd gefangen. Hier in dieser Hand halte ich ihn.« – Er machte eine Geste mit der gehöhlten Faust. Als er sah, wie mächtig seine Worte wirkten, wie die drei Stammesgenossen mit erneutem Schreckensruf, ja mit einem hilflosen Angstgestöhn vor dieser Ungeheuerlichkeit zurücktaumelten, wurden Sadauis Augen wie am vorhergehenden Tage bei der Quelle schmal und verschmitzt. Er lächelte wiederum schattenhaft im Schutz seiner Kopftuchfalten und der Dunkelheit; er kostete ihre Bestürzung reichlich aus und machte noch einige possenhafte Gebärden mit dem Ding in seiner Hand, die eine gesteigerte Wirkung hatten. Auf einmal war er mit Eluâni allein, der, die Finger um seine Fellbeutelchen mit den Korânstreifen geschlossen, sich zu nähern wagte. Nach einem geflüsterten Zwiegespräch, das die beiden dortselbst miteinander hatten, brachen sie in ein lautloses Gelächter aus. Eluâni hielt es nicht mehr für nötig, seine Amulette zu berühren;

er ließ sie fahren und schlug sich mit den Handflächen vor Heiterkeit an die dürren Schenkel. Dann nahm er den Käser mit spitzen Fingern, betrachtete ihn und gab ihn Sadaui zurück.

Bevor sie sich auf den Heimweg machten, wollte Sadaui noch nach dem Afrîd mit dem weißen Gesicht sehen und sich an seiner Ohnmacht belustigen; aber hier weigerte sich der Hakim mitzugehen. Sadaui trat darum allein an die Zisterne heran und sah sich den zertrümmerten Marmorkopf voller Befriedigung an. Dann kam er zurück und sprach, das müsse schon ein ganz besonders tückischer Scheitân sein, der ihm, Sadaui, standhalten wolle; und tat, während sie nun in die Oase zurückkehrten, noch mehrere solche Reden, deren Vermessenheit offensichtlich an Fieberwahn grenzte. Den Käfer trug er sorgsam wie eine Perle. Es war jetzt überall Mondschein; zwei junge Fenneks spielten auf dem Mosaikkreuz mit einer kleinen Schlange. Blitzschnell verschwanden sie; und Sadaui und Eluâni versagten sich nicht, kräftig nach dem verhassten Zeichen zu speien, ehe sie vorüberschritten. Als sie den Platz neben dem Teich wieder erreicht hatten, hatte Abu-Makar gerade eine aufgeregte Rede beendet. Das Geschrei der anderen, so des Abd-el-Schuard, eines Mariut-Beduinen von großer Zungenfertigkeit, ward jäh erstickt, als man der Zurückkehrenden ansichtig ward. Man bildete einen scheuen Kreis, ließ sie in die Mitte treten und verhielt sich ruhig; ja es wurde geradezu grabesstill, als Sadaui die Hand öffnete und sie stumm vor sich hinhielt.

Und siehe da, der Freiheit zurückgegeben, belebte sich das Tierchen und begann wiederum einsam und hochzeitlich zu leuchten. Doch ehe es die Flügel spreizte, warf Sadaui es zu Boden und setzte den Fuß darauf, mit zurückgeworfenem Kopf, ungeachtet des Entsetzensschreies, der laut wurde. Dann zertrat er das Wesen öffentlich, zertrat den Glanz und das Rätsel, wischte es herrisch von der Tafel des Lebens; und während Eluâni diese rituell vollzogene Handlung mit einem leiernden: »*la illaha il'allah …*« bekräftigte, ward es offenbar, dass sie beide im Besitz von Kräften sein müssten, einer Art von höchsten Ortes anerkannter Gläubigkeit, die sofort einen Dunstkreis von Respekt und Unantastbarkeit um sie schuf.

Und nun nützte Sadaui die Stimmung völlig aus. »Dreimal«, so erklärte er, »haben wir die Dschinn vertrieben. Zuerst haben wir ihrer einen, der aus Schuchân sprach, zum Schweigen gebracht, wiewohl seine Rede gut war, denn er bat uns zu bleiben. Er plauderte uns von

Schatten und Wasser und zeigte uns, dass hier gut zu hausen sei. Das zweite Mal habe ich den Starken mit dem weißen Gesicht gesteinigt, so dass er wiederum in die Hölle tauchte; und das dritte Mal habe ich seine verworfene Seele mit dieser Hand, die Allah zur rechten Zeit geschickt machte, eingefangen und ausgetilgt. Dieser erhabene Fiki hier billigte mein Tun. – Was uns nun angeht, so haben wir im Herzen uns fest entschlossen, an dieser Stelle auszuharren, die Früchte Allahs auszusäen und den Ertrag des Bodens sesshaft zu genießen, solange uns Tage zugedacht sind. Und wir bitten euch, auch allhier zu bleiben und eure Zelte bestehen zu lassen.« – So und ähnlich wusste Sadaui noch verschiedenes beizufügen, was durch seine reglose Haltung und sein bedächtiges, stolzes Mienenspiel große Überzeugungskraft erhielt. Er sagte noch mehrmals: »Wir bitten euch« – und da inzwischen auch Schuchân sich aus der Gruppe der Lauschenden gelöst und sich schweigsam mit einer andächtigen Unterwürfigkeitsbewegung den beiden zugesellt hatte, gewann das »wir« vollends an Kraft, und das »bitten«, rau wie es hervorgebracht wurde, klang kurz und schneidend wie ein Befehl. Abu-Rîch und Abd-el-Al bewegten sich zwar noch trotzig hin und her, doch schienen ihnen immerhin neue Gedanken zu kommen, die ihren plumpen Widerstand lähmten; Abu-Makar nickte langsam mit dem Kopf, und der wortschnelle Abd-el-Schuard murmelte eine beifällige Redensart, die er plappernd und papageienhaft wiederholte, indem er sich mit seinen blanken braunen Augen umsah – – kurz, als die Rede Sadauis mit einem dreimaligen Anruf, wie mit einem Tusch, verklungen war, gab es niemand mehr, der ihm ernstlich widerstrebte.

Man tauschte keine Meinungen mehr aus, da die Nacht schon weit vorgeschritten war, und legte sich zur Ruhe nieder.

Der Ritt nach Aïn-Wara

Am nächsten Morgen nun erbaute man die Zelte vollends. So entstanden um den Teich herum an die zwanzig viereckige flache Hütten, die in der Mitte, wenn der Bewohner sich eines oder gar zweier Weiber erfreute, durch einen Vorhang streng geteilt waren. Sadaui tat seine Behausung am Südufer auf, ganz nahe der Quelle; der Einzige, der noch auf seiner Seite wohnte, war Eluâni, dessen Zelt, der besseren

Kenntlichkeit halber, aus grell und verwirrend gemusterten Fetzen zusammengeflickt war. Von diesem Südufer, das Sadaui sich nicht ohne Überlegung gewählt, obwohl es schlammig war und ganz von Burti-Schwertgras bedeckt – konnte man das Zentrum der Oase und den Eingang bequem überblicken. Das Zelt war für zwei Weiber, Sadaui und seinen Halbbruder berechnet und mit hinlänglicher Bequemlichkeit ausgestattet, besonders mit Ertrag aus der Gepäcknachhut von Hedschas-Zügen, aus der Zeit, als die ägyptische Regierung noch keine Sicherheitsabfindung an die Beduinen zahlte.

Denn wiewohl äußerlich, soweit seine primitive Kenntnis reichte, Moslem reinsten Wassers, erachtete es Sadaui keineswegs für Raub, das irdische Gut seiner Glaubensgenossen dann und wann, wie üblich, anzutasten. Dazu kam ein dumpfes Bedürfnis, sich dafür zu entschädigen, dass man selber nie gleich den anderen den Anblick des Arkadenhofes und des kostbaren Würfels, in dem der vom Himmel gefallene Stein ruhte, genossen hatte.

Als das Zelt im Innern wohl eingerichtet war und die Zwischenräume der Tragpflöcke gut verstopft, auch der Boden glatt geschlagen und mit Teppichen belegt war – ging Sadaui heraus und mähte mit seinem Dolch die Schwertgräser an der Wurzel ab, um einen kleinen Vorplatz zu schaffen und das Gefühl des Besitztums durch Herstellung gerader Grenzen zu erweitern. Schuchân half ihm dabei, doch zerschnitt er sich – er hatte Hände wie eine Frau – bald genug die Finger und stand von der Arbeit ab, um sich ganz der Pflege dieses Übels zu widmen. Sadaui war darüber zornig, dass Schuchân sich so verletzlich zeigte; er warf ihm einen übelwollenden Blick nach, als er nach dem Ufer ging. Doch erinnerte er sich dabei der eigenen Fußwunde, die er seit seiner gestrigen Dämonenaustreibung vergessen hatte. Sie schmerzte nicht mehr und war von trockenem Schorf geschützt.

Nach einigem Nachdenken schien es ihm an der Zeit, den Damm auszubessern, und er ging ans andere Ufer und erbat sich Gehör. Man kam sofort. Er kannte die Oase am besten, da er als erster darin geweilt und ihre Besiedelungsmöglichkeiten am reiflichsten geprüft hatte. Sehr gefährdet war die südliche Spitze, denn hier, wie er ihnen zeigte, war der Damm bis an sechzig Meter von einem Sturm teilweise niedergeblasen worden, und ein großes Gebiet lag unter fußhohem, feinem Sand vergraben, in dem einige Palmenschößlinge und die Reste sorgfältiger Bestellung verkümmert siechten.

Sadaui erklärte, wie man den Damm am besten wieder aufbauen könne. Einige hölzerne Futterschalen wurden fest mit Stöcken verbunden, wodurch man Spaten und Kellen zugleich erhielt. Mit diesen schwer brauchbaren Instrumenten begann man unter mehrmaligem »*bism'allah*« zu viert den hinter die ursprüngliche, nunmehr verdorrte Dornenhecke gedrungenen Sand rhythmisch hinauszuwerfen, um das Fruchtland freizubekommen. Die anderen, die nicht an der Arbeit mit den Schalen beteiligt waren, schöpften und gruben mit den Handflächen. Abu-Muchla, ein Beduine von El-Alfa, tat dies so sinnverwirrend schnell, dass seine Hände dem Triebwerk einer kleinen Mühle glichen. Mit der Zeit warfen alle ihre Bekleidung ab, und die dunklen Leiber wurden blank vor Schweiß. Sadaui beteiligte sich zunächst selbst an der Arbeit, die unsäglich langsam und noch von wenig Erfolg begleitet vorwärtsging; als man etwa vier Quadratmeter vollständig abgehoben hatte, stand er auf, während auch die anderen mit heftig blasenden Lungen eine Pause machten. Sie sanken zurück, kreuzten die Füße unter den Schenkeln und saßen eine Zeit lang gedankenlos da, nur auf Stärkung ihrer über Gebühr beanspruchten Herzen bedacht.

Als sie sich völlig erholt hatten, drehten sie ihre kindlichen dunklen Augen Sadaui zu, und da sie auch ihn in erschöpfter Versunkenheit erblickten, meinten sie murmelnd untereinander, dass dies doch eine recht törichte und ungewohnte Arbeit sei und dass sie für heute genug davon hätten. Sie teilten dies auch Sadaui mit; aber Sadaui sah sie so trüb und finster an, dass sie sich keinen Vers darauf zu machen wussten, bis er mit bedeckter Stimme die schlichte Antwort gab, dass nach dem Mahle – nach dem er selbst jetzt kein Gelüsten trage – die Arbeit ebenso munter ihren Fortgang nehmen müsse und dass es gelte, die drei- bis vierfache Strecke in derselben Breite heute noch vom Sande zu befreien.

Während dieser Worte trat er in einer ähnlichen Stellung vor sie hin, wie am vorhergehenden Tage, als er sich als Verbündeter des unheimlichen und mächtigen Bastards gezeigt. Und am Nachmittag, als sie, noch immer verdutzt, zurückkehrten, ward ihm bewusst, dass diese Arbeit ein Prüfstein seines erworbenen Einflusses werde: Er sah zu, wie sie sich weiter bückten, dumpf wie Sklaven; er leistete sich einen Aufseherposten öffentlich und mit schöner Selbstverständlichkeit, als habe er stets, wo andere in Schweiß gerieten, mit untergeschlagenen Armen daneben gestanden und als sei ihm das die vertraute Würze seiner Behaglichkeit. Und während er die siebzehn braunen Rücken sah, die sich mit eigenem Willen und, wie er geheim ahnte, mit seinem Willen vor ihm im Feld zerstreut bewegten, und der Sand, von ihren Händen emporgeworfen, wie eine kleine gelbe Brandung über die Hecke hüpfte – da lächelte seine farblose Seele, und eine herzliche Zufriedenheit nahm Besitz von ihr.

Früher, als sie noch durch das Wadi-Faregh zogen, hatte er mit seinem sanften »Zap-zap« den Gang der Kamele belebt; er hatte, da er der Wirkung gewohnheitsmäßig sicher war, eine ähnliche Zufriedenheit gespürt, die ihren eigenen Rhythmus besaß. Dieser wollte sich jetzt hörbar machen, und darum begann Sadaui auch jetzt sein summendes Zischen, nicht anders als ob er Kamele vor sich habe ... Da die Leute sich ohne Bedenken diesem Takt unterordneten, regelte er ihre dumpfe Arbeit mit lauterer Stimme und einem krächzenden »Há há há«, ohne dass sie den Kopf hoben und sich ihrer Demütigung bewusst wurden. Sadaui wurde vor Freude in den Kniekehlen schwach; die Freude, ja, sie saß in den Spitzen seiner Finger und in seinen unruhigen Zehen, drängte und wollte hinaus; der Aufseherruf wurde schärfer und schneller; und Sadaui, weil die Lust in ihm gärte, sich selbst zuzuhören, sich selbst Beifall zu spenden, begann umherzuschlendern, immer rufend, immer anfeuernd. Er versuchte die Wirkung zu erproben; er drehte sich um und rief in die Oase hinein, so als seien seine Gedanken durchaus nicht bei der Sache, als sei er völlig müßig und seiner Macht, oh, so sicher; als sei es ihm lästig, diese Siebzehn arbeiten zu lassen, und als habe er im Augenblick eigentlich viel mehr Lust, sich mit Salme oder Umm-Dschamîl, seinen Weibern, abzugeben ... Dabei lauschte er mit einem kranken, verzehrenden Eifer, ob es nicht einem einfiele, plötzlich seinen Holzspaten hinzuwerfen und Siesta zu machen; er wäre imstande gewesen, ihn stracks zu erschlagen. Doch seine Furcht war nicht begründet.

Selbst als er ganz leise vor sich hinsang und nur der stoßweise Kehllaut zurückblieb, wurde die Arbeit in gleichem Zeitmaße weitergeführt. Da ward ihm plötzlich etwas bewusst, was ihn für kurze Zeit lähmte: Er war nicht allein der Machthaber, er genoss die prickelnd junge Würde nicht allein in dieser bedeutungsvollen Stunde, sondern er hatte vergessen, dass ein anderer sich schon geraume Zeit dasselbe anmaßte, Eluâni. Er war die schlauere Spinne, die längst im wohlverwahrten Netze hockte. Er strahlte schon seine Fäden aus und brüstete sich längst im Schmuck seiner Kräfte, an die er glaubte und die ihm aus ebendiesem Grunde auch geglaubt wurden. Mittlerweile stand er zwischen den Palmen und starrte nach Sadaui herüber, ein wenig eifersüchtig – seine Unterlippe wölbte sich vor – und gleichzeitig aber auch, wie es schien, voller Einverständnis, mit dem Schimmer im Blick, der geheime Anerkennung bedeutet. – Aber noch ein Dritter sonderte sich ab und gesellte sich den beiden zu: trabantenhaft fügsam zwar, aber zu einer Sonderstellung schon im Mutterleib berufen: Schuchân. – Denn während Sadaui sein jauchzendes Há-há leiser, wie ein unterdrücktes Gebell, von sich gab, begann Schuchân seine Kelle schlicht hinzulegen, sich die Hände durch Schütteln zu reinigen und eine Ruhestellung einzunehmen, die seiner Ermüdung entsprach und zugleich seine schlanken Gliedmaßen in der gefälligsten Lösung zeigte; und als er sich, die runden Augen halb geschlossen, hinlänglich durch stilles Liegen gestärkt, nahm er die Arbeit nicht wieder auf, sondern gab selber den Takt an und überbot den älteren Partner siegreich mit seiner hellen Stimme. Sadaui ließ sich dies nicht bieten, und so wetteiferten sie eine Zeit lang, bis Schuchân im selben Tonfall in ein Trutzlied überging, das er mit Mimik begleitete und zu dessen besserer Darstellung er sich erhob und ab und zu einen Tanzschritt vollführte: Vom Reiterangriff der Uled-Brassa und von der Schlacht im Wadi-Ater; hitzige kleine Epen, wie sie das Blut in Wallung bringen. Sadaui, schwerfällig wie er war, überließ ihm jetzt das Feld. Seine knochigen Wangen färbten sich dunkel. Schuchâns Wortschwall, auf einen Ton gestimmt, der an jedem Satzende emporschnellte, füllte sein Hirn wieder mit roten Bildern: Er dachte an die misslungene Rache – – Begierden, die ungestüm nach ihrem Rechte schrien, verbissen sich in rotem Blutdampf ineinander zu einem Knäuel. Nun hatten sie sich erwürgt; Sadauis starres Grübeln hatte ein Ende; er blickte auf, hörte den Singsang Schuchâns, sah die Sonne schräg, fast am Rande, und staunte fast, dass er die Arbeit halb getan fand.

Grauer Mull, Humus von Pflanzenmoder, war in großen Strecken freigelegt.

Weil diese Art von Arbeit etwas Neues für sie war, und der Erfolg so offen zutage trat, wurden die Leute nicht müßig und reinigten den Platz im Laufe der nächsten Tage völlig. Darauf schafften sie genügend lehmigen Uferschlamm herbei, um den Damm zu kitten. Sadaui unterwies sie, wie dies am besten zu bewerkstelligen sei; auch zeigte er ihnen noch alle Stellen, wo der Damm einer Ausfüllung bedurfte.

Nachdem sie sich alle bereit erklärt, die erforderliche Arbeit zu Ende zu führen, setzte er sich auf die Stute »Neid der Winde«, mit einer genügenden Fracht von Wasser und Feigen versehen, und ritt nach Aïn-Wara in die Nähe von Moghara, um Sämereien zu holen. Er ritt zwei Tage und zwei Nächte auf dem tänzelnden Pferd, mit nur zwei einhalbstündigen Pausen. Die geräumige Oase wimmelte von Hedschas-Pilgern, kleinen Senussi-Trupps und Transportkarawanen, die, von Sîwa kommend, auf dem kürzesten Weg nach Kairo hier rasteten. Sadaui erstand um ein halbes ägyptisches Pfund einen gewichtigen Sack verschiedenartigsten Samens: Koriander, Reis, Fenchel, Hirse, Durrha und Gerste. Er gab sich dabei für einen angesessenen Beduinen aus dem Delta aus, schwatzte erklecklich, da er ein erfahrener Mann war, schalt in bilderreichen Wendungen über das britische Regime und setzte die Leute in tiefes Erstaunen durch die Schilderung eines Zuges von Abbas-Hilmi, dem Vizekönig, als dieser mit einem eigenhändig gelenkten Viererzug nach der Amon-Oase über das Plateau kutschiert sei.

Er blieb noch einen Tag dort; dann erwarb er sich zu guter Letzt noch eine gedörrte Gazellenkeule und ritt zurück. Zu seiner Linken erstrahlte der grellweiße Zackenzug des Ras-Bakar. Er spornte das Pferd; es verfiel in den gewohnten sausenden Passgang. Die Sonne umfing den weiten Umkreis wiederum mit ihrer grenzenlosen, siedenden Glut. Als Sadaui an die zehn Stunden geritten war, ging eine Veränderung in der Atmosphäre vor sich.

Die Glut wich einer dumpfen Schwüle. Ein Wind sprang auf; backofenheiße Luftwellen durchrannen den Ausgang des Wadi; es war kein kühlender Wind, sondern ein heißer, schweißtreibender Anhauch. Die Flanken des Pferdes wurden schlüpfrig; ganze Bäche von Schweiß tränkten sein Fell. Auch über des Reiters Körper sickerte die Feuchtigkeit; und die staubtrockene Haut warf Falten. Weiche Runzeln, wie die eines alten Weibes, entstanden auf seiner hageren Brust. Irgendwo in der Luft wanderte ein langer Vogelpfiff vorüber, hoch und fein. Sadaui blickte um: Hinter ihm, wollig gehäuft und in träge Fetzen zerschoben, erfüllte schwarz geronnener Dampf den Himmel.

Alle Zisternen laufen nun für Wochen voll, Segen ergießt sich; Herr des Himmels sei bedankt! Die Stute rannte fröhlich weiter; ihre nächtigen Mädchenaugen waren blank vor Hoffnung. Der schwarze Berg wuchs und quoll; kühle Schatten schienen aufzuwachen, die gespensterschnell über die Sandmassen jagten; doch hing der Feuerkessel der Sonne ungeschmälert weiß wallend im Raum. Und dann gab es einen Stillstand. Sadaui hielt das Pferd an, stieg ab, legte die Hände auf die seidene Rückenhaut des Tieres und starrte hinüber. Das Gewölk hatte sich zu einer einzigen graublauen Wand aufgelöst, die sich rückwärts in die Breite zog, aber nicht näher kam. – – – Offenbar gingen weit östlich prasselnde Regen nieder; Herr des Himmels, so lässt du deine Gläubigen im Stich! O Fülle, o entzogene Gnade, die fern gespendet wird! – Die eigene Zunge lechzt, die eigene Erde schmachtet!

Die graublaue Wand blieb, während Sadaui mürrisch und tief enttäuscht weiterritt, noch für die Dauer einer halben Stunde sichtbar; dann löste sie sich; verblasste; die Glut fraß sie spöttisch auf; zitternder Dunst war da, wo sie gewesen. Die kühlen Winde waren verstummt; nun kam wieder ein seufzender Atemzug aus dem Wadi wie der lohende Anhauch von Stichflammen, die auf den Wiesen Dschehannams blühen.

Der Horizont verlor seine Kontur, wurde seltsam dunstig.

Da war es auf einmal, als werde ein Schleier vor den Himmel geschoben. Die Sonne erlosch zu einem weißen, schwelenden, kreisrunden Fleck, der ins Gelbliche spielte. Er glotzte aus einem wirbelnden Aschgrau, in welches alles Blau hineinsickerte, wie Farbe, die von einem Gewebe aufgesogen wird. Der Wind wurde stärker; er glich einer pfeifenden, züngelnden Flamme. Das Pferd begann langsamer zu laufen. Es warf den Kopf zurück, wieherte schrill und taumelte hin und her. Dann schluchzte es noch durch die Nüstern und bettete sich einfach in den Sand. Sadaui war abgesprungen. Er wusste, was die nächsten Minuten bringen würden.

Der Wind dauerte an. Sadaui legte sich platt auf den Boden, dicht unter den heftig pulsierenden Leib des Pferdes. Er breitete seinen Burnus über den Kopf und stellte sich mit dem Sattel und dem Proviant eine Hohlkammer her, die er möglichst luftdicht verschloss. Es knisterte in der Luft. Vogelschwärme warfen schallende, verfliegende Schreie in das Geräusch des anhebenden Sturmes. Leichtes Getrappel von Gazellenrudeln verrann unfern. Der Sturm begann zu dröhnen; er stieß die Sandwolken wie einen waagrechten Hagel vor sich her. Er peitschte die Quarzkörnchen gegen Himmel und Erde; der ganze Sand wanderte; der Umkreis war ein gelbgraues, fauchendes Chaos.

Sadaui, zusammengezogen wie ein lauerndes Tier, den Kopf gegen den schwer ächzenden Leib des Pferdes gestemmt, bebte vor Erregung und wütender Angst, denn er wollte nicht sterben. Dies Gefühl beherrschte ihn nur kurze Zeit; dann sank der bleierne Friede auf ihn, den der Gedanke an das Gismet gibt. Er fühlte vor sich den Todesengel stehen, in sandfarbenem Kleid, blassen Smaragdschein um das Haupt; und je mehr die Atemnot ihn bedrängte, umso greifbarer sah er ihn vor sich stehen, zehn Schritte vor sich; sein inneres Auge verfolgte ihn. Und der Engel bewegte unablässig, im Gleichmaß mit dem jagenden Puls Sadauis, seine staubgrauen Geierfittiche und fächelte ihm heißen Wind zu. Auf einmal ward es purpurne Nacht; und nachdem Sadaui lange Zeit verhüllt nach der Grenze und nach dem Tor gestarrt und nach dem Spalt im Tor, aus dem ein eiskühles Feuer blakte, wurde es wieder hell; die violetten Sterne schossen zu Perlen zusammen, die funkelnd fielen und zu Nichts zerstoben. Das Dröhnen ließ nach, Luft drang an die gierig schlürfenden Lippen. Sadaui lebte.

Rhythmisch gereihte Worte summten in seinem Ohr, Bruchstücke von Liedern. Er dachte an einen Teich, an eine kühle Brise, an Weiber mit bauchigen Tonkrügen am Ufer ... Ein starker Durst quälte ihn. Er schob den Burnus zurück und wagte es, über den regungslosen Leib der Stute zu sehen. »Neid der Winde« war erstickt, ihr Kopf war völlig von Sand begraben. Sadaui öffnete eine Sattelflasche und trank nicht, er verschlang das brühwarme Wasser. Dann stand er auf und sah sich um.

Die Sonne stand schon schräg. Ihr Licht brach sich in einer seltsam goldglitzernden Luft. Fern tummelten sich kleine Türme von Sand; sie wanderten in Serpentinen näher, jeder mit einem pilzförmigen Hut; das waren die scherzenden Wirbel aus der Nachhut des Sturmes. Diesmal konnte Sadaui sich eines abergläubischen Schauers nicht erwehren; denn er wusste, dass dies Afrîds waren, die sich, gleichsam vor Freude über den prächtigen Chamssin-Sturm tanzend und einander haschend, dort vergnügten. Ein Gefühl größter Preisgegebenheit und Öde beschlich ihn mächtig; wiewohl er die Gedanken durch die Erinnerung an sein Ziel und seine Pläne krampfhaft zu vertreiben suchte; er sank mit einem Laut der Schwäche auf seinen Teppich nieder und wiederholte die Eröffnung fünfmal stumm für sich. Dann fühlte er sich hinreichend gestärkt und begann aufzubrechen.

Mit der Satteltasche, der Flinte, den Flaschen und dem erhandelten Sack beladen, ging er ohne Weiteres vorwärts, indem er sich blind auf die Orientierung nach der Sonne verließ. Seine Knie waren bleischwer; der Sand war mulmig; Sadaui tauchte bei jedem Schritt bis über die Knöchel ein. Es wurde Abend; die Sonne verschied in einem schreienden Karminrot. Sadaui sprach das Asr; dann fiel er hin und schlief wie ein Toter.

Am nächsten Morgen gelang es ihm, sich einer Karawane anzuschließen, die über Bachrîje aus dem Sudan kam und junge Negersklaven von Dar-Fur auf einem Umweg nach dem Norden schaffte. Da er äußerste Schwäche zeigte und beweisen konnte, dass er dem Mahdi des Öfteren einen Dienst geleistet, ließ man ihn auf einer Hegine reiten, bis er sich erholte und zu Fuß weiter wandern konnte.

Das junge Kamel

Nach Verlauf einiger Tage befand er sich in der Nähe seiner Oase, unweit der Stelle, da sie zuerst entdeckt worden war. Es war an einem heißen Nachmittage, als er wieder zu Fuß dahin kam, von wo man ihn hinuntergesandt hatte, um das kleine Paradies zu erforschen. Diesmal waren keine Begleiter um ihn und keine Karawane, die es zu erretten galt; und die Flinte, die er damals schussbereit unter der Achsel gehalten hatte, trug er jetzt schief über der Schulter, und an ihr war die ganze Last befestigt, die er zu schleppen hatte. Als er aber an den Eingang gekommen war, und offenbar unbemerkt – durchzuckte ein Gedanke seinen Kopf. Er legte alles, mit Ausnahme des Sackes mit den Sämereien, an einem versteckten Platze nieder und schlich sich in die Nähe des Teiches.

Die Kinder standen bis zu den Knien im Wasser und spritzten sich unter Jubeln an. Sanft und schläfrig wiederkäuend lagen die Kamele auf dem gestampften Lehm. Es herrschte Mittagsfrieden. Kein Mensch war zu erblicken. In den Zelten erklang dann und wann eine gelangweilte Weiberstimme. Sadaui ging also vorsichtig an das Südende, nach dem neuen Damm.

Schon bevor er hingekommen war, hatte er zirpende Töne gehört, so als ob eine riesige Zikade irgendwo sitze und zuweilen schrille ... und nun klangen diese Zirptöne heftiger, und es war noch eine Stimme dabei, die in psalmodierendem Tonfall den Mittag zu feiern schien ... Sadaui starrte aus seinem Versteck und sah alle Männer, die grinsend auf dem Boden saßen und einen lautlosen Kreis bildeten. In der Mitte dieses Kreises saß mit untergeschlagenen Beinen Schuchân und bückte sich über ein Monochord, das er im Schoße hielt. Dazu sang er mit seiner warmen Stimme das Mahdi-Lied, den aufreizenden Hymnus der Senussia, mit einem zischenden Refrain, an dem sich alle beteiligten; und als er fertig war, blickte er sich mit glänzenden Augen um. Da traten sie alle heran und dankten ihm. Sie beugten sich mit Handgesten an Brust und Stirn und sprachen: »Friede mit dir!«, und: »Wahrlich, du sollst alle Jahre zufrieden sein!« – – Eine Stimme übertönte die anderen: »Der Herr verlängere dein Leben!« – Es war die Eluânis.

Da nun Sadaui sah, wie Schuchân geehrt wurde, wiederholte er lautlos in seinem Versteck die Worte: »Der Herr verlängere dein Leben ...«, aber mit keinem freundlichen Ausdruck, sondern wie in tiefem Grübeln und mit einer scharfen Furche um den Mund, so als ob ein Schmerz über seinen von den Strapazen erschütterten und geschwächten Leib zucke. Und als alle sich wieder auf den Boden setzten und Schuchân anhob, ein neues Lied zu singen, ließ Sadaui seine Blicke über sie hinwegschweifen und fuhr zusammen, als habe er einen Peitschenschlag erhalten: Der Damm war wiederum zerstört. Der Sandsturm, dem er selbst beinahe zum Opfer gefallen, hatte die heiße Arbeit zunichte gemacht. Die Strecke lag wieder ganz begraben da, kein Streiflein Humus war unbedeckt, bis tief in den Hain hinein zog sich die Wüste.

Als er dies sah, und das Häuflein trotz alledem so unbekümmert weitersang und plauderte, überkam ihn eine so maßlose Wut, dass seine Hände den Sack fallen ließen und auf- und niederflogen wie Zweige im Wind. Sie sahen ihn nicht. Er eilte zurück und holte seine Flinte. Dann trat er zu ihnen, die Waffe im Anschlag, den geschmückten Kolben in die aschgraue Wangenhöhle geworfen, und stellte sich vor sie hin. Er ließ das Rohr schwanken und krümmte den Finger am Hahn ... Ein keuchender Atemzug drang aus seiner Brust; und sein Anblick war überrumpelnd wie ein plötzlicher Alb; er war entsetzlich anzusehen, wie er, vor Wut fast tänzelnd, mit blutunterlaufnen Augen auf sie starrte. Sie stoben auseinander und deuteten mit den Fingern auf ihn. Da sie im Augenblick ohne Waffen waren, fielen sie ratlos nieder, die Handflächen wie bettelnd ihm entgegengestreckt; denn sie meinten nicht anders, als dass er sie blindlings erschießen würde, wie es eben dem mächtigen Dämon gefiele, von dem er zweifellos besessen sei. Sadaui beherrschte sich allmählich, da er ihre Angst sah, und spürte eine Befriedigung, so stark, dass er imstande gewesen wäre, das Gewehr auf den Boden zu legen, sich friedlich hinzusetzen, gleich den anderen auch, und den Liedlein Schuchâns zu lauschen. Er löste einen Schuss, mehr aus Freude am Knall als aus Zorn, über den Damm hinweg; sorgsam an Schuchân vorbei, der in seiner tödlichen Verwirrung immer noch am Platze stand und mit den Knien bebte. Jetzt warf Sadaui die Flinte hin und näherte sich mit einem gleichmütigen Lächeln den entsetzt zu ihm auflugenden Leuten.

»Warum seid ihr so erschrocken?«, sprach er sanft. »Ich schoss nach einem Geier … ich habe euch mit Allahs Hilfe Samen von Aïn-Wara geholt; ihr könnt mit der Aussaat beginnen. – – Doch wo sind euere Felder? Habt ihr vergessen, den Damm mit Lehm zu kitten? – – Ha, ich sehe, der Damm ist euch zwischen den Händen zerlaufen. Vertreibt die Wüste, ihr Männer und zögert nicht. Regt die Hände; denn dieser Singvogel ist eine Gefahr für euch!«

Und siehe da: Sie regten die Hände und vertrieben die Wüste ein zweites Mal. Sie kitteten den Damm und bewässerten den Boden. Sie unterließen nichts zu tun, was Sadaui für zweckmäßig hielt.

Als sie noch bei der Arbeit waren, sprach er zu Schuchân: »Bist du ein Hakim oder eine Frau, mein Bruder? – Warum arbeitest du nicht, wo doch diese älteren Männer geschäftig sind und keine Schande darin finden, den Rücken zu krümmen?«

Schuchân war verblüfft. Er machte eine lässige Geste mit den Händen, als wolle er seine Person umrahmen und zur Darstellung bringen, so dass man erkenne, dass er nicht zur Arbeit geschaffen sei. Er hatte eine etwas magere, schwache Brust und nicht eigentlich Muskeln an den Armen. Sein Fleisch war müßig; seine helle Haut wie die eines Prinzen. Nein, er war nicht dazu geschaffen, sich anzustrengen und grobe Arbeit zu tun; es stand ihm besser, im Schatten zu sitzen und bernsteingelbe Sîwa-Datteln zu kauen. Aber Sadaui sah das nicht oder wollte es nicht sehen; er starrte ihn nur grell und befehlshaberisch an, und Schuchân erschrak gewaltig, denn es war eine arge Lieblosigkeit in diesem Blick.

Ohne ein Wort zu sprechen, begann er zu graben und zu hacken, mit einem angstvollen Eifer, als ob er die Knute hinter sich spüre.

Hier aber wurden die Leute des Anblicks gewahr und legten die Kellen nieder. Abu-Rîch ging stracks herüber und nahm dem Jüngling das Werkzeug aus der Hand. Die andern waren aufgestanden und wandten sich Sadaui zu. Sie verlangten, dass er selber arbeiten solle und nicht immer umherstehen und Ratschläge erteilen, wo doch ein Korânkundiger und Erleuchteter gleich ihnen wie ein Fellache am Werke sei. Sadaui blieb eine Zeit lang ruhig und ließ es zu, dass sie sich aufsässig gebärdeten. Er war noch zu matt von seinem Ritt, dem Todesritt, den er um ihrer Sämereien willen getan, und sprach mit sanfter Stimme: Wenn sie nicht selbst das Einsehen hätten, es sei nur zu ihrem eigenen Nutzen, dass jeder von ihnen, Schuchân mit einbegriffen, sein Teil schaffe, so seien sie hirnlose Tölpel.

Murrend führten sie ihre Arbeit zu Ende; auch Schuchân stocherte noch ein wenig in dem Sand umher, ohne Liebe zur Sache und verärgert, denn er fühlte sich missbraucht und wusste, dass die anderen zu ihm hielten.

Danach ging es an ein Verteilen des Bodens, und jeder steckte sich sein Stück ab. So entstanden zwanzig Parzellen; dem Hakim gönnte man aus freien Stücken die größte. Schuchân wählte sich die seine, im Einverständnis mit den anderen, an derjenigen Stelle des Dammes, wo er einen spitzen Winkel bildete, der nach Süden wies; Sadaui grenzte sich ein recht bescheidenes Ländlein neben dem Schuchâns ab. Er suchte sich einen ganz kleinen Bezirk aus, nicht größer als ein rechtschaffenes Gemüsebeet und mit zwei langen Sätzen überspringbar; dieser Teil war so anspruchslos und dürftig, dass er fast wohlwollend betrachtet wurde.

Nun wurde der Inhalt des Sackes hervorgezogen, und man leerte die Leinenbeutelchen, die den verschiedenen Samen bargen. Eluâni wurde gebeten, die Verteilung vorzunehmen, und er errichtete mit dem Finger die Häuflein, die auf jeden trafen. Und dann begann die Aussaat. Sadaui pflanzte eine Hecke von Dornsträuchern an die Grenze seines Feldchens, wo es an das Schuchâns stieß.

So verging ein Monat, so ein zweiter. Die Leute hatten sich völlig in der Oase eingelebt. Die Jagd lieferte gutes Erträgnis; und das Wasser der Quelle klärte sich, da man den Sand sorgsam fernhielt. Man fühlte sich wohl; die Tage rannen dahin, schöne, heiße, durch Schatten gemilderte, schlafsüchtige Tage … Sadaui war unablässig beschäftigt. Er umgab den Vorplatz, den er aus dem Schwertgras herausgemäht, mit einer hohen Dornenhecke; die Sträucher, die er dazu brauchte, grub er mit großer Mühe zwischen den Trümmern aus. Auch um sein Zelt herum errichtete er eine Verschanzung von Dornen und verdorrten Stämmen, die er fand, so dass seine Behausung zu guter Letzt einer kleinen Festung glich. Während er so arbeitete und keine Ruhe fand, saß sein junger Halbbruder müßig da und staunte ihn an. Stets bereit zu helfen, war er immer rasch ermüdet und griff alles am verkehrten Ende an, so dass er kurze Worte zu hören bekam und Sadaui ihn herumstieß und fortschickte, wann immer ihn die Lust dazu anwandelte. Darum, wenn Schuchân nicht draußen war, hatte er manches zu erleiden, so besonders in der Nacht, wenn der rasselnde Atem des Älteren neben ihm die Stunden zersägte, oder dessen knochige, ungetüme Glieder, in ruhelosen Träumen und Erwägungen umhergeworfen, ihn jäh erweckten. Er zog sich dann so eng zusammen, als er konnte, doch Sadaui ließ es ihn spüren, dass ihm der sorglose Atem neben dem seinen ein Ärgernis sei.

Einmal fuhr der weichherzige Schuchân vom Schlafe empor und Sadaui war hinter dem Vorhang bei seinen Weibern. Unter den Fransen wanderte eine kleine Hand hervor, als bettle sie stumm um Hilfe und wolle eine zweite, hilfreiche, von draußen ergreifen … Es war die Hand Salmes mit dem silbernen Armreif, der am Gelenke klirrte … Und Schuchân hörte einen spitzen Schrei und sah, wie sich die Hand ballte und in die Fransen griff, so krampfhaft dass die Fäden knirschten. Dies sah er genau, da ein Mondstreif in die Finsternis des dumpfen, kleinen Gemaches fiel. Er kroch näher und betrachtete die dunkle kleine Hand. Er konnte sich nicht versagen, sie ganz zart zu berühren; doch auf einmal warf ihn ein heftiger Schrecken zurück, denn ihm war, als höre er das Knurren eines Raubtieres hinter dem Vorhang … Und die Hand versteckte sich blitzschnell, während ein leises menschliches Wimmern sich erhob. Mit aufgerissenen Augen tauchte Schuchân in die Ecke zurück; sein Herz jagte. Der Schatten eines Schakals verdunkelte blitzschnell den Mondstreif. Schuchân ging hinaus und vertrieb ihn. Dann blieb er draußen und sah den Sternen zu, die groß durch den Schacht des Himmels flimmerten.

Als er nach einer Stunde wieder in die Hütte zurückschlich, sah er Sadaui an dem gewohnten Platze liegen; er stieg lautlos über ihn hinweg und versuchte zu schlafen. Doch das Gehörte lag wie ein Alb auf seiner Brust.

Tagsüber, wenn sie zusammen in der Hütte aßen, blickte Sadaui finster auf ihn und gab ihm die Bissen mit heftigen Bewegungen; und Schuchân hielt die schwarzen Wimpern gesenkt und versteckte sein rundes Gesicht vor dem Blick des Bruders. Er fürchtete sich vor ihm, und gleichzeitig krausten sich die Flügel seiner leicht gebogenen, stumpfen Nase, wenn er an den Laut in jener Nacht dachte und Sadaui unversehens eintrat und ihn beiseite schob. Oft aber auch war es kindliche, scheue Verehrung, die ihn beseelte; er dachte an die Macht, die von Sadaui ausging; er dachte daran, dass dieser einen Afrîd in der bloßen Hand getragen hatte und ihn alle fürchteten und scheuten, wenn sie sich auch prahlerisch verstellen mochten. Er starrte aus Entfernungen nach ihm hin und sah, wie breit und stolz er ging, und wie der Burnus um seinen Rücken wallte gleich dem Segel einer Dahabîje.

Inzwischen fiel eines Morgens ein duftender Regen. Perlengarben stäubten vom Himmel; ein wohliger, schiefergrauer Schatten lag über den Palmen. Der Frühblick der Sonne vergoldete noch den Boden, dort glänzte das fallende Wasser wie Geschmeide auf. Zuerst kam es zaghaft und zärtlich hernieder, wie ein Kuss; dann brauste es herunter; gehäufte Wolken barsten. Die Keimkraft des Bodens wurde wild befördert. Als die Sonne wieder zum Vorschein kam, hörte man fast, wie es sich überall regte. Über den blassen Halmen, die schon in Schwärmen aus der bestellten Erde gedrungen waren, lag ein dunklerer Schimmer. Am nächsten Tage strotzte der südliche Bereich der Oase von Grün. –

Um diese Zeit machte sich das junge Kamel Schuchâns auf und spazierte umher. Es ging täppisch und würdevoll durch die Oase. Vorher war es ihm nicht eingefallen, den abgegrenzten Platz zu verlassen, der für seinesgleichen bestimmt war; wo es sich hingelegt hatte, da blieb es und war durch keine Macht der Welt zu bestimmen gewesen, hinwegzuschreiten. Es saß so stramm auf seinen knorpeligen Knien da und schob dornige Zweige mit den jungen Lippen hin und her. Sein Blick war so entlegen und stolz gewesen, seine Seele hatte geschlummert. Nun war es auf einmal lüstern und beweglich geworden. Der Regen hatte es unruhig gemacht; und während die älteren Tiere es verschmähten, sich auch nur einen Meter unnötig hinwegzuheben, stand es eines Tages aufrecht da und stelzte nach Süden, rund um den Teich herum. Und dann ging es geradeswegs auf Schuchân zu, der in seinem Feldchen stand und sich an dem Wachstum erfreute, und begann sich gütlich zu tun. Es stellte sich breit in die Halme hinein, nahm das Maul voll Spitzen und begann gedankenvoll zu kauen.

Schuchân verzieh seinem jungen Kamel, dass es ihm die Ernte schmälerte; noch mehr: Er gönnte es ihm von Herzen und sah versunken und glücklich zu, wie es schmauste. Er klatschte ihm unter den samtenen Bauch; und das Bischarin, sanft und gebührlich, machte keinen ungebärdigen Sprung, sondern nahm dankbaren Sinnes die Gabe Allahs hin. Nach einer Stunde trieb Schuchân es heraus, und so tat er jeden Tag. Und jeden Tag stellte es sich von selber ein.

Eines Tages saß Schuchân in der Hütte, als Sadaui mit den anderen jagte. Da spaltete sich der Vorhang, und Salme blickte heraus.

Er sah, dass ihre Züge verzerrt waren, und sah Blut auf ihrer Brust. Ihre bläulichen Lider waren matt und schwer. Sie lächelte ihm zu; sie spreizte die Hände gegen ihn, mit einer Unterwürfigkeit, die ihn heftig bewegte. Sein Gesicht verdunkelte sich, und ein Beben erfasste ihn. Er sah, dass sie misshandelt worden war. Sie glich einem kleinen, scheuen Tier, einer Springmaus mit vibrierendem Köpfchen. Und dann flüsterte sie ihm ihr Leid zu, wobei sie trotz der Wärme schauerte, so dass ihr silberner Armschmuck und die kupfernen Knöchelringe ihrer Füße klirrten. Ihre kohlschwarzen, von bläulichem Fettglanz bedeckten Zöpfe pendelten hin und her, während sie gegen den Boden sprach. Ob Sadaui da sei? – – – Nein, er sei auf der Jagd … er sei nicht hier.

Auch Umm-Dschamîl ward sichtbar. Sie zeigte sich halb enthüllt, wie Salme. Die Köpfe der beiden Weiber füllten den Spalt des Vorhangs. Sie waren hilflos und verängstigt; und sie hätten ihr Leben darum gegeben, um heute hinausblicken und Schuchân, den Schönen, betrachten zu können. Sadaui hatte ihnen diese Nacht übel mitgespielt; linsengroße Flecke von ungesunder Farbe zeigten sich, soweit man sehen konnte, auf ihrer Haut. Angestrengt lauschend und von gleicher Vorsicht beseelt wie sie, kam Schuchân näher; und als er in Greifweite war, glitten vier kleine Hände heraus mit weichen, pressenden Fingern; sie zupften an seinem Burnus und lächelten mit halbgeschlossenen Augen ihr immer gleichbleibendes, dummes und rührendes Lächeln …

Sadaui kam zurück, und in der nächsten Nacht fand er ein Amulett Schuchâns hinter dem Vorhang, im inneren Frauenbezirk des Zeltes. Er ergriff es und sah es eine Zeit lang mit seinen tiefliegenden Augen an, wobei dumpfe Gedanken sich in ihm regten. Doch sagte er nichts

Böses, als er es dem Bruder aushändigte. Er sagte nur: »Du hast dein Amulett verloren, mein Bruder. Ich fand es im Zelt.« – Schuchân, ahnungslos, dankte; und Sadaui wandte sich mit einer hämischen Mundfurche ab, die einem anderen als dem Knaben das Blut hätte gefrieren machen.

Als Sadaui nach dem Stand seiner Hirse sah, fand er das junge Kamel in seinem Acker.

Es hatte in die Dornenhecke eine kleine Bresche gefressen und war dann von Schuchâns Feld herübergestiegen. Wie wenn jemand versehentlich, in Gedanken, einen falschen Schritt macht – so hatte es sein knochiges, täppisches Bein gehoben und war über die Hecke gestiegen. Es war sich seines Übergriffes nicht bewusst und wurde es auch nicht, als Sadaui es auf die schmerzhafteste Weise hinaustrieb. Ja, er war fast besinnungslos vor Zorn; er stach dem dummen jungen Ding mit der Dolchspitze in die Keule. Es hatte arg in dem kleinen Gemüsegarten gehaust, das war klar; die Hälfte hatte es glatt aufgefressen; es war fett und wählerisch geworden, da ihm der Segen von Schuchâns Feld das Blut über Gebühr erhitzt hatte. Nun flüchtete es, aus der Wunde blutend, mit weichem Blöken von der ungastlichen Stätte.

Schuchân kam trällernd von draußen her und fand sein misshandeltes Bischarin. Als er mit dem älteren Bruder zusammentraf, erfuhr er, wie es sich verhielt; doch sah er den Umstand anders an, und seine warme Stimme, vor Entrüstung eintönig und schrill, übertönte die dunkle des Bruders, bis dieser ihn ruhig bat, die Hütte zu verlassen und selbstständig zu hausen. Er blickte, während seine Finger an dem Dolchgehenk spielten, mehrmals nach dem Vorhang und dem Frauenbezirk hinüber und sah dann den Jüngeren unvermittelt scharf an, Blicke, die Schuchân mit runden, kindlichen und tränenverschleierten Augen erwiderte. Dann ging Schuchân und errichtete im Laufe der nächsten Tage sein Zelt am anderen Ufer, der Hütte Sadauis gerade gegenüber.

Schêsch-Wahl

Es geschah, dass Sadaui in der nächsten Zeit, während er mit Salme und Umm-Dschamîl, seinen Weibern, zur Nachtzeit spielte, in der Erregung von Salme den Namen Schuchâns vernahm. Sie presste ihn mit geschlossenen Augen durch die Lippen; und Sadaui ließ mit einem bösen Lächeln von ihr ab und tat ihr nichts Übles. Nur das eine fragte er: »Habt ihr ihn selber hereingerufen?«, und sie erwiderten einstimmig: »Nein, bei Gott, er kam von selbst!« – – Die Finsternis verdeckte ihre Mienen und ihre zitternde Bestürzung, mit der sie gemeinsam, als seien ihre armen Gedanken ganz dieselben, diese Lüge verlauten ließen. Sie schworen nochmals: »Er kam von selbst ...«, und Sadaui hörte an dem entfernteren Geräusch ihrer Fußspangen, dass sie sich in ihrer Angst in die Ecke geflüchtet hatten.

Gleichwohl machte er noch eine runde Bewegung mit den Fingern, die, eisenhart gekrümmt, nur den Vorhang ergriffen und ein Loch in ihn rissen; dann besann er sich eines Besseren und ging ohne ein weiteres Wort in den vorderen Teil des Zeltes, wo er sich niederlegte.

Jeden Margen pflegte er auf den Vorplatz zu gehen, seinen Teppich zu entbreiten und den Anruf zu leisten. Doch nun wurde seine Andacht gestört, wenn Schuchân dort drüben zufällig gleichzeitig mit ihm herausgetreten war. Alsdann sah er ihn durch eine Lücke der Schwertgräser, wie seine hellbraune Gestalt sich kniend hob und senkte, wie er die runden Arme aus dem schimmernd weißen Burnus streckte, und er hörte seine Stimme, die durch die einsame, köstliche Frühe helllautend über das Wasser lief. Sadaui war oft fest entschlossen, nicht hinüberzuspähen; dann aber kroch er doch an die durchsichtige Stelle und erblickte den Bruder, in dem grünen Rahmen klein wie eine Puppe und durch die Entfernung im Umriss geadelt, während das selige Frühblau aus dem seichten dunklen Wasser heraufglänzte. Ungerufene Worte, hässliche von Süden her und versöhnliche und harmlose Grüße vom Nordufer füllten geisterhaft die Luft und trafen sich in der Mitte; die Lautwellen des Anrufs, wenn er sich hier und dort zugleich erhob, klangen in einen Zwiegesang zusammen; und oft stießen sich dieselben Worte grell aneinander, wiewohl sie den gleichen Sinn bargen. Dies geschah durch dreier Monate Dauer jeden Morgen.

Nun war auch die Ernte reif, und man heimste sie ein. Die Leute rupften die Halme in hockender Stellung aus und zogen die Fruchtbüschel durch die Finger. Die Körner, die zurückblieben, warfen sie auf einem Tuch zusammen. Es war eine Arbeit, der sie sich gemächlich und stets von Neuem erfreut anheimgaben; der ganze Segen überraschte sie; und wenn etwas imstande war, sie an den Ort zu fesseln, so war es dieser offensichtliche Erweis von der Güte Dessen, der das Samenkorn sprengt und es dem Lichte öffnet. Und als alles eingesammelt war, setzten sie sich um den Haufen, der ihnen Brot auf Monate versprach, gestikulierten, schrien und taten groß … und dann riefen sie Sadaui herzu, und dieser sah, würdig mit dem Kopfe nickend, sich den Ertrag an.

Er trat vor sie hin und hob zunächst die Hände in Dankstellung. Sofort verstummte das Gespräch, und die sämtlichen Arme fuhren in die Höhe. Und dann betete er, zuerst in allgemeinen Wendungen von Güte und Dank, darauf spielte er den Gegenstand in seinen eigenen Bereich herüber. Er schilderte seinen schwierigen Ritt mit grellsten Farben; ja seine schwerfällige Zunge versuchte sogar, Anläufe von Versen zu formen. Er wurde immer persönlicher; der Sandsturm, den er beschrieb, wurde immer entsetzlicher. Sadaui beugte sich vor, mit derwischähnlichen Bewegungen; er krauste die Stirn, verdrehte die Augen und stieß die ganze Schilderung in fauchendem Flüsterton von sich … dann, nach einem heiseren Angstgebrüll, starb er. Schweratmende Stille. Plötzlich, mit einem irren und eitlen Lächeln, das sich auf seinem rohen Gesicht mehr als ein Feixen darstellte, lebte er wieder auf und zog mit großem Nachdruck die Folgerung: »Alle Vorräte also, mit denen ihr euch brüstet; die gesamte Nahrung, die ihr drescht, schneidet, röstet und speichert, verdankt ihr mir.«

Dies »mir«, als ein ekstatischer kleiner Aufschrei, verfehlte seine Wirkung nicht. Eine Welle von Dankbarkeit und Begeisterung folgte der Rede. Zum ersten Mal war der Sonderling ihnen persönlich willkommen und angenehm. Sie verdrehten die Augen und schüttelten die Köpfe in schwerer, nachhaltiger Bewunderung; sie trillerten und patschten mit den Handflächen auf den Boden. Ein Wirrwarr von Stimmen begrüßte ihn: »*Kul al Allah!*«, riefen sie, »Alles steht bei Gott! – – Du bist durchaus preiswürdig! –« So Schmeichelhaftes, dieser Erwiderung ähnlich, hatten sie weder ihm noch einem anderen aus ihrer Mitte geboten. Und Sadaui war es denn auch zufrieden und trat ab. Er gab sich keine Mühe, seinen Dank für den Beifall allzu deutlich zu zeigen; er machte nur ein paar herablassende Gebärden. Schuchân war ganz auf seiner Seite, das fühlte er; im selben Augenblicke, wo er die Rede endete, war die Stichwunde des jungen Kamels geheilt und vergessen. Ja, wenn er sich nicht täuschte, so fuhr sich der Bruder einen Augenblick mit dem Armstück seines frisch gewaschenen Burnusses übers Gesicht, gerührt und stolz wie er war.

Eines Tages rief Sadaui nach Eluâni. Es war nicht Sitte und außerdem gefährlich, in das Zelt des Hakims zu treten. Eluâni kam darum aus seinem bunt bemalten Gelass hervor und ging mit Sadaui zu dessen Hütte. Er wurde über Gebühr reichlich bewirtet, erhielt vier appetitlich zubereitete Springmäuse und den Ziemer eines Fenneks, dazu als leichtere Nachspeise zwei geröstete Wüstentauben. Als Getränk gab es einen Absud aus gegorenen Datteln – mithin hatte die ganze Bewirtung einen festlichen Anstrich. Dann schlürften sie einen fettigen Kaffee aus zwei flachen Silberschalen, und des Hakims Neugier wurde immer größer. Sadaui warf einen misstrauischen Blick auf den Vorhang, worauf er seinen Gast ersuchte, mit ihm auf den Vorplatz zu gehen.

Hier taten sie sich zusammen und führten ein leises, langes Gespräch miteinander. Es war davon die Rede, dass eine Ratsversammlung anberaumt werden solle. Diesen Mâd müsse man jetzt, vor dem Winter, abhalten ... Das sei wichtig, denn man sei jetzt eingesessen und stelle einen Stamm dar. Man vermehre sich; drei Weiber seien neuerdings wieder schwanger – verriet Eluâni –, und er habe ihnen den Leib besprochen. Man dürfe nicht die Zeit verstreichen lassen ohne ein Regiment. Er selbst scheide sich aus, da er von kläglicher Herkunft sei und zudem kriechend an Gestalt. Er machte sich klein und hässlich; und Sadaui nickte dazu und gab ihm recht.

Dann betonte Sadaui noch einmal die Notwendigkeit, dass ein Schêsch gewählt werden müsse. Dazu habe man so berufene Männer. Abu-Makar sei in den besten Jahren. Von Abd-el-Schuard wolle er nicht reden, denn dieser sei geschwätzig wie ein Weib. Aber Abu-Rîch? Dieser sei schön von Gestalt und wisse Würde zu wahren.

Hier aber wehrte sich Eluâni und wollte Abu-Rîch nicht gelten lassen. Er habe wahrlich nicht mehr Hirn unter dem Schädel als ein Gemüsebauer; Allah habe ihn bei der Verteilung der Geistesgaben übergangen. Er sei völlig unerleuchtet und sein Kopf gleiche einer ausgehülsten Erbsenschote. Wenn nun auch nicht ersichtlich war, warum Eluâni auf den Mann so hitzig zu sprechen war, freute sich Sadaui dennoch innig darüber und gab ihm auch hier bedachtsam recht. Sie hechelten so miteinander noch die anderen Tapferen durch; prüften sie, drehten sie hin und her und befanden sie als zu leicht. Als das Thema so weit gediehen war, schwiegen sie, und Sadaui sah, wie das freche, verschobene Gesicht Eluânis mit der platten Nase sich lauernd senkte und Gedanken darin spielten, die auch er zur Sprache zu bringen wünschte.

Er stand darum auf und verschwand im Zelt; dann kam er wieder heraus und setzte sich. Eluâni musterte ihn und ward eines silbernen Fingerrings mit einem großen Edelstein gewahr, den Sadaui plötzlich an der Hand trug. Sadaui sprach nichts, sondern blickte die Kostbarkeit verliebt an; er spreizte die Hand, klopfte auf den Stein und hob den Finger in die Höhe, so dass der Edelstein zu schimmern begann. Der Nacken des Bastards wurde dick vor Erwartung. Er starrte geblendet und gefesselt auf den Schmuck – – endlich zog Sadaui ihn ab und warf ihn dem Hakim in den Schoß. Und beide nickten sich wiederum zu, wie zwei Auguren.

Sie verstanden sich. Doch eines merkte der Bastard nicht ohne Verwunderung: Sadaui hatte den Namen Schuchâns nicht ein einziges Mal erwähnt.

Seit die Unterredung nach einem ungewöhnlich langwierigen Abschied beschlossen war, zeigte sich Sadaui allerorten äußerst liebevoll, demütig und freundlich; er vergab sich viel, selbst vor denen, die er nicht liebte. Eluâni sorgte dafür, dass der Mâd zustande kam, und man hielt ihn auf dem freien Platze am Quellteich ab. Zu diesem Zwecke baute man ein kleines Amphitheater aus Sätteln, Teppichen und Kissen und ließ sich im Kreise nieder. Nun galt es, den Ältesten als Unparteiischen und Vorsitzenden zu bestätigen. Ohne Weiteres fiel das Richteramt Sadaui zu. Er wurde, wie es der Brauch war, dreimal gerufen (wobei man rhythmisch in die Hände klatschte); dann stand er auf und setzte sich auf den Richterplatz.

Erster Sprecher war Eluâni. Er stellte sich an die Seite des sitzenden Sadaui und begrüßte die Versammlung. Er hielt einen kleinen Rückblick über die verflossene Zeit und pries die Sesshaftigkeit, indem er die Fährnisse des früheren jahrzehntelang gewohnten Nomadenlebens in übertreibenden Gegensatz stellte. Man könne ja auch noch jetzt jederzeit kleine Streifzüge unternehmen. Hier tat er mit der hohlen, nach hinten gekehrten Hand einen Griff in die Luft, und alle lächelten und schlossen die Augen.

Und wo ist die Abfindung vom Khedive? – – »Ich habe sie nicht gesehen«, sprach Eluâni und tat einen Blick in die Höhe. »Ich habe lang kein ägyptisches Pfund mehr in der Hand gewogen. Die feisten Oasenbauern von der Barka und von Sîwa sind auf der Pilgerschaft. Hier hat Allah uns eine Ernte beschert. Und wenn es nottut, wollen wir uns aufmachen und unseren Brüdern die Last ihrer Güter tragen helfen.« Wiederum lächelte der Kreis mit geschlossenen Augen.

Als Eluâni von der Ernte sprach, hatte er eine empfehlende Bewegung nach Sadaui hin vollführt. Nun kam Eluâni mit dem Zweck der Versammlung langsam und vorsichtig ans Licht. Zu allen Unternehmungen, sprach er, brauche man einen Führer und bei Streitfällen untereinander einen, der sie mit bloßem Wort zu schlichten wisse, einen Erleuchteten, einen Liebling Allahs, der zugleich des Gesetzes nicht unkundig sei und über hoheitsvolle Gebärden verfüge. Unterordnung sei ein Kitt der Geselligkeit. Darum müsse man jetzt einen Schêsch wählen.

Hierauf neigte er sich noch einmal vor der Versammlung, und mit einem verschmitzten Blick auf Sadaui trat er ab. Ein maßloser, heftiger Meinungsaustausch erhob sich; jeder überschrie den anderen. Abu-Rîch und Abu-Makar äußerten sich untereinander mit ruckweisen Wendungen ihrer stolzen schwarzen Köpfe und zurückgeworfenen Schultern; denn sie fühlten, dass die Wahl auf einen von ihnen beiden treffen müsse. Die anderen, nicht minder hoffnungsvoll, wechselten ihre Mienen und gaben sich Stellungen, die sie sonst verschmähten. Schuchân stand freundlich irgendwo im Hintergrunde. In dem allgemeinen Geschrei hatte er sich zurückgezogen und scherzte mit den Kindern, die, vom Lärm begeistert, barbarisch jubelten. Ab und zu drehte sich Schuchân wieder um und guckte in die Versammlung; doch fuhr er dabei mit dem Zeigefinger an der Nase herab, denn es war ihm offenbar gleichgültig, wovon die Rede war.

Da näherte sich Eluâni plötzlich Sadaui und flüsterte ihm etwas ins Ohr. Sadaui höhlte daraufhin die Hände um den Mund und rief:

»Betet zum Propheten!«

Dies hatte eine Zauberwirkung. »Tausendmal«, kam ein Gemurmel zurück. Dann ward es für eine halbe Minute still, und Sadaui verkündete, man müsse jetzt mit der Wahl beginnen, denn es hätte keinen Sinn, wenn sie alle durcheinander redeten. Er habe jetzt beschlossen Stimmen zu sammeln; dies sei der einzige Weg, zum Ziel zu kommen, ehe der Abend nahe. Er bat sie, die Hände zu heben, wenn er einen Namen rufe; wer die meisten Hände erhalte, der solle Schêsch werden. Jetzt gab es Überraschungen, denn als er die Namen der Stolzesten rief, verhinderte die gegenseitige Eifersucht, die diese Tapferen aufeinander hegten, dass mehr als zwei, drei Hände auf den einzelnen entfielen. Schuchân war der einzige, der sich nicht schlüssig war, wem er den Vorzug geben solle, denn seine Hand zuckte, als ob er jedes Mal in Versuchung sei, seine Stimme herzuschenken. Er hatte jetzt gut begriffen, worüber die Rede ging; er war ganz nach vorn gegangen und ließ seine schwarzen Augen unbekümmert und fröhlich im Kreise spielen.

Nachdem Sadaui alle Namen, die in Betracht kamen, ausgerufen hatte, war das Ergebnis zweifelhaft und verworren. Er gab dieser Tatsache mit scharfer Stimme Nachdruck. Sein Gesicht war steinern, wiewohl sein Blut tanzte. Erwartung und Freude machten seine Hände, die er unter den Falten versteckte, heftig zittern. – – Eluâni trat nun vor, und nachdem er sich verschmitzt umgeblickt, nannte er den Namen Schuchâns.

Und nun geschah Folgendes: Sadaui tat fast als erster seine Hände hervor, bemeisterte ihr Zittern und streckte sie gerade in die Höhe mit offenen Fingern. Sein Gesicht war fahl. Und siehe da, fünfzehn weitere Händepaare folgten; und endlich zögernd, halb grimmig, halb zustimmend, auch die von Abu-Makar und Abu-Rîch. Es war ein Wald von erhobenen Händen.

Nur ein einziger rührte die seinen auch jetzt noch nicht: Eluâni.

Sadaui sah ihn mit blitzschnellem Lächeln an. Dann sanken die Hände, und Schuchân stand da und wusste nicht, wie ihm geschehen war. Er war jetzt siebzehnjährig; seine Augen wurden größer, während er sich noch besann. Fast traumverloren, ohne die Würde, die man seinen jungen Schultern übertragen wollte, in ihrer Bedeutung zu ahnen, blickte er sich um; ein leichter Schwindel ergriff ihn und er sah über die Köpfe hinweg in das funkelnde Grün. Dann senkte er den Blick und fühlte sich heftig erschrocken, ohne jedoch im Augenblick zu wissen, warum.

Er sah, auf dem erhöhten Platze vor sich, nur einen schwarzen Umriss. Dann sah er zwei graue Augen, zwei stechende, lieblose, gewalttätige Augen, von denen Befehle ausgingen wie lähmende Wellen. Schuchân machte, ohne es zu wollen, eine unbeholfene, rührende Bewegung, als wolle er den Blick beschatten; dann sah er wieder auf. Das war ja sein Bruder! ... Und er sah ihn gar nicht böse an; er hatte ja für ihn gestimmt, und Schuchân liebte ihn ja und bewunderte ihn! Sadaui lächelte ihm freundlich zu: Da, nimm! Und im selben Augenblick trat Eluâni vor und nannte den letzten Namen, der zu nennen war.

Sadaui erhob sich und setzte sich zu den anderen, als man seinen Namen rief. Jetzt erhob auch Eluâni seine Hände ein erstes Mal steil in die Höhe.

Und fast im selben Augenblick spürte Schuchân wieder den leichten Schwindel und den lähmenden Anhauch; eine plötzliche Hilflosigkeit erfasste ihn, und er wusste nicht, woher sie kam; nur das eine schien ihm zu helfen, dass er die Arme so eifrig hob, als wolle er alles, was ihn wie plötzliches, innerliches Schluchzen bedrängte, heftig von sich stoßen. Sadaui hatte sich langsam erhoben und seltsam, während er aufrecht stand, schien, gleich Wellenringen von einem Stab im Wasser, das gleiche Gefühl einer unterwerfenden Lähmung von ihm auf alle hinüberzufluten: Begonnene Vorstellungen in den Hirnen versiegten, Gedanken brachen ab; einzig er, und nochmals er, war der Brennpunkt sämtlicher Augen, und alle Hände hoben sich wie tastend ihm entgegen.

Regungslos blieb er stehen, er dankte ihnen nicht.

So wurde Sadaui durch die Mehrheit einer Stimme, der Eluânis, und durch Schuchâns weiches Herz zum Schêsch und Oberhaupt über das gesamte Häuflein der Auladali-Beduinen in der einsamen kleinen Oase, die er selbst erwählt und bestellt hatte. – – –

Die erste Handlung Sadauis, des Schêschs, war die, dass er sich aufmachte, um Pferde zu holen, wo er sie fand. Er ritt mit elf von seinen Leuten auf Heginen in die Richtung des Ras-Bakar. Dort, zwischen den Kalkfelsen versteckt, erspähten sie auf der Karawanenstraße einen Reitertrupp. Sie ließen die Heginen zwischen den Felsen, und als sich der Trupp zur Nachtzeit gelagert hatte, schlich sich Sadaui mit zehn seiner Leute hinzu. Wie aus dem Boden gewachsen, sprangen sie windschnell auf die erschrockenen und sich aufbäumenden Pferde. Ehe die aus dem Schlaf auffahrenden Leute Zeit gewannen, war das Häuflein, von Geschrei und vergeblichen Schüssen verfolgt, hinter der nächsten Sandwelle verschwunden. Den Wächter fanden die Überfallenen geknebelt, mit den Füßen im Sand vergraben.

Bald hatte man die Kamele erreicht, die inzwischen von dem überzähligen Elften bewacht worden waren, und trieb sie unter Gejauchz und eitel Fröhlichkeit zur Oase zurück, die man nach mehrtägigem Ritt erreichte. Denn es zeigte sich, dass die Satteltaschen den Erlös eines kleineren Haschischschmuggels bargen, den jene Leute, unter griechischem Sold stehend, als harmlose Gewürzkrämer verkleidet, auf einem

Umweg von der Küste nach dem Delta zu schaffen gedacht. Sadaui, als der Schêsch, beanspruchte kurzerhand die Hälfte der Summe. Trotzdem entfielen immer noch mehrere Pfund auf jeden Mann. Außer dem Gelde fanden sich Teppiche vor; ein stark bemerktes Stück war ein hellblauer Seidenmantel, den man mit einmütigem Beschluss Schuchân übergab. Sadaui entsandte hierauf fünf seiner Leute mit den Heginen nach Sîwa, um sie in Kleinvieh umzutauschen. Einzig das Bischarin Schuchâns ließ man in der Oase, da er sich nicht von ihm trennen wollte. – – – Die fünf kamen nach zwei Monaten mit drei Hämmeln, vier Mutterschafen und zwei Ziegen zurück, deren Zucht eine empfindliche Notwendigkeit war. Die übrigen Tiere waren unterwegs in der Durstzone verendet.

Einer, dem Sadaui zwei Goldstücke mehr zugestand als den anderen, war Eluâni; und wieder nickten sie sich insgeheim einander zu.

Der Riss im Mantel

Bei der Verteilung des Geldes hatte es manchen Streit gegeben, besonders heftig artete ein solcher zwischen Abu-Makar und Abu-Rîch aus, zu einer Tageszeit, als Eluâni mit Sadaui jagte. Die beiden Leute, die sich früher gut vertragen hatten, schrien sich zunächst mit emporgedrehten Augen an. Jeder suchte dem anderen seinen Anspruch an den Fingern klarzulegen, und so fuchtelten sie sich eine Zeit lang vor den Gesichtern herum, während ihre Stimmen, wie die von Bazarschreiern, wüst und hohl wurden. Keiner gab nach. Als der Höhepunkt der Erbitterung erreicht war, stierten sie einander nahe ins Gesicht und knurrten sich wie zwei Hunde an. Ihre stolze Haltung war verloren; ihre Nacken dick gebäumt, ihre niederen Stirnen gerunzelt. Da ihnen die Waffen im Augenblick nicht zuhanden waren, fielen sie mit den Händen übereinander her, und bei dieser Gelegenheit biss Abu-Makar dem Abu-Rîch die Nase ab.

Abu-Makar hatte feste, schmale, starke Zähne und einfache Triebe. Als Abu-Rîch ihm den Finger in die Augenhöhle bohrte, tat ihm das weh und er biss in seiner Wut einfach zu, wohin es traf; und so kam es, dass ihm das Knorpelstück der Nase des Gegners zwischen den Zähnen blieb. Er spuckte es verächtlich aus und ließ es genug sein. Abu-Rîch sah sehr niedergeschlagen aus. Das Wasser aus seinen Augen vermengte sich mit dem Blut, das aus dem Stumpf schoss und am Boden eine Spur hinterließ, als ob man einen Hammel geschlachtet habe.

Es war jämmerlich, wie der große, stolze Abu-Rîch geschändet war. Die Verzweiflung und der Schmerz ließen ihn heiser brüllen und sich von Neuem auf Abu-Makar stürzen. Da aber trat plötzlich Schuchân dazwischen und wehrte ihm. Er bekam zwar noch einen derben Schlag ab, aber es gelang ihm, den Rasenden zurückzuhalten. Nach einer kurzen Weile ging ein sonderbar scheues, verlegenes Lächeln über dessen verstümmeltes Gesicht, und seine zu Krallen gekrümmten Finger lösten sich.

Schuchân war, seiner Art und Weise gemäß, in seinem blauen Rock, den er heftig liebte, in der Oase umhergeschlendert, hatte die Kinder ein Spiel mit kleinen Knochen gelehrt und auch wohl nach seinem Bischarin gesehen, das inzwischen an Größe und Appetit zugenommen hatte. So konnte man ihn öfters sehen; und die Weiber aus den Zeltritzen, wie auch die Männer beim Waffenreinigen oder Plaudern waren es gewohnt, den blauen Rock, der dann und wann in einem Sonnenstreif warm aufblitzte, zwischen den Stämmen zu entdecken. Dann kam es vor, dass einer ein spannendes Märchen plötzlich mit einem Segenswunsch unterbrach oder sogar den Rahmen seiner Schachtelgeschichten vergaß, so liebten sie ihn. Und die Frauen erbebten und gurrten einander von den Schätzen seines Leibes vor. Dies alles spürte der Gute und wuchs wie eine Pflanze auf unter dem warmen Anhauch der allgemeinen Gunst.

Heute vollbrachte er eine Tat aufrichtigsten Mitleids, und es wurde allgemein bemerkt und gepriesen. Nachdem er Abu-Rîch bestürzt und ergriffen betrachtet, nahm er den Saum seines blauen seidenen Rockes und riss kurzerhand einen großen Fetzen davon ab. Dann machte er ein Bündelchen daraus, tränkte es mit Wasser und stillte das Blut Abu-Rîchs. Seine weichen Hände waren so zärtlich und behände, dass der Verletzte mit dem erstaunten Dankgestammel gar nicht innehielt, so völlig waren die guten Regungen seiner einfachen Seele erweckt. – – Als er später trotz des lindernden Tuchklumpens vor dem Gesicht noch einmal in Wut geriet, rief Schuchân auf eigene Faust einen kleinen Mâd zusammen, vor dem der Fall seine gebührende Erledigung fand.

Denn Abu-Rîch machte, wie ihm nicht zu verdenken war, eine gewaltige Angelegenheit daraus und versteifte sich auf die Nase seines

Gegners. Jedes Mal, wenn er sie so gerade, an den Nüstern gekraust, herrisch und hübsch gebogen in dessen Gesicht erblickte, erzürnte er sich von Neuem, wenn er an die traurige Ruine dachte, die ihm selbst geblieben war. Deswegen war es schlichtes Recht, dass man dem bissigen Gegner Gleiches mit Gleichem vergalt, und die Stimmen, von Schuchâns zögernder Billigung geleitet, einten sich denn auch dahin. Abu-Makar hätte sich jedoch lieber ins Messer gestürzt, als dass er sich derart hätte verkürzen lassen. Er geriet in große Angst, da an Flucht nicht zu denken war. Nun jedoch hielt Schuchân eine sanfte Rede, auf deren Grund Abu-Makar schließlich verurteilt wurde, mit seinem gesamten Bargeld und all seinem Hab und Gut für die Nase zu büßen.

Diesem ersten Schiedsrichterurteil Schuchâns folgten weitere, und Sadaui hörte davon und ergrimmte. Er fühlte, wie ihm sein Einfluss entglitt; doch unterließ er es, selbst in die kleinen Händel einzugreifen.

Aber jedes Mal, wenn er an Schuchân dachte und an den klaffenden Riss im Mantelsaum Schuchâns, erkaltete ihm das Herz in der Brust und ward hart wie Stein. –

Eines Frühlingstages traf es sich, dass Schuchân zur Jagd ausritt und, eine Fußreise von Tagesdauer entfernt, einen Mann fand, der am Verdursten war. Er hatte ihn schon längere Zeit bemerkt: In der Luftspiegelung, die die Hitze erzeugte, saß eine riesige schweigsame Silhouette gleichsam auf der Kante des Gesichtsfelds, spreizte Schattenfinger und wogte auf und ab. Je näher er dem Phantom kam, desto kleiner wurde es. Endlich entdeckte er ein weißes Pünktchen, das der Wirklichkeit angehörte; und das Pünktchen wanderte ihm entgegen. Es war, wie er jetzt erkannte, ein Mann, der zu Fuß ging. Dass er Entbehrung gelitten hatte, sah man aus der Trägheit, mit der er die Füße setzte. Schuchân erkannte einen kleinen Greis mit scharfem Gesicht, schnellen schwarzen Augen und schlohweißem Bart. Er hatte eine hohe, von feinen Furchen bedeckte Stirn; seine Kleidung bestand aus einem weißen Burnus und hellgelben Sandalen. Er trug einen geflickten Sack auf der Schulter. Als der Greis sich dem jungen Reiter auf Sehweite genähert hatte, tat er einen schwachen Ausruf des Erstaunens und blieb stehen. Seine Hände hoben sich segnend; er sprach ein sanftes »Salaam«. Den Kopf wiegend, trat er an das Pferd heran, und Schuchân sprang ab, so dass sich sein hellblauer Rock in der Luft bauschte.

Da der kleine Greis vorerst zu erschöpft war, um zu reden, ließ ihn Schuchân aus seiner Sattelflasche trinken. Der Fremde dankte mit einem gemurmelten Spruch und wurde dann lebhafter. Beide machten sich miteinander bekannt. Der Greis war ein Sendling der Senussia, ein wandernder Mönch, der seit Jahrzehnten für den Mahdi Proselyten machte. Aus der Barka ausgewiesen, hatte er Tunis, Algier und die Kyrenaika bereist und war über das Auladaligebiet geritten. Vor zwei Tagen hatte er sich verirrt und sein Pferd eingebüßt. Er hatte versucht, die Karawanenstraße zu Fuß zu erreichen, völlig in den Willen des Schicksals ergeben und gewärtig, den Dursttod zu erleiden.

Schon während dieser Erzählung blickte er den jungen Schuchân staunend an; jeder Satz seiner mühsamen, atemlosen Rede klang in einen kleinen unvermittelten Ausruf des Erstaunens und in Pausen aus, die er dem Anschauen seines Retters widmete, so dass Schuchân mehrmals sagen musste: »Und wie nun, mein Vater?« – – ehe er mit seiner stockenden Rede fortfuhr. Schuchân fühlte sich durch die scharfe Betrachtung, der er unterworfen wurde, leicht befangen; doch die Spannung, mit der er dem Bericht folgte, siegte über das unbehagliche Gefühl, das ihn beschlich. – – Endlich nötigte er den erschöpft Verstummenden auf sein Pferd und geleitete ihn nach der Oase. Der Greis versank in Lethargie; und als Schuchân sagte: »Blicke auf, mein Vater, hier stehen unsere Zelte, das des Schêschs Sadaui, meines Bruders, und das meine«, – da fuhr der Greis zusammen und pries Gott, als er das liebliche Grün an so unvermutetem Ort gewahrte.

Er wurde ehrenvoll empfangen und erhielt Speise im Überfluss; doch aß er sehr sparsam davon. Man scharte sich schweigend um ihn, bis er dankte und sich in einer Haltung niederließ, die man auf seine Bereitschaft zu reden deuten konnte. Sadaui setzte sich ihm gegenüber, und nun begann der Greis in höflichen und blumenreichen Wendungen seine Sendung zu erklären. Sobald der Kreis erfasst hatte, dass er von einer Zauja kam, ein greiser Lehrer der Enthaltsamkeit und ein hitziger Feind der Andersgläubigen war, erhoben sich ehrfürchtige Rufe des Willkomms und der Neugier. Sadaui, als die erste Gemütsbewegung sich gelegt hatte, erzählte nun, wie er hierher gelangt sei. »Ich hatte eine Blutrache, mein Vater; doch der, den sie treffen sollte, versteckte sich; und meine Tapferen hier wurden aus dem Fayum vertrieben. Ich fand den Mörder meines Oheims nicht. Ich war beschämt, sammelte Kamele und floh. So sind wir hierhergekommen. Dieser Platz war der

Sitz von Teufeln, die ich und dieser Hakim hier vertrieben.« Er warf einen kalten Blick auf seine Leute; die Kaumuskeln an seinen Kiefern traten stramm hervor, und seine flachen grauen Wangen sanken um ein weniges tiefer. – – Der Mönch sah sich vorsichtig um, als wolle er die Worte abschätzen; ein fast unsichtbares Lächeln huschte um seinen Mund; doch der lange Bart machte es ebenso schnell wieder vergessen.

Er hatte gelächelt, als er von den Teufeln hörte. Nicht, als ob er daran zweifelte, dass es solche gebe und dass man sie vertreiben könne; sondern es war die Überlegenheit des Kenners der Überlieferung, des Schülers dreier Zaujen und der Stolz dessen, der nicht mit Gewalt und Raub, sondern mit dem Wissen und dem wohlgesetzten Worte wirbt und unterjocht. Er war ein feiner und erlesener Kopf; auch war er, da er nun schon an die achtzig Jahre zählte, noch ein Genosse des Schêschs Ali-es-Senûsi gewesen, jenes geistesstarken Begründers der Sekte, und hatte sein Herrschaftsgelüsten durch gemeinsam verbrachte Nächte voll spitzfindiger Folgerungen aus dem Korân befeuert. Jahrzehntelange Gewohnheit, so ärmliche, schlichte Gemüter, wie die dieser dumpfen Glaubensbrüder und Kameldiebe, mit überredendem Wort zu überrumpeln, hatten seiner Sprache und seinem Auftreten eine gefällige Schmiegsamkeit und eine betäubende Kraft erteilt.

»Du sagst«, wandte er sich jetzt an den Schêsch, »dass dich Allah deine Blutrache nicht ausführen ließ, mein Bruder. Sidi-el-Mahdi – den der Erlauchte bewahre – zog damals seine Kräfte zusammen; ich weiß es – und du folgtest ihm. Diese falschgläubigen Hunde mit den roten Gesichtern, die Abendländer, hatten Teufelsgeschütze mit hundert Kugeln. Da wich er zurück. Bald wird seine Kraft ihnen überlegen sein. Wenn du wiederum zu ihm stößt, wirst du umarmt werden und deiner Rache teilhaftig werden. Was sitzest du hier und lässest dein Herz verfaulen? – Jetzt ist die Zeit, dass du dich aufmachst ...« Er schwieg plötzlich, erschreckt durch die blutleere Grimasse des Gegenübers. Sadaui bezwang sich nach einiger Zeit. Ein abenteuerlustiges Murmeln war in der Reihe entstanden. Träge, schier schläfrige Wimpern rissen sich auf, alle sogen den Bericht des Mönches wie Honig ein. Und auch mit Schuchân war eine Veränderung vor sich gegangen. Er war lebhaft geworden; er wollte sich zeigen und freute sich darauf, dem kleinen Greise zu gefallen. Schnell lief er ins Zelt und holte die einsaitige Laute; dann setzte er sich, hieb mit den runden Fingern auf den grobgedrehten Darm und sang mit leiernder Stimme den Mahdi-Hymnus. Der Greis nahm eine lauschende Stellung ein; seine Augen begannen fanatisch zu glühen. Und noch ehe Schuchân mit dem Sang fertig war, und jene Strophe gellte: »Und das 'Ain, o Sklaven Allahs: Tag der Abrechnung, Tag, an dem die Rechte die Linke anklagt ...«, erhob er sich, deutete mit zitternder Hand auf Schuchân und überschrie ihn mit dem hastigen Wort: »Dieser, seht; o seht diesen dort! ... Er ist jung; gleicht er nicht einem edlen Pferd? Sind seine Augen nicht Menschenseelen? Ist seine Stimme nicht Sturm? ... Ja, wahrlich; dein Herz ist Feuer des Samum!«

Alle waren erschüttert. In diesem Augenblick war Schuchân der Herr der Stunde. – Etwas ruhiger geworden, fuhr nun der Mönch fort:

»Geh mit mir, mein Sohn; komm mit nach Dscharabub, es wird dir dort gut ergehen. Du bist schön und Gott hat dir Verstand und Anmut verliehen. Man wird dich ausbilden, und du wirst eine Leuchte in Dschidda werden oder einer der Weisen an der großen Moschee El-Ahzar ... Komm mit mir!«

Schuchân stand ratlos vor dem begeisterten Mönch. Eluâni wechselte mit Sadaui einen Blick und sprach dann: »Ich muss dir zureden, mit diesem Verehrungswürdigen zu gehen. Allah mit dir!« – Sadaui, zuerst schweigsam, blickte mit tiefliegenden Augen vor sich auf den Boden. – Dann verzog er mit einem Lächeln seinen Mund, verhalten und hämisch, so wie nur er allein zu lächeln wusste, und Schuchân bekam zum zweiten Mal den großen fremden Hass zu spüren, der ihm die Knie schier lähmte; so wie dazumal, als die Schêschwahl stattfand und er den Schatten sah vor sich, der mehr eines Wolfes als eines Menschen Züge trug. Dann sprach Sadaui mit eintöniger, ruhiger Stimme: »Es ist gut, mein Bruder, wenn du mit diesem gehst.« – Es ist kein Raum für uns beide! – dachte er dabei insgeheim mit der Inbrunst seines Hasses.

Und während der alte Senussipriester angespannt in seinen Zügen forschte, sah sich Schuchân im Kreise um, und seine Blicke trafen in viele andere und alle baten ihn: »Bleibe.« – – Er sah die Kinder spielen, er sah das funkelnde Grün, sah sein Zelt, den spiegelnden Quellteich, sein Bischarin und alles, was ihm teuer und heimisch geworden war; und dann dachte er noch an sein Feldchen und dass er es kürzlich bestellt habe. Und er wandte sich dem Mönche zu und sagte: »Ich danke dir, mein Vater; aber ich fühle nicht die Kraft in mir, deinem Rate zu folgen. Denn mein Kopf ist klein und meine Gedanken sind kurz. – – – Gott möge dir allzeit gnädig sein!«, setzte er artig hinzu.

»Aber es muss mir versagt sein, deinem Wunsche zu willfahren.« Seine letzten Worte verklangen im allgemeinen Beifall. Alle erhoben sich und umringten ihn. Sie betasteten ihn und schmückten ihn mit reichem Lob. Sie überboten sich gegenseitig und woben den Dank wie einen Teppich, in dem die stolzesten Vergleiche blühten ... Diesen Teppich nahm Schuchân mit verschämtem Lächeln auf seine runden Schultern ... Niemand achtete dabei Sadauis, der den grauen, dünnen Kräuselbart vom Kehlkopf heraus in die Höhe strich und mit den Zähnen knirschte, als ob sich ein Mahlmörser in einer leeren Hirsepfanne drehe.

Der Senussimönch gab das Feld verloren. Er wurde noch einen Tag bewirtet und dann von Sadaui mit einem Pferd – nicht eben dem besten – beschenkt, auf dem er in der Richtung nach Aïn-Wara weiterritt.

Nach einem Monat geschah es, dass Sadaui seiner beiden Frauen müde war und sich Matrîje, die vierzehnjährige Tochter des El-Alfa-Beduinen Abu-Muchla, zur dritten Gattin erkor. Er verkündete dies öffentlich und fragte Abu-Muchla, was er für seine Tochter als Morgengabe begehre. Der künftige Schwiegervater begnügte sich mit drei Goldstücken. Im Übrigen fühlte er sich geschmeichelt, dass seine Tochter zur Frau des Schêschs erhoben werde. So gab es wieder eine Neuigkeit in der Oase, die zu Feiern Anlass bot. Soweit man im Besitz eines solchen war, legte man einen neuen Burnus an oder wusch den alten: Man klatschte bei Sonnenuntergängen den Fantasien zu, die von einigen Leuten geritten wurden. Hier kam es auch zutage, dass eine gewisse Wohlhabenheit seit der Beschlagnahme des unrechtmäßigen Haschischgewinnstes in der Oase um sich gegriffen hatte. Man hatte sich inzwischen von den Karawanen, die man aufsuchte, allerlei erhandelt; man sah breite, silbergravierte Fußbügel, schöne Satteldecken aus Ledermosaik, klirrendes Kopfgeschirr von gebuckeltem Silber und in einzelnen Händen neue Waffen mit hübscher Kolbenverzierung. Seit »Neid der Winde« umgekommen war, hatte Schuchân sehr um sie getrauert und ein Liedlein auf sie gedichtet mit dem Refrain: »Ich rief in die Wüste hinein, doch sie gab keine Antwort mehr!« – Nun war er fast getröstet, als er auf »Labsal der Gläubigen« saß, einem Hengste von edler Herkunft, milchweiß und silbergrau, den er selber getauft hatte. Schuchân und Abu-Makar taten sich bei den Fantasien besonders hervor; Abu-Makar verstand es, in vollem Galopp herunter- und wieder aufzuspringen, und Schuchân stellte sich auf den geschmeidigen Rücken seines stürmenden Tieres, so dass sein blauer Mantel in weiten Falten knatterte.

Jeden Morgen, bei Aufgang der Sonne, löste man Flintenschüsse und betete vor den Zelten. An dem festgesetzten Tage nun standen Hullen, kupferne Kessel, vor dem Zelt des Bräutigams, in denen Reis brodelte; daneben andere Töpfe mit Fleisch. Als die Stunde herangekommen war, ging man daran, wie es Sitte war, den Hammel zu schlachten.

Diese Handlung wurde dem Ritus gemäß von dem Fiki Eluâni, und zwar mit langsamen Schnitten vollzogen. Das Blut fing man auf; Abu-Makar tauchte seine Hand hinein und presste einen Abdruck an einen Zeltpfosten im Innenraum des Schêschzeltes. Darauf, während ein flotter Schmaus sich erhob, schritt die Braut siebenmal um das Zelt und verschwand darin, von Händeklatschen begleitet. Der Fiki gab ihr einen Spruch auf den Weg, und nach Verlauf einer Stunde folgte ihr Sadaui.

Einen Monat war Matrîje schon Frau; und Umm-Dschamîl und Salme waren ihr gut gesinnt, da das Kind die Bürde einer gewalttätigen Ehe ohne viel Klage auf sich nahm und dadurch die anderen entlastete. Eines Morgens (– wie schön waren diese Morgen!.. mit kurzem Zwielicht, voller Gold, Blau und leichten Brisen –) hatte sich Sadaui entfernt, und seine Rückkunft stand nicht bald zu erwarten. Da wagten die drei Weiber sich auf den Vorplatz hinaus. Sie saßen zitternd und bebend da, kalt noch vor Dunkelheit und erloschener Freude; die Herzen taten ihnen weh. Ihre Köpfe zueinandergesteckt, wisperten sie, bis der letzte leichte Nachtfrost sich gehoben hatte und die Wärme den Umkreis bunt machte. Dann wagten sie es, freier zu reden, lebhafter zu schwatzen, ja sogar zu lachen. Als ein entferntes Wassergeplätscher an ihr Ohr drang, verstummten sie; und Umm-Dschamîl bog mit der kleinen schwachen Hand die fast vom Wachstum gesperrte Lücke in dem Schwertgras frei. Die drei Köpfe schoben sich vorsichtig hinein. Siehe da, dort drüben am jenseitigen Ufer, an einer flachen Stelle, stand eine hellbraune Gestalt bis zu den Knien im Wasser.

Das war Schuchân. Er hatte seine Bekleidung abgeworfen, war völlig nackt, und vergnügte sich damit, ein Bad zu nehmen. Er warf sich der Länge nach in das lehmbraune Wasser, das silberne Wirbel um seinen beweglichen Körper bildete. Er spritzte, prustete und schüttelte den dunklen Lockenkopf. Er glich einem jungen Panther. – Zuweilen blieb er mit schnellem Atem stehen und sah mit verkniffenen Augen in der

Runde umher, dann machte er wieder einige Schwimmbewegungen – richtig zu schwimmen war diesem seltenen Fisch versagt –; und endlich ging er heraus, die Füße von rötlichem Schlamm bedeckt, und ließ sich von der Sonne trocknen. In dem wachsenden Licht glänzte seine Haut wie Seide. Matrîjes Augen verschleierten sich, so dass ihre brombeerschwarzen Pupillen einen stumpfen, fast schlafenden Schimmer bekamen.

Nachdem sich Schuchân vor seinem Zelt mit ein paar Griffen bekleidet hatte, sang er auf dem bereitliegenden hochroten Teppich sein Gebet. Die Lautwellen wanderten wie tiefe Harfentöne herüber. Das war das Erlebnis, das Matrîje beschert ward, nachdem sie eines Monates Dauer hindurch Sadauis Gattin gewesen.

An einem der nächsten Tage – da Sadaui wiederum fort war – fand Schuchân zu früher Stunde Matrîje in seinem Zelt. Sie saß einfach da, als sei sie ihm als Geschenk von einem hübschen Zufall in die Hütte gesetzt oder vom Himmel gefallen. Sie hatte sich schön gemacht. Das dunkle, grobfaserige Tuch, das ihr in gespanntem Sitz um die überkreuzten Beine geschlungen war, ließ die Hälfte ihres kleinen hageren Körpers frei. Über ihren spitzen kleinen Brüsten lag ein Schmuck. Die kindlichen Arme, grünblau tätowiert, hielt sie mit einer spröden und erwartenden Gebärde von sich ab; sie trug einen prachtvollen schmalen Nasenring, durch den sie ihre kurze, in gleicher Farbe tätowierte Unterlippe vorschob. Ihr Vogelköpfchen wandte sich ihm ruckweise zu, als er eintrat, und blieb dann wie erstarrt in dieser Stellung. Schuchân wunderte sich sehr; ein »Allah kerîm!«, entfuhr ihm. Er war durchaus nicht in der Lage, zu erfassen, was dies Geschöpf hier in seiner Hütte für eine Bedeutung habe. Sie blieb sitzen und war stumm, wie ein zierliches Idol.

Endlich, als er einige Male vorsichtig hin und her geschritten, auch einmal um sie herumgegangen war, schluchzte sie auf mit einem schnaubenden, hilflosen Ton – und seltsam, sie lächelte dabei. Das Schluchzen stieg in ihr auf nur als ein kleiner Laut von Schmerz; doch ihre Lippen verzogen sich dabei nicht in einer Gramfalte, sondern zu einem schmalen, hellen Strich, in dessen Mitte es blitzte. Da kam es dem guten Schuchân zu Bewusstsein, dass dies die Frau des Schêschs Sadaui, seines Bruders, sei, und es ward ihm so unbehaglich zumut, dass er sie mit der Hand erfasste, sie emporzog und sagte: »Geh! – Geh! –« Sie war gehorsam. Aber bevor sie sich hinausstahl, riss sie ihm blitzschnell ein Stück des blauen Mantels ab, schier ohne dass Schuchân in seiner großen Bestürzung es bemerkte; es war ein dreieckiger Fetzen aus eben dem Loch, das er sich selbst gerissen, um einen Balsam für den Nasenstumpf des Abu-Rîch zu erhalten.

Seit Matrîje, von niemand bemerkt, wieder in Sadauis Hütte gelangt war, hütete sie das Stücklein Seide wie einen Schatz. Sie zeigte es auch ihren Mitfrauen nicht, sondern versteckte es eifersüchtig und zog es nur in Augenblicken hervor, wo sie sich sicher und unbeobachtet wähnte ...

Doch es geschah, dass Sadaui sie, als er lautlos und plötzlich eingetreten war, damit spielen und es mit Küssen bedecken sah. Er riss es ihr aus der Hand und gab ihr einen so heftigen Stoß, dass sie in die Ecke rollte und bewusstlos liegen blieb.

Der Mord

Schon am nächsten Tage traf der Schêsch seinen jungen Bruder bei den kleinen Feldern an und bat ihn, mit ihm auf die Jagd zu gehen. Er bat mit freundlicher Stimme, so nebenhin; er habe da und da ein Gazellenrudel entdeckt. Weiterhin hielt er eine kleine Rede, in der er seine frühere Heftigkeit mit dem Ärger erklärte, den er in der ersten Zeit seiner Amtsübernahme habe erdulden müssen. Sein Gesicht, mit den greisen zottigen Brauen, war schlaff und friedlich. Seine Augen hatten einen milden brüderlichen Ausdruck; ebenso lag seine Hand, die knochige grobe Hand, sanft wie ein Blatt auf der Schulter des Erstaunten. Und Schuchân war vergnügt und erklärte in aller Demut, zufrieden zu sein; und zur heutigen Jagd sei er gern bereit.

Sie schwangen sich auf zwei ungesattelte Pferde, bewaffneten sich und ritten hinweg. Sadaui wusste es so einzurichten, dass sie an einer Stelle die Oase verließen, wo niemand ihr gemeinsames Fortreiten bemerken konnte. Eine Stunde Wegs entfernt, schossen sie zwei Gazellen. – – Die Hitze war stark.

Sadaui plauderte und ritt stets Seite an Seite mit dem Bruder. Als sie zurückkamen, befanden sie sich in der Nähe eines Quaderhaufens, der von Flugsand halb vergraben war. Sie waren im Bereich der Trümmerstätte, noch fern von der Oase, die man bei ganz klarem Wetter von der Spitze dieses kleinen Hügels erblicken konnte.

Hier angelangt, zog Sadaui seinen langen, ziselierten Dolch unversehens hervor und stach ihn seinem Bruder mit einem raschen Stoß von der Seite her in die Brust. Er gab der Klinge noch eine Drehung, und das Blut schoss warm über das Heft des Messers bis in den Ärmel Sadauis hinein. – – Schuchân tat keinen Schrei. Mit dem Ausdruck des Erstaunens sank er auf die Seite, als wolle er sich vertraulich an den Bruder lehnen. Sein weit geöffneter Blick ward matt; die Pupille glitt unter das obere Lid, und das bläuliche Weiß seiner Augen drang hervor. Er war sofort tot; der ganze linke Schenkel bis herab zu dem unbeschuhten Fuß triefte von Blut. Sadaui ließ ihn auf der Seite herabstürzen, um zu verhindern, dass das Pferd Schuchâns vom Blute benetzt wurde; und mit einem dumpfen Ton schlug der leblose Körper im Sande auf.

Zunächst führte Sadaui nun das herrenlose, abgezäumte Tier in weitem Bogen zu einem entlegenen Weideplatz in der Trümmerstätte. Dann kehrte er zurück, hob den Leichnam auf seinen eigenen Gaul, zusammen mit den erlegten Gazellen, und brachte ihn zu dem Quaderhaufen. An dessen Außenseite war der Sand, der unablässig wanderte, bis in eines Armes Tiefe fein und locker. Sadaui grub mit beiden Händen ein flaches Loch, bis es die Größe des Toten erreichte; dann bettete er ihn und seine Flinte hinein und begann ihn sorgfältig zu überschütten. Der elastische Sand, der sich leicht pressen ließ, verschluckte die schönen Glieder Stück um Stück. Sadaui arbeitete unablässig stundenlang. Als nur noch der Kopf frei war, nahm er die Hände voll Sand und ließ ihn in der Freude seines Herzens wie kleine Kaskaden durch die gespaltenen Finger rinnen. Er beeilte sich nicht; er zielte zunächst nach den Augen und erst zuletzt nach dem offenen Mund, bis auch dieser gefüllt war und verschwand. Als nichts mehr zu sehen war, reinigte er seinen Burnus und seinen von eisernen, hageren Muskelsträngen bedeckten Arm sorgsam von dem Blut; ebenso tat er mit dem Messer, bis es sauber blitzte. Dann kam das Schwerste. – – Um zu verhüten, dass der Tote durch die Schakale oder Geier wieder herausgewühlt werde und die Tat sich so zur Unzeit offenbare, stieg er auf den Haufen und stieß mit ungeheurer Kraft drei, vier der schwersten Marmorquadern herab. Die Anstrengung war so gewaltig, dass er, als sie vollbracht war, schwankend zu Boden sank. Düster grübelnd, mit aufgestemmten Händen, saß er einige Zeit. Dann suchte er sich noch einen Haufen kleinerer Steine zusammen und verteilte sie regellos zwischen den Quadern. Als das Werk vollbracht war, saß er auf und ritt langsam zurück; die beiden Gazellen trug er vor sich im Sattel.

Er ließ sich nun, in die Oase zurückgelangt, nicht das Geringste anmerken. Ja, er trug sogar eine gewisse Leichtigkeit und Heiterkeit zur Schau und ging zur gewöhnlichen Zeit in sein Zelt. Am nächsten Morgen sah er nach dem Gebet mit innigem Wohlgefallen über das Wasser, wo ein leichter Wind mit den Vorhängen des leeren Zeltes dort drüben spielte.

Das Gebet leistete er mit lauter Stimme, nicht monoton und trotzig wie sonst, als er noch des Anderen Gesang teichüberwärts bestehen musste und die sanften Laute mit den seinen einen grellen Missklang ergaben, so dass die eigenen in rauem Gemurmel erstickten: Nein, er saß auf den Knien, den Rücken wie eine Feder gebogen, die sich in den Hüften frei schwebend hob und senkte; er stieß bei jedem der Sätze die Ellbogen auf, mit der ganzen Länge des Vorderarmes. Und seltsam, zum ersten Male hörte er das Lautgemenge der Anderen, wie das ferne Geblök von Kälbern und schlecht anzuhören ... Die Stimme dessen, der nicht mehr da war, stellte keine goldene Scheidewand mehr zwischen die Sadauis und den Chor der Übrigen. So musste er lauter beten, schon weil ihm das unschöne Geräusch ein Ärgernis im Ohre war und weil er es liebte, sich allein zu hören und die einzige einsame Stimme im Dickicht des Schilfes zu sein.

Was aber insgeheim in ihm sang, war ein wohlüberlegtes Gebet. Seine Rede, nach außen hin so stockend und schwerfällig, war nicht mühsam mehr, wenn sie in der Kammer seines Herzens, seines engen, finsteren Herzens erklang; es war ein breites, ungebändigtes und strömendes Gemurmel von der Lautquelle des Tiefsten. Dort sah ein kleiner Bereich heute festlich aus; eine kümmerliche Freude war entfacht, die Bilder erzeugte und ein Heergetümmel von unaussprechlichen, nur fühlbaren Worten. Nun fand er von selbst, tastend, die Form für seine Rechtfertigung; er hatte seine Tat vollbracht wie er Luft schöpfte, zu den Weibern ging oder schlief; es war früher, als Schuchân noch lebte, eine Behinderung, ein Augen- und Ohrenschmerz um ihn gewesen, den es zu lindern und zu verscheuchen galt. Er sah damals eine Macht neben der seinen; er sah die vielen Augen nicht auf sich haften und gläubig besinnungslos an sich gefesselt, sondern er sah, wie sie an ihm vorüberglitten, ihn verließen, ihn wie Glas durchblickten und den

Mantel des anderen dumpf bestaunten, eh!, diesen verfluchten blauen Mantel!

Dies war der Urgrund all seiner Vorstellungen; tiefer ging seine Qual nicht, bevor der, der sie schuf, fiel. Und das war seine Qual: das Zaudernmüssen vor zwanzig lächerlichen Augenpaaren. Schuchâns glatte Glieder bewegten sich schemenhaft in seinem Hirn ...: In Sadauis Kopf, unter dem körperlichen Augapfel, erwachten grell die Blicke eines erzürnten Tieres, in fahlem Schimmer lodernd und nicht mit der Wärme anheimelnden und geselligen Blutes. Er hatte ansehen müssen, wie ein anderer, verschmitzt wie ein Weib, im Schatten des inbrünstig ersehnten Zieles saß, in einem schmalen Schatten, der nur den Raum für einen einzigen bot; er hatte hören müssen, wie alles ihn bestätigte; wie alle einander zunickten und sprachen: »Der Schatten ziert dich, Du unser Geliebter! Bleibe im Schatten! Wir sind Sklaven. Recke Deinen Fuß heraus, gekühlt vom Segen Deines Schattens. Hier ist eitel Sonne; doch so lang sie uns nicht verbrennt, werden wir unsere Lippen Deinem Fuße nähern und versuchen, die Augen nicht zu schließen, wachsam, dass Du in deiner Unschuld nicht die Stelle verlässest, die Dir gebührt, und von der Sonne leidest.« – Oh, er war ein junges Kalb, dieser Schuchân, das blind seine Weide fand und sich daran das Blut erhitzte; und so waren sie alle, Kälber, von Allah verlassen!

So rechtfertigte Sadaui sich vor der eigenen Brust und ward tief befriedigt davon. Vor Allah jedoch sprach er sich mit folgenden Worten frei: »Er war, als er noch mit mir zusammenwohnte, bei meinen Weibern, und dann, sobald er allein hauste, nahm er Matrîje in seine Hütte. Du sandtest mir – gepriesen sei Dein Name – Zeichen, das Amulett und den Mantelfetzen. Also musste ich ihn töten. Ich habe gerecht gehandelt. Ich ward meiner Blutrache nicht teilhaftig. Du hast mir diesen Frevler zum Ersatz gesandt. Gepriesen seist Du und Dein Prophet!« – Sadaui sprach diese Worte nicht innerlich, sondern er formte mit leiser Stimme jede Silbe scharf und langsam; er wusste, dass diese Rechtfertigung vor dem Gesetz Bestand habe und dass dem Höchsten der nicht ausgesprochene, aber geheim gefühlte Grund, die Stimme hinter den Worten, die Stimme: »Es ist kein Raum für uns beide!« – vorenthalten bleibe. Sadaui wiederholte noch einmal, wie zum Nachdruck: »Ich habe gerecht gehandelt!«, herausfordernd und kurzem Nackenrücken; und dann ging er in die Oase. Sein Gesicht war ruhig.

Das Fernbleiben Schuchâns fiel zunächst nicht auf. Als es aber Abend wurde, ward hier und da nach ihm geforscht und sein Name bildete sich auf den Lippen. Da es dem Schêsch nicht beliebte, von selbst ein Gespräch anzuknüpfen, fragte man ihn nicht; er setzte sich in den Kreis; es wurde eine gemeinsame Abendmahlzeit auf dem Mâdplatze gehalten. Auf einmal räusperte sich Abu-Rîch, sandte den Blick suchend umher und fragte: »Wo bleibt doch Schuchân? Hat er niemandem gesagt, wohin er ging?«

Verneinende Gebärden waren die Antwort. Allerlei Vermutungen wurden an die Frage geknüpft. Sadaui beteiligte sich, schweigsam wie immer, nur mit Blicken daran. – Man sang das Asr und blieb noch plaudernd am Feuer sitzen. Abd-el-Schuard erzählte eine Schachtelgeschichte. Das Feuer warf tanzende Schatten … Als die Rede von dem Afrîd war, der aus der Flasche stieg, ungeheuer groß wurde und ehern schrie, so dass dem Fischer, der ihn herausgezogen, das Herz gänzlich verzagte – da rief man schnell eine Behütungsformel, und der Erzähler stockte einen Augenblick, denn es schien nicht mehr Sadaui zu sein, der am Platze saß.

Die Dunkelheit herrschte an jener Stelle. Und doch, wenn man näher hinsah, saß dort ein großer Mann, größer als Sadaui, ein schwarzer Faltenklumpen, der Beklemmung erzeugte. Die erhitzten Köpfe streckten sich vor … Die leiernde Stimme des Erzählers setzte wieder ein; sie beruhigten sich. Es war doch Sadaui, denn jetzt wurde sein Gesicht beglänzt. Statt der Augen hatte er dunkle Löcher im Kopf. Die Kuppeln seiner Lider waren tief zurückgesunken. Er schien in aufrechtem Sitz zu schlummern.

In der Geschichte trat nun ein Prinz auf, der hinlänglich duftete – er kam soeben aus dem Hamman – und so schön war wie Schuchân, »denn Allah gebe nur Auserwählten seine Gaben im Überfluss.« Der Prinz verfügte sich in ein Frauenhaus, wo er mit beneidenswertem, sagenhaftem Vermögen seinen Mann stellte. Der Erzähler verblieb eine lange Zeit bei diesem Thema und schmückte es mit ungeheuren Bildern aus. Er gestikulierte und sang; alle wurden von langgezogenem, brüllendem Gelächter erschüttert. Der letzte Vergleich, der zu dieser Angelegenheit geliefert wurde, übertrumpfte die vorigen und krönte sie. Die Freude schwoll bis zur Ermattung an. Jeder wiederholte die Köstlichkeit seinem Nachbar. Dann erstarb das Gelächter leise … Doch ein einziges schien zurückzubleiben und schluchzte wie ein kurzer Harfenton: Keiner hatte es ausgestoßen ...

Die Palmenwedel, wie schwarzes Filigran vor dem silbernen Blau der Himmelstiefe, schwankten leise hin und her; ein Nachtwind, eisig kalt, hauchte vorüber. Alle schauerten in dumpfem Unbehagen, denn in der Pause, die unwillkürlich entstand, hörte man die Schakale kläffen, und Sadaui spürte, dass ihre Laute nicht zerstreut klangen, wie sonst, sondern dass sie seltsam einmütig hallten, von klagendem, ärgerlichem Geheul durchsetzt ... Er öffnete den Mund, ein leises Gurgeln kam aus seiner Kehle. Er konnte sich nicht über die Richtung täuschen, von der das Geheul kam. Etwas Fremdes, Kaltes, Kriechendes war im Anzug. Er ging in sein Zelt, und auch die anderen legten sich nieder.

Am nächsten Morgen begab sich Sadaui nach der Stätte, wo Schuchân verscharrt lag. Der Boden war aufgewühlt, doch nur da und dort; es zeigten sich kleine Mulden im Sand. Ersichtlich war der Leichnam völlig geschützt. Nicht einen einzigen Stein hatten die Tiere zu rücken vermocht. Sadaui verwischte ärgerlich die kleinen Spuren; dann, zufriedengestellt, verließ er den Platz.

Da der Knabe auch am nächsten Tag verschwunden blieb, wurde die Frage nach ihm lauter und dringender. Man begann nach ihm zu suchen. Vielleicht war ihm ein Unglück zugestoßen, ein Schlangenbiss oder ein Sturz in eine der halb versandeten Marmorzisternen ... Die Leute gingen, unter dem Schutze Eluânis, in die Trümmerstätte. Einmal wurden sie durch ein eigentümliches Stöhnen, das aus einem Gewölbe kam, heftig erschreckt. Aber Schuchân war nicht darin, nur ein Goldwolf, der nicht heraus konnte und im Verenden lag.

Sie brauchten mehrere Tage, um das weite Areal oberflächlich zu durchsuchen. Es gab auch die Möglichkeit, dass er auf eigene Faust zu weit geritten, sich verirrt habe oder von den Senussimönchen entführt worden sei. Mithin unterließen sie nichts, soweit sie konnten, die Wüste zu durchforschen; und es dauerte eine Woche, bis sie sich von der vorläufigen Vergeblichkeit ihrer Mühe überzeugten. Darauf überließen sie sich einer stumpfen Trauer. Sadaui verhielt sich die ganze Zeit über schweigsam. Einmal fragte er: »Habt ihr ihn gefunden?« Und als sie betrübt verneinten, senkte er den Kopf und fiel so sichtlich und augenfällig in sich zusammen, dass sie sich in ihrer Trauer eins mit ihm wussten. Freilich sahen sie nicht, wie Sadaui hinter der übers Haupt geworfenen Burnusfalte lächelte.

Als ein Monat vergangen war, hatte sich nichts geändert. Man vergaß nicht, dass Schuchân fehlte; man schrak zuweilen zusammen, wenn man in Gedanken plötzlich auf ihn stieß; es schien, als sei er nicht jahrelang bei ihnen gewesen, sondern kaum eines blendenden Sommers Dauer hindurch und täglich reicher. Eine Lähmung lag auf den Handlungen aller. – Tagelang konnten sie untätig beieinander hocken und austauschen, was ihnen von Schuchân noch am greifbarsten in der Erinnerung haftete. Sadaui saß stets dabei, und sein Antlitz wurde magerer, sein Blick müder. Sein Gang hingegen ward gemessener, würdiger denn je und seine Sprache schwerfälliger und von schneidendem Tonfall. Das Zelt Schuchâns ließ er zusammenlegen; ja, er griff, trotz seiner Würde als Schêsch, eigenhändig bei der Arbeit zu und half die Pfosten mit herausziehen. Die Habe Schuchâns gab er Eluâni in Verwahrung, »bis man über den Verbleib des Vermissten sicher sei«. – Die Tage rannen dahin, bis ein zweiter Mond sich gerundet hatte. Und da begab es sich, dass Sadaui zu seinem Felde ging und nach dem Stand von Hirse, Fenchel und Durrha sah. Als er sich zuweilen bückte und die jungen Pflanzen mir der Hand betastete, hörte er ein Scharren und blickte auf Schuchâns Acker hinüber, auf dem alles bis auf den letzten Stumpf abgefressen und versandet war. Und siehe: Jetzt erschien das junge Kamel. Sadaui sah, dass es durch eine Lücke im Damm, gerade an dessen südlichster Spitze, hereintrat. Diese Lücke hatte es selbst getreten; es stieg langsam, aber mit sicherem Stelzgang hindurch. Offenbar wurde es von Durst getrieben. Man hatte es wochenlang nicht gesehen ... nun ging es geradeswegs auf die Hecke zu, die Sadauis Acker eingrenzte, und stieg hinüber, bis es in nächster Nähe Sadauis war.

Zuerst stand Sadaui reglos; und dann ergriff er seinen langen Dolch. Das junge Kamel, unbehelligt von der rasenden Bewegung, mit der er nach der Waffe fuhr, tat sich langsam gütlich. – Nun fiel Sadaui ein, dass es schöner sei, das Tier zu quälen, es gemächlich und schmerzhaft zu töten ... ah, diese Mahlzeit würde ihm gut bekommen!

Als er das Messer hob und bedachtsam zielte, wo er dem eckigen, täppischen, halb erwachsenen Tier den ersten Stich versetzen solle, hob es das Haupt und sah ihn ruhig käuend an. Seine Augen waren so rund, kindlich und sanft. Es blinzelte mit den Lidern, die lange Wimpern trugen, weil es zwischendurch Fliegen zu verscheuchen hatte. Seine Augen drehten sich langsam und ruhig; sie waren tief dunkel und spiegelten die Welt ohne Arg. Es hielt ihm seinen Kopf nahe ans Gesicht; dann senkte es ihn wieder, um weiterzukäuen ... In diesem Augenblick wurde Sadaui trotz der Glut des Tages urplötzlich von einem kalten Entsetzen befallen: Was war das? Die Pupillen des Tieres zogen sich zusammen, und zwei ernste Sterne blickten ihn still und vertraulich an: – – – – – *Schuchâns* Augen!!

Das Tier äste weiter, und Sadaui wich zurück. Endlich ermannte er sich und klatschte in die Hände, um das Bischarin zu vertreiben; er schrie es rau an, und es ging gehorsam wieder über die Hecke auf das verödete Feldchen zurück. Als es drüben stand, wandte es den Kopf noch einmal zurück und sah ihn wiederum mit menschlichen Augen an. Es dehnte den Hals etwas; es blickte unbeweglich und versonnen hinüber. Es war dem Schêsch, der es anstarrte, als steige der Kopf an diesem Hals, einem elastischen, samtenen Hals, langsam über die Hecken – – und er tat einen gurgelnden Schrei, warf sein Messer hin und rannte in den Hain zurück.

Dortselbst, nach einiger Zeit, fand er seine Fassung wieder und vergewisserte sich mit einer seltsamen Gründlichkeit, ob niemand Zeuge dieses Schreies geworden sei. – – Mit einer unmutigen Bewegung raffte er sich zusammen und versuchte die leichte Betäubung abzuschütteln, die auf seiner Stirn lag. Er ging auf das Feld zurück und holte sein Messer wieder. Sobald er es, gebückt suchend, gefunden hatte und in der Hand hielt, sah er sich ruhig um. Das Bischarin war wiederum durch die Dammlücke verschwunden. –

Einer der nächsten Befehle Sadauis war, die Hecke um seinen Acker zu verdoppeln, und zwar von innen, denn er hielt mit Strenge darauf, dass niemand auch nur einen Fuß auf Schuchâns Ackerfeld setze. Er verbot es unter ärgsten Strafandrohungen, bevor man mit der neuen Anpflanzung begann. Er litt lieber, dass man sein eigenes junges Feld dabei zertrat. Die Leute sahen die Lücke im Damm und erklärten, dass diese notwendig ausgefüllt werden müsse, da der Sand an einer Stelle schon bis zum Hain gedrungen sei. Doch Sadaui schüttelte den Kopf.

Er erinnerte sich dabei der Zeit, da er es das erste Mal gewagt, sich insgeheim und unauffällig zum Aufseher dieser Leute zu machen. Als sie jetzt gebückt arbeiteten, hatten sie wie damals ihre Kleidungen abgeworfen, und ihre braunen Leiber glänzten vor Schweiß. Einige Zeit lang schafften sie schweigend, bis Abu-Muchla die Bresche im Damm wieder in Erwähnung brachte. Das Stichwort lief die Reihe hinunter, und sie legten nacheinander das Werkzeug hin. Alle wandten sich mit drohenden Gesichtern Sadaui zu … »Durch die Lücke im Damm dringt die Wüste«, sprach einer mit scharfer Stimme. »Was lässest du diese Hecke verdoppeln, Sadaui? Wir wollen den Damm zubauen, das ist nötiger. Der Riss ist noch nicht alt ...« Sadaui antwortete nicht, sondern blickte sie steinern an.

Da ging kurzerhand Abu-Muchla auf Schuchâns Feld hinüber. Er bot Sadaui als sein Verwandter ohne Skrupel die Stirn – – – – Hier aber ereignete sich etwas Unvorhergesehenes.

Sadaui ging auf Abu-Muchla zu und packte ihn an der Kehle. Der große kräftige Mann war waffenlos, da er seinen Dolch zugleich mit der Kleidung abgelegt hatte; so wand und wehrte er sich wütend. Doch Sadaui zwang ihn ins Knie, und zum Schluss gab er ihm noch einen Stoß in die Gegend des Magens, so dass Abu-Muchla die Augen verdrehte und wie ein Klotz auf den Boden fiel.

Der Vorgang spielte sich mit solcher Schnelligkeit ab, dass die anderen davon überrumpelt wurden. Sadaui hatte sich steil aufgerichtet, deutete auf den Bewusstlosen und sprach: »Tragt ihn weg!« – Sie rührten sich nicht … Etwas Gefährliches, wie der Dunst eines Tieres, ging von Sadaui aus. Seine Zähne knirschten wieder wie ein Mahlmörser; sein Auge, das trüb auf sie gerichtet war, bekam einen schmalen Rand von Blut, wie damals, als er von Aïn-Wara kam und seine erste Arbeit vernichtet fand. Er atmete tief auf; dann, immer herrischer in der Haltung, schrie er mit schneidender Stimme: »Tragt ihn weg!«, und machte einen Seitenschritt dorthin, wo seine Flinte am Boden lag. Eluâni kam inzwischen ganz dicht an ihn heran und blickte ihm von unten herauf in die Augen; dann, als Sadaui regungslos stehenblieb, der Ausführung seines Befehls gewärtig, sprach Eluâni leise und bedeutungsvoll: »Ich rate euch, ihr Männer, dass ihr schleunigst tut, wie euch von diesem Starken hier geboten wird.« Die Hände um seine Fellbeutelchen geschlossen, trat Eluâni in gebückter Sklavenstellung unter mehrmaligen Verneigungen zurück. Er machte noch eine rätselhafte Handbewegung, die Sadauis Umriss in vergrößernder Weise umschrieb; und Sadaui, wie ein Steinbild, stand weiter reglos. – – – – Endlich öffneten sich seine Lippen; Speichelschaum trat in seine Mundwinkel, und eine fremde, gewaltige Stimme schrie: »Ihr Verfluchten!!«

Die Stimme schien nicht von Sadaui zu stammen, obwohl sich, als sie erscholl, der Kehlkopf des Schêschs blähte. Seine Lippen waren gleich darauf wieder peinlich geschlossen, und von abergläubischem Entsetzen gepackt, schafften sie Abu-Muchla hinweg und brachten ihn an den Teich, wo der Hakim seine Pflege übernahm.

Sadaui wurde jetzt wieder beweglich. Angstvolle Blicke streiften ihn; eilfertige Hände kamen jedem seiner rauen, wegwerfenden Befehle nach … Eine neue Hecke ward in zwei Tagen fertiggestellt.

Als das Kamel wieder durch die Dammlücke stieg, doch, vom Anblick der vielen Leute befremdet, verschwand, erregte es großes Staunen, dass Sadaui sich plötzlich abwandte und, solange das Tier auf Schuchâns Feldchen weilte, die Augen mit der Ärmelfalte bedeckte. –

Die Wüste

Von dieser Zeit ab zeigte sich Sadaui seltener. Einmal ging er durch die Oase und sah Kinder mit kleinen Knochen spielen. Ein kleines war dabei, den Kopf voll schwarzen Zottelhaars, das stillvergnügt lachte. Als er vorüberging, ließen sie das Spiel ruhen und drehten ihm ihre Gesichter zu, stumm, voll Neugier und Schreck. Und sie hatten die Augen Schuchâns.

Damals war es, dass Sadaui die Kinder schlug; und sie flohen vor ihm, sobald sie ihn nahen sahen. Eines Tages um die Mittagszeit hörte er das Zirpen eines Monochords zwischen den Stämmen. – – Eines der Kinder hatte das herrenlose Ding gefunden und stieß seinen kleinen Finger daran. Das Schwirren der einzigen einsamen Saite ging ihm wie Feuer ins Blut … er schritt den Tönen nach, riss die Laute aus der kleinen ratlosen Hand und zerspellte sie an einem Stamm.

Der Spätfrühling brachte eine unerhörte Glut. Der Umkreis lohte; alle Farben wurden grell und peinigten das Auge. Und seltsam, während früher, bei Tagesanbruch und zur Abenddämmerung zarte, tröstende Lüfte gespielt hatten, mit holdem Vergessenlassen ertragener Mühsal – – schwieg auch jetzt zu diesen Zeiten die Luft und rührte sich nicht, als sei sie gefesselt. Die Hitze drückte sie, ballte sie förmlich zusammen. Jeder Schritt in die Wüste hinein, auf den glühenden Sand, schmerzte; das Auge verzehrte seine Sehkraft in diesem gleißenden Strom von Gelb und Abergelb bis in die Ferne und den blassen Himmel hinein, der in den Teilen, wo die Sonne nicht loderte, tief sattblau funkelte, in einem ungeheuer keuschen, ursprünglichen Kristallglanz. Draußen war die Hölle; innerhalb des Haines, an dem Teiche, war Geborgenheit, Schatten und Kühle.

Doch nun, wo die Hitze so gierig – schon wochenlang – und unablässig an allem Leben fraß und selbst die Luft sich untertan machte, so dass sich kaum ein Seufzer rührte und die Nächte selbst dumpf und schlafarm wurden – kaum dass die frühere Kühle sich noch dann und wann gespensterhaft fühlbar machte – nun wurde auch das spärliche Leben der Oase matt und taub. Eine Lethargie ergriff die Leute; sie lagen mit halb geschlossenen Augen auf dem Dorfplatz; die Stimmen regten sich selten, und dann kurzatmig und mühselig; nur wenn es nötig war. Selbst die Kinder – – – sechs an der Zahl – – – vergnügten sich nicht mehr mit lautem Geschrei; sie lagen nackt in einem Haufen und strampelten nur zuweilen mit den Füßen im Wasser. Eines von ihnen hatte eine kleine, gelbbraune Giftschlange gefangen, und sie neckten das fauchende Tierchen mit Hölzern. Manche von den Männern kamen überhaupt nicht hervor, sondern vergruben sich in ihre Zelte.

Auch Sadaui verschwand. Man sah ihn nie. Die Hitze wuchs, und unter den Palmen war eine surrende, kochende Stille. Draußen tanzte der Umkreis in Wellenlinien; grellweiße Blitze drangen durch die Stämme. Seltsame, nie gehörte Laute erwachten in der Luft und auf der Erde. Eines Tages seufzte das Lehmufer des Teiches: Ein großer Spalt klaffte auf. In den Palmenstämmen entstand ein Rieseln: Der innen aufgespeicherte Wasserdunst ging auf die Wanderschaft. Die Spitzen der langgefiederten Blätter liefen braun an; und das Schilf, pulvertrocken, stäubte überreifen, seidenen Samen ab, sobald auch nur die Ahnung eines Hauches sich rührte.

In diesem Sommer geschah es auch, dass die Mücken überhandnahmen.

Das Wasser, das zurückgesunken war, hatte sich mit einer graugrünen, schleimigen Algenschicht überzogen. Dort, wo die Quelle sonst einen kleinen, fröhlichen Wirbel bildete, quälte sich in großen Zwischenräumen eine träg zerplatzende Blase hervor. Und über dem Teich entstand ein geschäftiges Leben, eine flimmernde Schicht, in der sich das Licht brach; ein Wirrwarr von Millionen glasfeiner Schwingen, die auf und nieder tanzten, aber noch von dem Element, das sie geboren, gebunden. Abends, in der dumpfen Schwüle, konnte man Laute hören; einen einzigen, tiefen, warmen Klang, der sich bald verlor, bald von allen Seiten befördert, allumfassend flutete, jedes andere Geräusch zerschneidend: die hörbare Stille.

Allmählich wurden die Mücken dreister und mächtiger. Nach einer weiteren Woche windloser, stagnierender Glut brausten sie zu einer Abendstunde empor, wie eine kleine, in allen Ohren spitz singende Wolke. Das prasselnde Feuer, das man ihretwegen unterhielt, wurde trüb, schwelte und bekam einen Rand von Qualm, als sich ein Teil der zarten, verderblichen Tiere hineinstürzte; für einen Augenblick huschte eine Dunkelheit über den Platz, da sich immer neue Kolonnen besinnungslos hineinwarfen; und zuckende, stinkende Seitenflämmchen sprangen auf. Die Leute, die träg im Freien lagerten, verspürten ein Prickeln auf der Haut. Sie sprangen auf und schlugen mit den Ärmelfalten um sich. Dann eilten sie zu den Pferden, die sich stampfend und wild mit den Schweifen schlagend durcheinanderdrängten.

Ein Hammel verschwand. Kurz zuvor hatte man ihn noch in der Nähe des Schilfes gesehen; und als man nach drei, vier Tagen dort nachsuchte, fand man ihn verendet und aufgetrieben, halb in den zähen Schlamm vergraben. Der Kopf des Tieres starrte träg aus dem Wasser, mit einem grellen Ausdruck in den toten Augen. Bisweilen war es, als blinzele er mit den Lidern: Das war die dicke Kruste von wimmelnden Mücken, die ihm Augen und Nüstern umrahmte. Man scheute sich, das unreine Tier zu berühren, und ließ es, wo es war. Kurze Zeit danach geschah dem Schêsch etwas Seltsames.

Als er ziellos, um das dumpfe Gefühl von Schlafsucht zu bemeistern, das ihn gleich den anderen befallen hatte, zwischen seinem Zelt und der Quelle hin und her schritt, erschrak er aufs Tiefste, denn es bildeten sich, wie er wahrzunehmen glaubte, in der flimmernden Glut vor ihm die Umrisse eines jungen Mannes, der ihm entgegenschritt. Diese ganz in gelbem, glitzerndem Feuer verrinnende Gestalt schien stehenzubleiben, sobald Sadaui seine entsetzten Augen auf sie heftete; dann wich sie zurück und zerfloss zu einer weißklaren Flamme mit dem übrigen Glanz, der ringsum herrschte. Sie wich nicht auf dem Uferweg zurück, sondern ruckweise über die kaum bewegte, von Pflanzenfäulnis schwärende Oberfläche des Wassers; und auf eben dem Platz, wo Schuchân ehemals seinen Gebetsteppich entbreitet, verweilte sie ein weniges, ehe sie zerfloss. Etwas Gelbes schien dort noch sekundenlang fortzulodern; bis auch dies erlosch. Gleichzeitig erhob sich ein flauer, schwacher, äußerst träger Luftzug, und der stillstehende Sadaui, der nur den Kopf ratlos drehte, sah auf einmal, dass das Schilf geborsten war, niedergesengt, und dass der Kopf des Hammels kahl und halb enthäutet mit grellen Augen aus dem Wasser starrte. Der Luftzug brachte einen Geruch mit, der über alle Beschreibung hässlich war. Und dieser Geruch schien sich allem mitzuteilen, was es ringsum gab. Sadaui verhüllte schnell den Kopf und ging in seine Hütte. Ein sausendes, knatterndes Geräusch ward hinter ihm hörbar: Ein Geier hatte den Kopf entführt und sich, schrill kreischend, auf eine entferntere Palme geflüchtet.

Am nächsten Tage, bei unverminderter Hitze, lagen sechs Pferde verendet in einem Winkel der Oase. Eine graue, lärmende Wolke von Geiern, die überall aus dem Blau hervorstürzten wie Meteore, bedeckte sie mit eifersüchtig hauenden, grobfederigen Schwingen, aus denen schmutziger Flaum stäubte. Ihre nackten Hälse, blauweiß, mit baumelnden, halb vertrockneten Hautklunkern, vergruben sich tief in die Kadaver. Man schoss sie zu Dutzenden nieder, doch es wurden ihrer immer mehr. Die Aasfetzen tanzten unter dem Wetteifer der gierig hackenden Schnäbel hin und her. Gleichzeitig tauchten viele Wüstenfüchse auf; Rudel von gespensterschnellen, knochendürren, fauchenden Füchsen. Sie schienen keine Scheu mehr zu kennen; sie lieferten, mit schnappenden Zahnreihen, mit Zischen und Zerren, und trotz des Mittagslichtes vor Blutdurst und Hunger glupenden Augen, eine Schlacht mit den Geiern. Das Getöse der Tiere klang durch die ganze Oase. Die Leute wurden des Schießens müde, denn eine unerklärliche, schlaffe Beklemmung, die vom Magen ausging, ließ ihnen die Flinten aus der Hand gleiten. Als der Abend kam, erbrachen sich Abu-Rîch und Abu-Makar als die ersten. Ihre Gesichter waren aschgrau, sie wälzten sich in Krämpfen am Boden. Eluâni hatte viel zu tun. Zwei Stunden lang gellte seine heisere Beschwörung, doch es half nichts. Die beiden starben. Dann folgten die Kinder nach, von einer wütenden Kolik hingerafft. Man verscharrte sie eilends … und als man sah, dass sie am zweiten Morgen aus den aufgewühlten Löchern verschwunden waren, ergriff eine Kopflosigkeit und eine Stumpfheit die Leute, wie sie nur äußerste Angst und unmittelbare, schier körperliche Gegenwart des Todes in seiner widerlichsten Gestalt erzeugt.

Endlich ward beschlossen, Allah und Den Propheten in großer Zeremonie um Regen anzuflehen.

Es war um die Mittagszeit, und Eluâni trat aus seinem bunten Zelt hervor. Man bildete einen Kreis; und Eluâni hob die Hände empor und wandte seinen stärksten Zauber an. Drei Stunden redete und tanzte er ohne Unterbrechung; dann, völlig erschöpft und in Schweiß gebadet, sank er zuckend zu Boden. Er lag, das tierische Angesicht zu einem bösen Ausdruck verzerrt, etliche Zeit wie ein Toter da. Plötzlich erhob er sich und stammelte, indem er nach Sadauis Zelt deutete: »Dort ... geht dorthin ... ich werde mitgehen ... er ist stärker ... geht zum Schêsch, er wird euch Regen geben ...«

Und die Leute, Eluâni an der Spitze, schritten müde zu dem Zelt des Schêschs. Weil es fest verschlossen war, setzten sie sich auf den Vorplatz. Die Weiber, durch die große Not der Sitte entbunden, kamen, eine nach der anderen, gleichfalls aus ihren Schlupfwinkeln hervor und gesellten sich den Männern zu. Zaudernd ließ man sich in einer Reihe unter dem Druck der grellen Glut vor dem Zelte nieder, und Eluâni als erster schrie: »Sadaui, komm hervor!«

Es blieb totenstill.

Nach einer Pause schrie Eluâni, diesmal in anklagendem Ton: »Komm hervor, Sadaui, und hilf!« Er wiederholte es noch mehrmals, doch nichts regte sich. In träger, hoffnungsloser Geduld wartete das Häuflein noch die Dauer zweier Stunden, dann, einer nach dem anderen, erhoben sie sich und verließen den Platz.

Noch am selben Abend starben Abd-el-Schuard und Abu-Muchla. Die Verzweiflung stieg, und beim ersten Blick der Frühe waren sie wiederum vor Sadauis Zelt versammelt.

Nachdem Eluâni wieder seinen vergeblichen Ruf getan, schrien auch die anderen; und zum Schluss dröhnte ein einziger Schrei vor der Hütte: »Sadaui, hilf!«

Es fruchtete nichts ... und eine Erbitterung erwachte, die sich langsam in Wut wandelte ... Auch Eluânis Gebärden zeigten eine Veränderung. Eines Tages, um Mittag, nachdem er das Haupt, wie gewohnt, zu Boden gesenkt getragen, spannte sich sein Körper plötzlich wie im Krampf, und ein lang anhaltender Schrei, der in ein Gelächter ausklang, brach aus seinem Mund. Seine Augen waren verdreht ... das Gelächter, das er ausstieß, klang schluchzend; und darauf seltsam rein, leise wie ein pfiffiges Kichern. »Sadaui ist tot«, sprach er und hob den Finger. »Hört ihr's nicht? – Wir müssen ihn mit den Flinten erwecken.« Es schüttelte ihn wie ein guter Witz. Man rüstete sich und stürmte heulend zur Hütte. Darauf schoss man etwa zwanzigmal scharf hinein. Ein jammerndes Kreischen, wie das gefangener Vögel, drang heraus, um einer großen, beklemmenden, um sich fressenden Stille Platz zu machen. Plötzlich, gedankenschnell, teilte sich der Vorhang, und Sadaui stand aufrecht vor ihnen da, so dass sie bestürzt, ja kopflos zurücktaumelten.

Er stand steinern ... er wuchs förmlich aus dem Dunkel heraus wie ein Dämon, mit einem Gesicht so voll Abscheu erregenden Hasses, dass er sich selber kaum mehr glich. Sein Kopfskelett, greisenhaft deutlich, zeichnete sich ab; schwere Wülste paarten sich über seiner Nasenwurzel; seine Augen, kaum sichtbar, hellgrau und stechend, wurden durch schmutzigweißes Brauenhaar halb verdeckt; ebenso schien sein wolliger Bart wie sein Haupthaar inzwischen gebleicht zu sein. Er sprach kein Wort. –

Dann tauchte er wieder im Dunkel der Hütte unter. Nach einer Pause erschien er wieder und schleifte die erschossene Matrîje heraus, die er ihnen hinwarf. Sie war federleicht und mager; er hatte ihr rabenschwarzes, verfilztes Haar um seine Knochenfinger gewunden und schleuderte sie mit schwerem Schwung hinaus; sie fiel vor sie hin wie ein bunter, entstellter Vogel, und das Metall erklirrte an ihren Gelenken. Das Gleiche tat er mit seinen beiden anderen Frauen. Als die drei Körper, übereinandergeworfen, vor dem Zuschauerkreis lagen, stand er wie einer, der von seiner Hände Werk befriedigt ist; und dann zeigte sich ein eiskaltes Lächeln an seinen Mundwinkeln. Er zog eine lange Flinte mit silberbeschlagenem Kolben aus seinem Burnus hervor, prüfte ihre Ladung und ihren Hahn und sprach dann: »Ihr habt mich gerufen. Ihr seid Hunde; drei Tage lang hörte ich euch vor meiner Hütte kläffen. Da habt ihr ja euren Heiligen –«, und er wies mit der Flinte nach Eluâni. »Fragt doch diesen! – – Und nun entfernt euch, so schnell ihr könnt!«

Eluâni stieß ein sinnloses, beinahe schadenfrohes Gelächter aus. Und während die anderen stumm und geduckt vom Platze wichen – so entsetzlich war der Gesichtsausdruck Sadauis –, blieb Eluâni stehen. Sadaui riss die Flinte in den Anschlag, doch ehe der Schuss fiel, ließ er sie schwanken und zu Boden fallen.

Denn dort, wo Eluâni gestanden, stand jetzt ein anderer und sah ihn mit traurigen Augen an. Er hatte ein rundes Gesicht und trug einen blauen Burnus. Und jetzt hob sich seine Hand und schob den Saum beiseite, eine runde, kindliche Hand, und Sadaui sah seine hellen

Brustmale und sah seine Seitenwunde wie einen Rubin leuchten … Durch das jäh entfachte Sausen des Blutes in den Ohren hörte Sadaui, als er sich stöhnend in der Hütte verbarg, wie Eluâni draußen wiederum kicherte, sich langsam entfernte, und wie sein Gelächter sich grell und stoßweise hinter den Palmen verlor.

Tag um Tag verrann … Die Seuche forderte neue Opfer; an einen Aufbruch dachten die Leute nicht. Denn draußen, in der Wüste, lauerte der Tod so gewiss wie hier; die Hitze wuchs ins völlig Unerträgliche. So stieg fünfmal täglich ein verzweifelter Aufschrei aus allen Kehlen, jetzt vermengt mit dem schrillen Jammer der Weiber, zu Allah empor. Die Toten einzuscharren und Gedenksteine auf ihnen aufzutürmen war man zu schwach und zu planlos geworden; man schaffte sie vor die Oase, wehrte, solang man konnte, den Geiern und überließ sie dann ihrem Schicksal.

Sadaui saß stumm in seinem Zelt, als sei er ein abgestorbener Baum. Zuweilen wandte er sein graues Antlitz ruckweise im Kreise um, und ein Beben überlief ihn. Tief verhüllt saß er so, wie lang, wusste er nicht. Es herrschte eine dumpfe Dämmerung in dem festgeschlossenen Zelt; und zur Nacht – niemand sah es – überwand er eine lächerliche, insgeheime Angst vor dem »Draußen« und ging einige Schritte in die Wüste hinaus, mit allen Waffen versehen, die er besaß. Denn hier, wo er rings von dem hellen Sand umgeben war, konnte ihn niemand hinterrücks anspringen.

Zuweilen, tagsüber, reckte er die Hand aus nach einer Dattel, einer Feige und erhielt sich. Das Wasser, das den anderen tödlich ward, stahl er sich aus der Quelle selbst, wo sie am reinsten sprudelte. Er trank es, ohne Beschwerden zu fühlen. Doch all seine Fibern zuckten. Denn draußen, so fühlte er, ging einer um, und diesem standzuhalten, war der letzte Sinn seiner Herrschaft.

Tagtäglich stieg das junge Kamel durch die Lücke im Damm. Es ging ihm unvermindert gut, das sah man. Es gab sich, da es nichts Besseres zu fressen fand, mit der neu geschaffenen Hecke ab und zerkaute die Dornen voller Wohlbehagen. Zuweilen wieherte es vor sich hin, als ob es mit einer Angelegenheit beschäftigt sei, die ihm Behagen verursache. Es trat die Lücke breiter, und der Sand stürzte hurtig nach. Mit einer gewissen tückischen Freude trat es jeweilig in die sinkenden Stellen; der ausgetrocknete Lehmkitt gab keinen Halt mehr und barst; und Strecke nach Strecke des Dammes verflachte sich und sank um.

Da sich auch *auf* der Erhöhung nachträglich angesiedelte Schîjekräuter fanden, geriet das Kamel auf den Einfall, sich hinaus zu begeben, wodurch der Damm am gründlichsten zerstört ward. Nach einigen Tagen lag das ganze bebaute Kulturland der Wüste offen.

Sadaui sah das Kamel auch zuweilen in den hellen Mondnächten, wie der schlanke Hals sich als schwarzer Umriss dort auf den Trümmern des Dammes wand und senkte, und umging es in weitem Bogen. Und eines Nachts sah er es nicht, dafür aber etwas weit Furchtbareres: Der eben abnehmende Mond hatte eine rötliche Farbe. Zugleich fühlte er an den Händen und im Gesicht zum ersten Male seit sechs windlosen Wochen einen Widerstand der warmen Luft; und sein Burnus wallte träg. Der rötliche Mond scheuchte ihn zurück, er vergrub sich wieder in das nachtdunkle Zelt.

Das weiche, flaue Sausen wuchs. Sadaui, schwer atmend zwischen vier Kissen gepresst, um sich auf allen Seiten gegen einen unvermuteten Überfall zu schützen, wartete. Das Sausen wurde nicht kühl, sondern blieb in gleicher Stärke bis zum Morgen. Und siehe da: Ein Knistern erwachte in ihm. Ein schleichendes Knistern: Millionen feiner Quarzkörnchen waren auf der Wanderschaft. Der nächste Tag zeigte das Erschreckende: Die Wüste wuchs. – – –

Sie schob sich tückisch und schier unhörbar herzu, durch die klaffende Dammlücke herein. Sie überrieselte und fraß, was sie bekam ...

Da machte sich Sadaui ein erstes Mal am hellen Tage auf und ging in die Oase. Ein dumpfer Schrei entfuhr ihm. Halb in das stinkende Wasser vergraben, lagen *alle* Leute, Weiber, Kinder und Männer, furchtbar verfärbt, als Leichen an einer flachen Stelle des Teiches – – – Ihre Gewänder bewegten sich zuweilen; da und dort hob sich ein Arm, rollte ein Kopf auf die andere Seite, zuckte ein Fuß. Dieser gespenstische Anschein des Lebens erlosch, als Sadaui einen Schuss löste und mehrere Füchse dadurch in die Flucht trieb. Er trat näher und suchte mit gierigen Augen die Gesichter ab. Aber das, was er suchte, fand er nicht; Eluâni war nicht darunter.

Außer sich vor Wut und Schrecken begann er zu suchen. Er streifte den ganzen Tag umher, doch vergebens. Der Fiki musste sich in der Trümmerstätte verborgen halten.

Inzwischen wuchs die Wüste ...

Auch tagsüber spürte Sadaui den flauen Anhauch und das leichte Prickeln an den Fußgelenken. Und während er keuchend durch die

Oase eilte, die leeren Zelte zerfetzte, nach jedem Schatten schoss, umfing ihn plötzlich, inmitten grellsten Sonnenlichtes, die Angst. Sie umfing ihn wie eine lähmende Welle: Sie betäubte ihn wie ein Blutsturz; sie löschte alle Farben vor seinen Augen aus. Sie warf einen grauen Schatten, wie den des Zwielichts, auf den Umkreis; und jäh aufragend stand vor ihm die fürchterliche Erkenntnis: »Ich bin allein, und dieser Eluâni schleicht stündlich hinter mir her und sucht mich zu ermorden.« Doch dann – mit zähneknirschendem Trotz: »Er soll mich bereit finden! – Wohlan, wenn er geblutet hat, sterbe ich gern. –« ... Inmitten des tödlichen Schweigens fröstelte er. Es konnte ihm geschehen, dass er jäh herumfuhr, als habe ein Finger ihn an der Schulter berührt; und in der Nacht vergrub er sich ins Zelt und starrte in die schwelende Flamme eines kleinen Dochtes, während sein Gehörnerv, schmerzhaft gespannt, nichts als das unablässige, leise singende Wandern des Sandes vernahm.

Als er sah, wie die Wüste sich vorwärts schob und den Teich erreichte, jeden Augenblick drohend, die spärliche Lache, die die halberstickte Quelle noch erhielt, zu verschütten, – – – da kam ihm ein Gedanke, so einfach und erlösend, dass ihn die Heiterkeit übermannte und er sich vor unbändigem, fast erstickendem Vergnügen an die harten Schenkel schlug: Wenn er die *Quelle* verstopfte, war der Feind ohne Wasser!! Er wird ohne weiteres Zutun verdursten; er wird sich heranschleichen wollen, ha, und Sadaui wird ihn mit seiner Flinte in Schach halten; er, Sadaui, wird zusehen, wie der Fiki aus seinem Versteck herauskommt, wie er sich windet, wie er bettelt, wie sein durststarrer Blick sich verschleiert, und wie der verfluchte Zauberer allen Höllenqualen langsamen Verkommens und Verschrumpfens ausgesetzt ist!! – – – So dachte Sadaui, und eine innige Freude erhielt ihn wach. Er hockte sich nahe der Quelle nieder und tat schlaue Blicke nach rechts und links. Das tat er – – – und er wartete nicht umsonst.

Denn in der dritten Nacht, seit er den Entschluss gefasst, kam etwas heran, was einem Menschen glich. Es lief auf allen vieren, war windschnell, emsig, näherte sich der Quelle und gab einen Ton von sich, ein röchelndes, verschmitztes Lachen, das der Lauscher zu kennen glaubte. Sadaui schoss zwei-, dreimal; dann tat das Ding einen Satz und lief auf zwei Füßen davon.

Es lief nicht schnell; es hinkte. Atemlos folgte Sadaui. Doch so rasch er auch rannte – – die Entfernung zwischen ihm und dem flüchtenden

Wesen ward nicht geringer. Sie gelangten in die Wüste, und eine fahle Dämmerung erwachte. Sadaui folgte schier besinnungslos und stolpernd seiner unentrinnbaren Beute. Er gab noch einen Schuss ab, der fehlging; dann warf er die Flinte hin und versicherte sich des Messers.

Auf einmal war das Ding vor ihm verschwunden, als habe der Boden es eingeschluckt. Gleichzeitig aber traten die Umrisse eines kleinen Hügels aus dem milchgrauen Zwielicht hervor. Sadaui hielt inne, als habe er einen Schlag erhalten. Er kannte diese halb verfallene Mauer und kannte diese Sanddüne, die sich hinter ihr staute. Er fiel der Länge nach auf den Boden, und sein Herz schlug schwer und dumpf, als ob es versagen wolle ...

Endlich erhob er sich, ging vorwärts und spähte hinter den Hügel.

Dort, mitten auf dem Grabe, saß Eluâni. Er saß mit gekreuzten Beinen dort, zum Gerippe abgemagert, das hässliche Gesicht feixend verschoben wie das eines Affen. Seine Augen loderten in haltlosem Wahnsinn. Als er Sadaui sah, begann er grell zu lachen; er bellte vor Lachen; er hielt seine Katzenfellbeutelchen umkrampft, und sein Zwerchfell bebte derart, dass er wie eine Puppe hin und her geschleudert wurde. Stets wiehernd, deutete er mit beiden Händen vor sich hin auf das Grab, als ob er etwas Köstliches in schalkhaftester Weise zu Sprache bringen wolle und als ob nur seine grässliche, zügellose Heiterkeit ihn daran verhindere ... und Sadaui stürzte sich auf ihn und stach ihn herab. Er stach zwei-, dreimal; und sah kein Blut. Die Haut platzte wie eine trockene Kamelstasche oder gedörrte Quitte. Und Eluâni sank herab, mitten in seiner unsinnigen Fröhlichkeit erreicht; doch wenn er auch verstummte, so lachten sein Mund und seine ganze Haltung weiter; geisterhafte, wiehernde Klänge erfüllten die Luft. Und Sadaui machte sich eilends daran, ihn zu verscharren, von Angst geschüttelt, der Zauberer möchte wieder auferstehen, denn offenbar hatte er das Leben von sieben Teufeln in dem ausgemergelten, blutlosen Leib ... Sadaui war keinen Augenblick sicher, ob nicht doch ein Afrîd in ihm stecke und ob dies nicht bloß der tote Leib Eluânis sei, in dem der Afrîd sein grauenhaftes Wesen treibe.

Deshalb musste er gebändigt werden; der Weg der Rückkehr musste ihm verrammelt werden. Sadaui schüttete Sand auf ihn, so viel er konnte; er fasste den Sand in sein Burnustuch und goss ihn herab, und dann, als Eluâni gänzlich verscharrt schien, schleppte er von dem Gemäuer Steine herzu, mit der Riesenkraft seiner Rache; er warf, während er Stein um Stein hob, eine doppelte, eine dreifache Zentnerlast auf den verscharrten Leib.

Da aber geschah Folgendes: Ein Windstoß brauste heran und umhüllte die ganze Stätte mit einer glitzernden grauen Wolke. Und als der plötzliche Windstoß sich gelegt hatte und die Wolke zerstreut war, kam der geöffnete, zum Lachen verzogene Mund Eluânis aus dem Sand hervor.

Er sah aus wie ein kleiner Krater. Er spie stumme, höhnische Worte aus. Entsetzt warf Sadaui neuen Sand auf ihn; doch ein neuer Windstoß raffte ihn wieder fort ... Der *offene Mund* ließ sich nicht verdecken – – –!!!

Da tat der Schêsch einen heulenden Schrei und rannte nach der Oase zurück. Die Luft wurde finster von Sand. Sadaui, nach einer atemlosen Flucht, sah hinter sich; von der Richtung des Hügels drang ein entsetzlicher, langgezogener, nicht enden wollender Ruf, den das Geräusch des anwachsenden Sturmes verschlang.

Sadaui erreichte die Oase und fiel, unweit der verschütteten Felder, besinnungslos zu Boden.

Die Geschehnisse schritten vor; Wolken auf Wolken glühheißen Sandes brüllten heran. Der Himmel ward dunkel, dann schwarz ... Fahle Entladungen durchzuckten ihn; die Palmenwedel, schwarzgrün gefärbt, wogten knarrend hin und her ...

Da tat Sadaui die Augen auf ...

Und siehe, vor sich sah er ein funkelndes Farbenspiel.

Der Acker Schuchâns grünte; ein Hain sprosste aus ihm empor –: Goldgelbe Orangenblüte prangte; doppelt mannshohes Zuckerrohr, mit zarten, zärtlichen Blättern, schmal gefiederten, nickte; Oliven, silbergrau, verbreiteten kühlen Schatten; und Rosen vermischten sich mit den blinkenden Sternen von Aprikosenranken.

Ein zeitloses, silbernes Quellsprudeln erhob sich, wie die Akkorde Israfels, des himmlischen Sängers, der ein klingendes Herz, durch die Sphären schallend, in der Brust trägt. Und während Sadaui noch auf das Wunder starrte, sah er mitten in dem Hain Schuchân auf seinem jungen Kamele sitzen.

Er saß still da, auf einem prunkenden, golddurchwirkten Sattel, in seinem hellblauen Burnus. Er hob die eine Hand an ein Diadem an seiner Stirn, als ob er die dunklen Augen schützen oder etwas suchen wolle; die andere Hand, die von köstlichen Ringen funkelte, hielt das goldene Halfterband des Tieres umfasst. Ein unirdischer Glanz umstrahlte ihn; und ein Duft ging von ihm aus, ein betäubender Wohlgeruch wie von einer Fülle von Blumen ...

Nun trafen seine Blicke unter schweren Wimpern hervor die Sadauis, und er nickte ihm freundlich zu.

Dann hob er den Arm und öffnete sein Gewand. Seine Seitenwunde glühte purpurn; und als er sie berührte, verschwand sie; und Schuchân hielt ein große, dunkle Rose in der Hand. Diese warf er, in weitem Bogen, zu Sadaui herüber. Sadaui wollt die Rose haschen und stürzte nach vorn. Die Rose entglitt ihm, und er fiel auf die Stirn; Nacht sank auf ihn herab, und das Farbenspiel erlosch –

Einige Beduinen, die sich verirrt hatten, fanden nach Ablauf vieler Jahre die Stätte der Trümmer wieder. Doch die Oase war vernichtet, ausgetilgt, spurlos von Sand verweht, von erbarmungslosem, glühendem, zähem, wanderndem Sand. Nicht einer Palme morscher Strunk erhob sich mehr: gleichmäßig glatt, bis ins Unendliche, lagerte und trotzte die Wüste. – –

Die Nacht der Würde

Der wohlhabende Teppichhändler Abu-Nabbut ging seitlich von der Schubra-Allee nach dem Herzen Kairos und nach seiner Wohnstätte zurück. Eine von Akaziengeruch durchsetzte Staubluft lag durchsichtig über dieser Strecke, die, wie stets in der Abendstunde, von Verkehr wimmelte. Die monotonen Schreie der nacktfüßigen Saîs, die mit klatschenden Sprüngen die Menge zerteilten, waren der heisere Unterton der Geräuschwelle um den würdig dahinwandelnden Abu-Nabbut. Eunuchen, in Turbanen und prallen Livreen, blinzelten voll fetten Hochmuts von den Kutscherböcken herab; in den Fonds federnder Equipagen lagen Damen und bewegten dunkle Augen über den Säumen gebauschter Gesichtsschleier. Eseljungen hieben ihre eilig trippelnden, staubgrauen Tiere, deren Ohren unablässig auf- und niederwippten; ein ganzes Kontingent von schreienden, halbnackten Fellachen, die leere Wasserschläuche auf den beweglichen Schultermuskeln hin- und herwarfen, brach sich Bahn. Dann stolperte ein grauhaariger Orangenverkäufer durch das Gedränge und pries seine Ware, die goldgelb aus einem schmutzigen Bastkorb quoll, mit wüster, tonloser Stimme; oder träge Kerle mit blatternarbigen Gesichtern stießen ihre Zuckerrohrbündel wie Lanzen vor sich her. Eine Wolke von Gerüchen, abgelagert und sonnverbrüht, ging von diesem zügellosen Menschenknäuel aus, der sich, vom Stumpfsinn der Hitze erlöst, seinen nächtlichen Späßen entgegenwälzte. Zuweilen erhob sich ein Parfüm, ein Rüchlein Moschus oder Heliotrop, und flatterte wie ein Schmetterling, schnell und verstohlen, über die wechselnden Miasmen. Die Abendländer sausten auf ihren Gigs, Kabrioletts oder Korbwägen vorüber; einige kehrten auch beritten von ihren Ausflügen nach Karafe oder der Insel Roda in die Stadt zurück.

Abu-Nabbut schlenderte behaglich des Weges. In seinem schwarzen, rund geschnittenen Vollbart stak eine breite Zigarette, deren Rauch er in die Nüstern seiner beweglichen Nase sog. Seine apathischen Augen – die nur zuweilen blitzartig scharfe Blicke aussandten – ruhten hinter fetten Lidern, halb verdeckt von kohlschwarzen Wimpern. Er ging ohne Prunk, sacht und geräuschlos in seinen Pluderhosen aus brüchiger Seide; seine Hände verschränkten sich auf der breiten Schärpe; von ihren Knöcheln fielen die Ärmel wie große Faltensäcke. Zuweilen konnte man an den Fingern die weißgrauen Nagelkuppen und große Edelsteine in altertümlicher Fassung sehen. Er hatte etwas Verschmitztes und Fürstliches zugleich an sich; er war ein gut unterrichteter und behäbiger Mann.

Er ging über den Platz, wo der Korso wogte, und in der Nähe von Shepherds Hotel zögerte sein Schritt. Der Mann wurde für Sekunden gleichsam steinern; seine Kleidung, seine Ärmel hörten auf zu wallen. Seine Augen wurden kreisrund; etwas wie eine dicke, zurückschnappende Stahlfeder straffte seinen Nacken. Dann sah er sich schnell um; seine schimmernden Zähne ließen jäh Luft hervorzischen: Ein wütender Kehllaut entfuhr ihm, während er die Finger in der Luft spreizte. Sein Fuß zertrat die entfallene Zigarette, und, die Stirn in Falten gelegt, ging er langsam weiter.

Der Himmel wurde dunkelblau; weite Sterngefilde blühten. Die schwarzen Nadeln der Minarette zerstachen den Horizont; die Kuppeln auf den Mausoleen der Kalifen verschwammen zu massigen Wellen von besänftigter, geisterhafter Ruhe. Von den Türmen der Amr-, Kait-Bey- und El-Ahzar-Moschee fielen die Rufe der Muezzin; Taubenschwärme, die im Filigranwerk des zweifarbigen Marmors hausten, stoben knatternd ein letztes Mal um die Galerien.

Abu trat in das Gewirr von schattigen Gassen, in denen Lärm und Geschrei herrschte. Er ging in die Straße Sook-el-selah, wo er wohnte, und verschwand in der niedrigen geschnitzten Holztüre.

In dem überkragenden ersten Stockwerk mit keilförmig vorgespitzten Fensterläden, die man partienweise öffnen konnte, lag Abus Reich. Das Haus war auf das Fundament eines älteren, kleinen Palastes gepflanzt, von dem noch einige Säulenstrünke mit marmornem Rankenwerk in der roh beworfenen Backsteinmauer steckten. Von der Gasse betrachtet, war es trostlos taubenkot-beschmitzt vom First bis zum Türpfosten; grau, bröckelig und dürftig; innen war es bunt und reich. Abu durchschritt die offene Mandara und ging in den Harim. Kein Laut von draußen kam herein. Hier war es kühl; kleine, an Schnüren herabhängende Glaslampen brannten. Draußen, an der Hinterseite des Hauses, gurgelte der Kanal, der zwischen hohen Mauern den Unflat der Stadt nach dem Nile rollte. Dieses trübe Lehmwasser quälte sich seit Jahrzehnten nach einem Sonnenblick ab, den es nur in flüchtigen Streifen erhielt; und in den Nächten erzählte es verstohlene, lange Märchen, die einschläferten wie das dürre Geräusch der Ratten in der schlammigen Kellertiefe.

Die drei Gattinnen Abus regten sich nicht, als er kam. Zwei schliefen, faul in den Kissenwust des Erkers vergraben, und die dritte saß aufrecht, das Auge von trägen Träumen verhüllt, die mit den sanften Ornamenten des Teppichs verschmolzen. Abu räusperte sich, sie atmete eine kaum hörbare Begrüßung und ging mit klappernden Fußringen hinaus, um ihm die Haschischpfeife mit allem Zubehör zu bringen. Abu blieb ernst und würdig. Er öffnete seine Kleidung ein wenig, warf einen Geldbeutel in einen hölzernen Verschlag, wo er mit kurzem, wuchtigem Klirren niederfiel, und ließ sich hierauf von der schweigsamen Gattin eine Art Sessel aus Kisten errichten, in dem er, halb sitzend, versank. Leise schmatzend rauchte er. Eine farblose graue Wolke stieg auf. Er blies stark, bis das Pflanzengift ins Schmoren kam. Dann verfiel er in Lethargie. Ein lebhaftes Traumleben begann sich um ihn zu entfalten.

Da war Ismael, der Türhüter von Shepherds Hotel, mit dem frech zugespitzt Tarbusch und der langen baumelnden Quaste daran. Er war fünfzehn Jahre alt und sah aus wie ein Prinz. Sein Burnus und seine Pluderhosen waren funkelnd weiß, dazu trug er ein gesticktes Jäckchen. Er verdiente Berge von Trinkgeldern, hübsch und anstellig wie er war. Die Fremden verzärtelten ihn; und selbst der Khedive hatte ihm einmal zugelächelt. Auf einmal war Ismael der Sklave Abus; sie befanden sich in blinzelndem Einverständnis miteinander.

»Allah ist gnädig!«, sagt Abu. »Wer ist die Herrin?«

»Eine Deutsche«, flüstert Ismael. »Sie wohnt seit gestern in Shepherds Hotel.«

Irgendeine dunkle, leiernde Musik kreist im Kopfe Abus. Ismael scheint seine Gedanken zu erraten; er tanzt wie ein kleiner Satan auf einem Bein. Abu sagt noch – er hört die eigenen heiseren Worte ganz vernehmlich –: »Ich habe den zehnten Beutel Goldzechinen gestern in den Verschlag fallen lassen. Einer davon ist dein, wenn du die Herrin in mein Haus lockst ... Sie wird Teppiche kaufen wollen. Ich habe ein großes Lager; schöne Ware; der Khedive putzt seinen Harim im Schubra-Palast damit.« Und Ismael lacht und nickt unaufhörlich.

Die Dame hat zwei Begleiter. Er sieht sie in ihren weißen Flanellanzügen, wie sie ihre langen, ungeschickten Beine von den Eseln herabhängen lassen. Sie haben lachsfarbene Gesichter und hellblaue Augen. Sie trinken und lachen viel; man kann sie leicht übertölpeln. Aber ihre

Revolver sitzen locker in den ledernen Gürtelfutteralen. Wenn ihre kalten Blicke auf Abu ruhen, siedet sein Blut vor Hass. Doch lächelt er und schicke Ismael; und auf einmal ist die Herrin bei ihm, bei Abu. Ihre helle, scharfe Stimme ertönt; und Abu sieht die blonden Haare auf ihrem weißen, kräftigen Nacken flimmern und fühlt die kleinen, harten weißen Hände, die herrisch an seinem knisternden Barte zupfen.

Abu, in seinem Rausch, stöhnt leicht. Seine Finger krallen sich um die Kissen. Die hellgraue Rauchsäule, von seinem hastigen Atem zerfetzt, verbreitet sich, und in seinem Hirn entsteht das brennende Bild von einer jähen Gewalttat – – –

Das war sein geheimer Exzess gewesen, seine geheime Lust. Täglich ging er aus und spähte nach dem Hotel hinüber. Er sah die Deutsche zuweilen auf der Veranda sitzen, ihre Begleiter lagen in Korbstühlen, die Taschentücher um die Köpfe gewickelt. – Als Abu das dritte Mal vorüberkam, nahm das Mädchen eine perlmutterne Lorgnette und besah ihn sich.

Abu trug sich fortan reicher. Er ging wie ein Pfau und schminkte sich. Er kleidete seine geräuschlosen kleinen Füße in spitzschnäbelige Schuhe von rotem Saffianleder und fächelte sich mit einem runden Palmblattfächer, den er mit einer roten Seidenschnur an der Hüfte befestigte. Dabei entstand ein glückverlorenes, offenes Lächeln um seine beweglichen braunen Lippen, und sein glänzend schwarzer Bart ging halb in die Höhe, wenn er sich Kühlung schaffte und aus den Augenritzen die Wirkung seines Gehabens prüfte.

Einmal trat er zu Ismael, der mit schmollend vorgeschobener Unterlippe auf den Stufen der Veranda saß. Der »Prinz« streckte seine braunen Knie, wollüstig und matt, in die Sonne.

»Salaam!«, grüßte Abu. »Allah mit dir, du Schêsch aller Torhüter! – Wie lange bleiben jene Fremden?«

»Bis morgen«, sprach Ismael. »Sie wollen nach Gizeh. Die Herrin hat eine zarte Brust. Zum Anfang des Ramadan kommen sie wieder.«

Und Abu ging heim, tat seinen Prunk ab und zog seine brüchigen Pluderhosen wieder an. Er wartete, bis der Fastenmonat kam. –

Und als der Schaaban sich seinem Ende zuneigte, kamen die Fremden wieder zurück und bezogen ihr altes Quartier. Nach einigen Orientierungspromenaden trat Abu-Nabbut eines schwerheißen Nachmittags – in den Wochen, da die Nilschlammflora verschrumpft und die Akaziendolden sich dürstend entblättern – an die Veranda, kreuzte die

Arme auf der Brust und trug in einem verdorbenen, doch gewichtig vorgebrachten und mit blumigen Beteuerungen geschmückten Englisch sein Anliegen vor.

Er pries seinen Bazar und die Fülle seiner köstlichen Waren. Er sang einen Hymnus auf die Firmen des Orients, von denen er seine Teppiche bezog; sanfte Schlummerdecken waren darunter, leicht wie Rosenblüten, Plaids, deren Schönheit den ganzen Korso zum Stocken brachte; Kissenbezüge mit Mustern wie brennende Träume, voller Fabelknospen; stilisierte Ranken, zerstückelte Fetzen von großer Kostbarkeit, Überbleibsel aus der Zeit des Propheten, und kleine, handseidene Abfälle gewaltiger Webtücher, in deren rauchwerkdurchduftetem Schatten die Gläubigen vor der Kaaba gelegen hatten. Abu wurde zum Dichter; er wusste sich nicht zu lassen vor Entzücken über so viel reiches Tuchwerk. Er pries sich selbst, er lud den Umkreis der Erde ein, sein Lager zu besichtigen. Dann verfiel er ziemlich unvermittelt nach all dem leiernd deklamierten Überschwang in ein diskretes Lächeln und in den Ton sachlichster Bitte um ein unverbindliches Gutachten.

Die drei Leute, die amüsiert und doch gespannt gehorcht hatten, wechselten Blicke, sagten zu und erhoben sich. Ismael tanzte um die Ecke und klatschte die Esel heraus, worauf sich die drei verfrachteten. Abu ging, prunkvoll rauschend, einen eleganten Rauchfaden über die Schulter wehen lassend, voran; Ismael folgte, eine Gerte in der Faust, wobei er sich voll schläfriger Koketterie in den Hüften wiegte. Und als die Gasse Sook-el-selah erreicht war, ließ Abu die Fremden eintreten und schickte Ismael mit den Eseln zurück.

Die Fremden blieben lange in seinem Lager und suchten sich manches heraus, was ihnen gefiel. Da die Hitze draußen äußerst drückend war und ihnen der Schweiß auf den Gesichtern stand, ließen sie sich überreden, durch die offene Mandara einzutreten und mit gemessener Neugier einen Teil von Abus Heim zu besichtigen. Er selbst blieb würdig und verbindlich; er klatschte in die Hände und erregte dadurch das klappernde Geräusch von Porzellan und Messingkannen hinter einem Verschlag von ziselierten Bronzegittern, wo der Schatten eines fetten, weibisch anmutenden Burschen – offenbar des Koches – hin und her glitt. Und dann bemühte Abu seine Gäste über eine Art Hühnerleiter in den Empfangsraum des ersten Stockes hinauf. Nackte Kinder rollten mit leisem Geschrei umher; ein Wink verscheuchte sie.

Die Frauen blieben unsichtbar; ihr Gespräch klang wie Taubengurren durch die Balkenritzen.

Abu entfaltete die Gabe seiner Unterhaltung. Er hatte gleichsam drei Körbe unsichtbar um sich verteilt, Politik, Skandal und Witterung; und aus ihnen entnahm er, anmutig wechselnd, seine Themen. Der Duft des klebrigen schwarzen Mokkas und der Zigaretten erzeugte eine Atmosphäre anspruchsloser Gemütlichkeit, welche den Deutschen, die ein wenig hilflos und ungelenk, aber stets freundlich interessiert mit vorsichtig gruppierten Beinen auf den flachen Kissen saßen, mit der Zeit insgeheim sehr behagte. Sie empfanden so etwas wie »Romantik« in der Situation; und dies Gefühl verstärkte sich, als der fette Bursche mit den weiblichen Merkmalen persönlich erschien und Cidre-Wein in einem Schlauche brachte – einen Wein, der ein kühles Labsal und zugleich süß und hitzig war.

Und um die Stimmung abzurunden, genossen sie unbedenklich, wie es ihre Sitte war, und trauten ihren Fähigkeiten völlig, dieser originellen Geschichte mit der erprobten Abgebrühtheit wohlhabender Reisenden ohne Verlust an Haltung Herr zu werden. Und siehe da, es wurde immer reizender; es wurde eine verträumte Idylle daraus; und um Abus Haupt wob sich ein Regenbogenglanz. Er wurde zum freundlichen Herbergsvater; er war – Allah strafe ihn! – ein lustiger Tausendsassa voller Späße und mimischer Talente; seine melodische Stimme lullte sie ein; ein paar Griffe auf einer zirpenden Laute gaben die Melodie zu seiner ganzen liebenswerten Person. Kurz und gut, am Schlusse lachte selbst das blonde Fräulein, dass ihr die weiße Kehle hüpfte.

Keiner merkte, dass die Zeit unversehens verstrich – außer Abu. Auf einmal rollte eine dumpfe Erschütterung durch das Gemach, und die Glaslampen zitterten an ihren Schnüren. Dreimal wiederholte sich dies kaum hörbare Getöse – und machte eine Viertelminute wüst, gedankenberaubt wie ein schwingendes Nichts, in das drei glanzlose Augenpaare hineinstarrten.

»Es ist die Kanone«, sprach Abu. »Die ›*Nacht der Würde*‹ ist da.« – Er trat an das Schubfenster und stieß einige der schmuckreichen Lädchen auf. Die Abendsonne lag mit einem letzten staubgoldenen Rauch, in dem schon die blaue Heimlichkeit der Sterne glühte, über den Mauerfirsten. Nun wollten die Deutschen aufbrechen. Sie begannen zu lachen und machten lebhafte Anstalten, sich zu erheben. Ihre Gesichter waren dunkelrot; das des Mädchens erschien perlblass, vor Unbehagen und rätselhafter Beklemmung.

Plötzlich wies sie mit einem kurzen Ausruf, der zum Warten mahnte, und schwankender Hand nach Abu. Er stand regungslos; nur seine Finger waren geschäftig und drehten einen Rosenkranz. Er stand wie ein schwarzer Schatten, sein Kopf hatte sich gesenkt; seine Lippen murmelten einen Korânspruch. Es war die Stunde, da »alle Meere süß werden und die Pforten der Himmel sich öffnen«, für einen flüchtigen, unfassbaren Augenblick.

Und dann sank Abu zusammen und küsste den Boden. Er lag still da; und über ihm waren die dunkelnden Vierecke der Fenster. Ein fernes Geräusch klang herein: eine einzige wirre Lautwelle, die in der Luft vibrierte über dem im Gebet erstarrten Kairo, der Choral einer erhabenen Gemeinde, der vereinigte Anruf, der von den Türmen schwamm. Und nachdem dieser verklungen war, ergoss sich wie eine Brandung ein Schrei der Lust darüber hin und verschlang die klare Meditation dieser benedeiten Minuten, verschlang sie mit Saitenklimpern, Fußgetrampel, klappernden Essgeräuschen, wieherndem Gelächter und kreischendem Trubel von Freude: Der Ramadan war da; man stärkte sich für die Fastentage, man stärkte sich gründlich und wälzte sich im Vergnügen.

Abu wusste, nun sind die Kaffeehäuser voll; nun erglüht die Lichterreihe der Zitadellenmoschee, nun schwanken Laternen durch die Gassen, nun gürtet man sich und genießt, was Allah in seiner Gnade beschert, skrupellos mit Kauen und Schlürfen – und er blieb liegen, noch einige Minuten lang, während seine Gedanken sich vom Gebet abkehrten und zu einem einzigen zitternden Nerv von Spannung und gierig behutsamem Lauschen zusammentraten, – und dann drehte er den Kopf; sein Bart glitt ruckweise über den Teppich; er bewegte sich so leise, dass keine Falte knisterte. Er lauschte eine Weile auf die satten, rasselnden Atemzüge ... schnalzte dann leise mit der Zunge und nickte befriedigt vor sich hin. Die kleine Manipulation an dem starken Weine hatte ihre Wirkung nicht verfehlt ... Abu erhob sich aus seiner kriechenden Stellung, entzündete alle Lampen und betrachtete seine Gäste.

Die Trunkenheit hatte sie rücklings überfallen. Draußen zog eine Musikbande vorüber, klimpernde Töne drangen herein. Abu besorgte sich gemächlich seine Haschischpfeife; und während er sog, sah er sich mit Muße die Abendländer an, die wie die Kinder schlummerten. Seine dunklen Augen grübelten über der Gruppe ... Zwei Schritte entfernt lag das weiße Mädchen, das mit halbgeöffneten Lippen über das Polster zurückgesunken war; und ihre Füße, die zuerst ratlos getastet hatten, streckten sich bei der völligen Lösung der Glieder tief zwischen die Kissen.

Drunten gurgelte der Kanal, und die Ratten wisperten.

Und mit der Zeit – da senkte sich der Kopf Abus, und vom Licht der Lampen, die einsam, gleich herzlosen Gestirnen, in dem Raume schwebten, empfing sein zu einer leeren Grimasse verzerrtes Gesicht die tiefen Schlagschatten des Turbanrandes über Stirn und Wangen; und zu beiden Seiten des scharf bestrahlten Nasenrückens, der gleichsam gierig witternd hervortrat, erwachten zwei andere Augen als die, welche noch vor einer Stunde so sanft, duldsam und verschleiert unter ihren behaglichen Wimpern geruht: Halb ins Bläuliche verkehrt, verwandelten sie sich und wurden regsam, schief und gehässig. Das war der behäbige Abu nicht mehr, der gewinnende Wirt und Herbergsvater!

Fahlblauer Sternenglanz erfüllte die samtdunkle Glocke des Himmels; die großohrigen Fledermäuse zwitscherten im Schacht des Kanals. Und wenn man horchte – so ganz auf die Stille horchte, die inmitten dieser dunstigen Mauern, abgeschieden vom ferner brandenden Lärm der Gassen, ihr beklemmendes Wesen trieb, so bestand sie aus einem rhythmischen Gewebe allerfeinster Laute, durch die als Grundton der schrille, unersättliche Hymnus der Mücken klang, leise, durchbohrend und tückisch; sie schwebten drunten auf dem träge gurgelnden Wasser. Man konnte sich vorstellen, dass von ihren tanzenden Füßen kleinste Wellenkreise entstanden; und wenn man sich ganz in ihre Musik versenkte, dachte man an Fieber und Blut.

»Ho«, meinte Abu zu sich, »sie sind in meine Hand gegeben, diese Drei. Ich kann nach Belieben mit ihnen verfahren.« Und schon sah er es vor sich, was er tun würde:

Das Mädchen trägt er in das innerste Gelass und sperrt sie ein, noch während sie schläft, als sein künftiges, hilfloses Eigentum und als Augenweide für sich und sein Haus!

Abus Hirn gebar immer gewaltsamere Bilder, immer hitzigere, aus dem aufgestörten Vorstellungswust einer traumhaften Vergangenheit und der Zeit seiner Vorväter heraus, die große Macht besaßen und ihre Begierden kühlen durften, wann es ihnen beliebte. Und diese Vorväter traten aus dem wallenden, bleigrauen Rauch, der wie ein

Schleier über ihm lag; stolz zurückgeworfene Köpfe tauchten auf, deren glühende Augen ihn streiften; und ihre Gewänder wallten geisterhaft in dem Nebel. Sie waren mit dem Padischah verschwägert und hatten Schwärme von Trabanten und Sklaven, die ihren Launen dienten, und ihre Stimmen klangen, wie durch eine Wüste von Zeit von ihm geschieden, dennoch seltsam nah und heiser an sein inneres Ohr und redeten dunkel zu seinem Blute. Das war ein Wirrwarr von Stimmen!

»Schleife diese Männer hinaus«, rieten sie ihm. »Packe sie an den Füßen und zerre sie über die Hühnerleiter; ihre Köpfe werden aufschlagen Sprosse um Sprosse. Schaffe sie auf die Gasse, lehne sie in albern hockender Stellung ans Mauerfundament der Amr-Moschee, mitten in den Strom des festtollen Pöbels, der sie erniedrigt, verlacht, beschimpft und mit Kot bespritzt!«

Abu streckt abwehrend die Hände von sich. Und dennoch neigt er das Ohr, halb betäubt vom Tumult dieser verlockenden Stimmen. Er darf, er kann ihnen nicht nachgeben; und doch spreizt er sich vor Behagen ... Andere Stimmen erheben sich; sie übertönen die ersten; und es ist, als ob ein heißer, flauer Wind durch das Gemach spiele, als ob ein leises, blutdürstiges Kichern aus den Ecken dringe.

»Du hast recht, Abu«, klingen diese anderen Worte. »Es wäre zu gefährlich, diese Fremden dem Pöbel zu zeigen; du lebst in einer aufgeklärten Zeit, und man würde deiner habhaft werden. Aber wie? Wenn du sie *verstohlen* beiseiteschaffen könntest? – Zur Hu-sên-Moschee oder in das Koptenviertel? Und dort verstecktest? – Dann sind sie grausam um ihre Macht bestohlen, geäfft und missbraucht zu eklem Handlangertum, oder von der Straße durch vier oder fünf dumpfige Mauerhöfe getrennt – als Spaßmacher für eine verschmitzte und wollüstige Dame, oder zu Eunuchen degradiert, ähnlich denen, die auf den Kutscherböcken die Schubra-Allee hinunterfahren; aber viel, viel verächtlicher. Man wird ihnen ihre Revolver und ihren Verstand nehmen; sie werden bleich und gedunsen ein paar kümmerliche Jährchen hinsiechen, farblos wie Pflanzen bei Sonnenmangel! Und du, Abu der Teppichkrämer, du wirst zuweilen kommen, dir erzählen lassen, was sie anstellen werden, um Hand an sich zu legen, und wirst ihnen mit Gelassenheit in die blonden Gesichter speien!« ...

Abu fährt zusammen und stiert nach der Gruppe hinüber. Das verlockende Geflüster klingt jetzt ganz nah; jede Silbe ist ein Geißelhieb nach seiner träge brütenden Ohnmacht. Er zittert, und seine Augen erweitern sich.

»Und des Mädchens wirst du dich bemächtigen, sobald du dich sicher weißt ... ah! – wie sie schreien und sich wehren wird! Doch wenn ihre Hilferufe gellen, wird in die summende Menge unter den Fenstern keine Stockung kommen! Das Echo ihrer Qual wird vielleicht das Gebrüll eines Derwisches sein, aus einer Gruppe von ekstatischen Teufeln heraus, die in Verneigungen und Schwingungen hin und her taumelt, sobald die Klänge von el Fahrids Weinlied zum Rhythmus dieses Getümmels geworden sind! Und dann wirst du das Mädchen in deinen Harim sperren und dich an ihrer Ohnmacht belustigen! Ihre kleinen weißen, selbstbewussten Hände werden dich streicheln müssen; ihre hellblauen kalten Augen werden Bitten enthalten, und ihr Mund, der hochmütig geschürzte, wird deine Befehle nachlallen müssen ... und du wirst ihr dies alles mit Fußtritten lohnen!«

Immer befehlender, immer hastiger dringen die Stimmen auf Abu ein. Er lässt seine Augen, starr wie vorher, über das Mädchen und dann über die Männer streifen. Dann kommt ein wilder Entschluss über ihn; sein Atem wird schwer, und keuchend erwidert er: »Ja, bei Allah, so will ich mit diesem Mädchen verfahren! – Doch die Männer will ich nicht verstecken und erniedrigen; nein, töten will ich sie; jetzt, während sie betäubt sind; zwischen meinen vier Wänden will ich sie erwürgen, und mein Koch und meine drei Weiber werden Beifall klatschen! Und dann werfe ich sie in den Kanal, oder ich stecke sie in den Kellerschlamm, tief hinein, und jede Nacht werde ich aufwachen, lauschen und mich freuen, dass mein Hass befriedigt ist.

Oh, wie will ich schlau sein, wenn die Zeitungen schwatzen! Ich werde zum Konsul gehen. ›Allah ist groß!‹, werde ich sprechen. ›Ich kannte diese Fremden. Sie haben Waren bei mir gekauft. Ich habe sie gewarnt; und doch haben sie die Schultern dazu gezuckt. Sie sind in die Irre gegangen und haben nicht zurückgefunden: Es ist eine unsichere Zeit.‹ Niemand wird sie im Schlamme meines Kellers finden; niemand wird ihnen nachspüren können, wenn sie ihre gemächliche Wanderung auf dem Grunde des Kanals nach dem Nile beginnen. Und der Vizekönig wird aus Angst vor dem englischen Regime die Kolik bekommen und sich verstecken müssen ...«

Und nach Verlauf von etwa einer Stunde erhebt sich Abu, steht einige Minuten zögernd mit fliegendem Atem, der zum Keuchen wird;

und dann nähert er sich mit vorwärtsfallenden Schritten, die kurzen Sprüngen gleichen, seinen Gästen … Sie liegen reglos vor ihm und lächeln …

Abus harte, erbarmungslose Finger gleiten bis über die knochigen, hageren Handgelenke aus den prächtigen Ärmeln, wie Krallen gekrümmt, und nähern sich dem Kopf des Mädchens. Es gelüstet ihn, diesen Kopf an den blonden Flechten, die so golden in dem vagen Schein der Lampen flimmern, emporzuzerren und brutal hin und her zu schleudern; er freut sich – im Voraus – des erstickten Angstschreies, den sie ausstoßen wird, wenn er sie mit ganzer Kraft seiner geschlossenen Fäuste über den Teppich schleift und seinen Wünschen unterjocht …

Aber dicht über dem Antlitz der Schlummernden halten seine zitternden Hände inne; er sinkt zurück, und eine Apathie überkommt ihn, die seine Spannung augenblicklich löst, noch im Sprunge ermatten macht: – *es gibt etwas*, das stärker ist als er; das die letzte Haaresbreite von Lust zwischen dem Opfer und der hinzustürzenden Tat undurchdringlich macht, das diese für den Augenblick wehrlosen Leute wie ein schützender Panzer umgibt und ihn zurückstößt, so dass sein knirschender Trotz sich in widerwillige Demut wandelt –: Es ist der leidenschaftliche ferne Klang einer eifernden Stimme in irgendeiner Volksschule im Herzen der Stadt, leiernd wiederholt von Knabenlippen, hundert beweglichen Lippen in tief geneigten, schmutzigen Gesichtern … die Sure von der *Unverletzbarkeit der Gäste*; diese Sure klingt ihm, schmerzhaft deutlich, wie mit Tubenstößen, durch das flammende Hirn.

Er sieht die Wortgruppen vor sich, die drohenden Kolonnen der ewigen Schriftzeichen, und auf den milden Wohlklang des Einganges folgt der Racheschrei der Vergeltung in Form jener fantastischen Verwünschungen, die die Kraft haben, ganze Völker niederzuwerfen!

Abu bleibt reglos sitzen und lässt die Stunden verrinnen; er horcht auf die Atemzüge und sieht die Lampen kurz nacheinander aufzucken, qualmen und verlöschen … die Zeit schreitet vor, und draußen erwacht eine gespenstische, tote Farbe am Himmel, wie sie der Dämmerung des ersten Morgengrauens vorausgeht.

Und in der kurzen Zeitspanne, während einiger Minuten, die das wesenlose Licht braucht, um sich voll zu entwickeln und die Konturen der Dinge aus ihren Schatten herauszuziehen, empfindet Abu eine plötzliche Kälte, die von innen seinen Körper durchstrahlt; das letzte, ersterbende Aufbäumen des seelischen Krampfes dieser furchtbaren Nacht, in der nichts geschah, und dieser mörderischen Dunkelheit, die dennoch nichts zu verhüllen hatte und nun dem Lichte zögernd und schaudernd ihren Schoß öffnete.

Und horch, eine Lautwelle erhob sich von den Türmen, doch nicht sonor und erhaben wie die abendliche, sondern grell und klanglos. Ein blendend scharfer Schimmer war erwacht, in dem die erste Ahnung der Hitze bebte, doch morgenkeusch und von leichten Brisen gemildert. Auf den Galerien der Minarette standen wiederum die Muezzin und priesen das Licht durch ihre hohlen Hände; sie eilten, von endlos langen, verblassenden Schatten begleitet, die ihre Bewegungen grotesk nachahmten, rund um die Türme, auf den schmalen Geländergängen hin und her.

Abu warf sich nieder, und seine Lippen wiederholten die grell hervorgestoßenen Worte des Gebets, die auf den Fittichen der Tauben, wie sie nach allen Richtungen silbern von den Türmen zu schwärmen anhuben, über die flachen Dächer der noch totenstillen Stadt dahinflogen und sie gebieterisch zum Erwachen und zum morgendlichen Kniefall mahnten. Abu lag lange, lange stumm, von Flüstern durchschüttert, das Haupt in der vorgeschriebenen Richtung nach Südost, und die Finger wie hölzern verschränkt, ganz versunken in den inbrünstigen Anruf und niedergedrückt von der Wucht seines Glaubens. Das Antlitz, das er erhob, war still und grau; in seinen Augen, die zu den Gästen hinübersahen, war eine seltsame Müdigkeit … Ja, etwas von der Güte dessen, der sich selbst überwunden hat.

Und dann erwachten die Deutschen. Sie sammelten mühsam ihre Gedanken; doch es war eine Schranke in ihrem schmerzenden Gedächtnis und stimmte sie mürrisch. Mit einer Haltung, die durch die peinliche Nachempfindung ihrer blamablen Lage etwas Kraftloses erhielt, erhoben sie sich und blinzelten in den gleißenden Morgen.

Abu, einen Scherz auf den Lippen, begleitete sie mit würdiger Höflichkeit und ganz als der reizende Wirt, der er war und blieb, auf die Straße hinab. Und die Leutchen, nach endlosem Händeschütteln, dankten reichlich, ja überreichlich, in ihrem stotternden Englisch. Ismael erschien; sein kokettes Röckchen blitzte blendend weiß um die Wette mit der Stickerei auf seinem Jäckchen. Er umarmte zwei Esel und bewegte sich, an einem Zuckerrohr lutschend, schunkelnd und trällernd die Straße hinunter.

Das Einzige, was Abu, der der kleinen Karawane lange Zeit nachblickte, noch von ihnen vernahm, ehe sie um die Ecke bogen, war ein atemloses, schallendes Gelächter, das mit dem Wiehern der Esel und Ismaels kreischendem Treiberruf zusammenklang.

Und Abus Gesicht, grau wie Blei, mit tiefgesenkten Lidern, tauchte langsam in das Dunkel des Türrahmens zurück, während das Volk im Umkreis gähnend erwachte.

Der neue Gott

1.

In ihrem besten Alter kam eine blonde Pariser Puppe mit changierendem Kleidchen in den Besitz von Klein-Edith, der Tochter eines später emeritierten Kolonialtruppenführers aus der Zeit, da Sansibar englisch wurde. Ein Suaheli stahl sie und verkaufte sie einem Bantu, der einer der ersten, noch schüchternen Expeditionen als Proviantträger zugeteilt war. So gelangte sie, abgegriffen, unter der Plage des Steppensonnenbrandes in das Innere, über Mombassa bis Taweta am Lumi; und hier war es, wo der Häuptling auf dem Kilema, Fumbo, sie erwischte.

Die Kunde dieses Götzen auf dem ziegelroten Parasitenhügel verbreitete sich zauberschnell in den Dschagga-Staaten am südlichen Kilema-Ndscharo. Kleine Wallfahrten wurden unternommen, und selbst der einäugige alte Mandara, der sonst in seinem Dorf auf seinen Privatfetisch zu schwören pflegte, schickte eine Deputation zur Anerkennung auf den Kilema. Denn Fumbo hatte mit diesem Gott den Vogel abgeschossen.

Alte Fehden zwischen den verschwägerten Häuptlingen und Grenzstreitigkeiten schienen einzuschlummern. Der gelbhaarige Götze verbreitete Frieden in dem großen Bananengarten. Seine Lippen waren schnippisch gerümpft und seine Glasaugen lächelten. Da aber geschah es, dass die Massai, die im Norden des Großen Berges leben, sich von ihren Weibern weiße Kleckse in die kriegerischen Gesichter pinseln ließen, ihre mannshohen Schilde hervorholten, ihre blattförmigen Lanzen schwangen und zum Zweck des Viehraubes um die Ecke brachen, um den Wadschagga einen Streich zu spielen und den einträglichen Götzen in ihre eigenen Kraale zu schleppen. Denn sie hatten keinen guten Hirsefrühling, und die Tsetsefliege war besonders reichlich von den Njiri-Sümpfen herübergeschwärmt. So musste denn Fumbo darauf bedacht sein, den Götzen zu retten, verbündete sich mit einigen Dorfdespötchen und eilte mit großem Lanzengerassel und Geschrei an den Lumi. Die beiden Parteien tanzten an den Ufern eine große bestialische Quadrille, aus der die Straußfederhelme der Massai hervorblinkten; die Korbschilde wurden mit vergifteten Pfeilen gespickt, und die schiefergrauen Leiber purzelten übereinander. Aber die behäbigen Wadschagga wurden zu Tigern, da es um ihren Gott ging, und zum Schluss jagten sie die Eifersüchtlinge zurück. Unter inbrünstigen Freudegesängen, an denen sich die Weiber mit rhythmischem Refraingekreisch beteiligten, zog man zum Kilema zurück mit dem opferwilligen Vorsatz, dem Gott eine Serie der besten Massaikrieger zu schlachten und den Appetit mit einem wochenlangen Gelage vom Most der Mkindu-Palme anzufeuern. Doch, o Jammer! – der Gott war fort.

Er war fort. Die Medizinmänner trauten ihm zwar eine ganz besondere Begabung zu, doch dass er selbsttätig fortspaziert sei, war auch ihnen unwahrscheinlich. So musste er gestohlen sein, und die ganze Bataille war umsonst geliefert. Man suchte ihn fieberhaft und fand ihn nicht. So rückte man denn den abgesetzten früheren Götzen an seine Stelle, der lange Zeit auf einem Ziegendunghaufen ein missachtetes Dasein gefristet – ein geschnitztes und scheußlich bemaltes Idol, ein phallisches Fantastikum aus Fasern, ockergelb und zinnoberrot –, und gewann ein altes Vertrauen zu ihm, als die Saat ungeschmälert weiterreifte.

Wo aber war er, der Volksbeglücker?

Nordöstlich vom Kilema, am Himoflüsschen, hauste ein junger Häuptling namens Mareale und herrschte über die siebenhundert Seelen seines Völkleins im besten Einvernehmen mit sich und der Umgebung. Marangu hieß sein kleiner Staat, und sein Dorf war vorbildlich sauber und friedlich. Diesem jungen Mann war es eingefallen, – wer kann wissen, aus welch dunklen Beweggründen? – die Palisaden seines Heims zu verlassen, auf eine strapaziöse und gefährliche Art allein und unbelauscht zum Kilema hinüberzuhuschen und sich in den Privatbesitz des Gottes zu setzen.

Vorerst wagte Mareale nichts anderes zu tun, als die Puppe unter einer Matte zu verstecken und sich mit seinen Gattinnen darauf zu betten. Denn er traute ihr unerhörte Fruchtbarkeitsbeförderung zu, er, der seinen Leibesstamm sehr zu vermehren gedachte. Das wäre nicht unbedingt nötig gewesen, denn in dem geräumigen Bienenkorb, den er bewohnte, gab es bereits an ein Dutzend kleiner, schiefergrauer Prinzen, die Maiskolben knabberten und an den Eutern der langhaarigen Ziegen schlürften. Diese wolligen Ferkel hätten sein Vaterherz mit Genugtuung füllen sollen; doch Mareale war von dem Ehrgeiz besessen, die Abbilder seiner Person bis an zwanzig oder dreißig aufzurunden;

das nahm er sich von Rechts wegen heraus, und kein Mensch konnte es ihm verübeln. Es war vorgekommen, dass eine Seuche kam, ein Kinderhusten oder Euterblattern; und dann – so kalkulierte er – blieben ihm immerhin noch genug Thronfolger zurück, die später berufen waren, ein großes Reich auf verwandtschaftlicher Grundlage zu gründen, in dem er selbst präsidiere. Ja, Mareale war ein Sonderling. Siebenhundert Seelen genügten ihm nicht. Sein Ehrgeiz war geheim und nagte an ihm; er hütete ihn und widmete ihm müßige Zeit. Und er war noch jung, an zweiundzwanzig Jahre!

Er war schön. Er trug sein Haar in Zopfschwänzchen, liebevoll gedrehten Schwänzchen, und steckte bemalte Holzstäbe hinein. Seine Ohrlappen hatte er prächtig mit einem kupfernen Ring auseinandergezerrt, so dass sie ihm schier auf die Schultern baumelten. Seine Haut, schiefergrau in ihrer Grundfarbe, hatte einen bräunlichen Hauch, und er war schlank und stolz gewachsen. Seine Augen waren groß; die pechschwarze, träumerische Pupille, in eine bernsteingelbe Iris gebettet, hatte einen durchdringenden Glanz. Die platte Nase mit herrischen Nüstern nahm einen kleinen Anlauf zu edlerer Biegung, und die wulstigen Lippen pflegten sich zusammenzupressen und nicht schlaff auseinanderzuklaffen, wie die seiner Volksgenossen. Seine Hände waren feucht und warm wie Samt. Eine Kette von Glasperlen umgab seinen Hals. Er war fürstlich, Mareale.

Am zweiten Tage, nachdem er die Puppe versteckt, hörte er auf einmal während einer Siestastunde einen drollig quarrenden Laut, der ihn mit tiefem Entsetzen erfüllte. Er jagte Weiber und Kinder hinaus und holte den Gott mit zitternden Händen aus dem Versteck hervor. Der Gott hatte gesprochen, hatte sich beklagt. Doch nichts in seiner Miene hatte sich geändert. Mareale setzte ihn hin, ging vor die Tür, schrie mit heiserer Stimme eine eintönige Lautfolge heraus, die so viel bedeutete als: »Lasst mich eine Zeit lang allem, niemand hat Zutritt«, und überließ sich in der dämmerigen Hütte seinen Meditationen.

Seine Fantasie war auf eine unbestimmte Art angeregt. Er betastete die Puppe, roch an ihr, zupfte ihre Kleider auseinander und untersuchte sie mit einem Ausdruck schwermütiger Grübelei. Er hatte sie gestohlen und wollte sie behüten. Er würde sie verteidigen, ihren Besitz mit dem Leben verteidigen. Sie kam ihm sehr kostbar vor; er würde sie nicht um zehnmal zehn Doti, um tausend Armlängen Weißzeug hergegeben haben.

Er stopfte sich seine primitive Pfeife voll junger, in der Sonne gedörrter Tabakblätter und entwickelte einen ätzenden Gestank. Sein Hirn war voll von ungeborenen Spekulationen. Wenn man wüsste, dass er diesen Gott besitze, würde man überall in Aufruhr geraten. Segen über Segen ging von seiner Hütte aus; sein war die Macht, sein der geheime Schatz. Er hatte gesprochen, dieser Gott; »Mjä – mjä«, hatte er gesprochen. Ein Gott, der sprach, war eine Rarität; sein Stamm würde blühen, solange er den Gott besitze. – Er spekulierte, dass seine Brauen schier einen Krampf bekamen, so tiefstirnig zog er sie herab. Seine weichen Wimpern bedeckten die großen Augen zur Hälfte; er sah und hörte nichts. Er schüttelte sich vor Vergnügen, dieser Sonderling. Dann spie er einen Nikotinspritzer auf den Boden, packte die Puppe an ihrem flachsgelben Haar und schob sie wieder unter die Matte. – Und als es Nachmittag war, ging er auf den Dorfplatz und hielt große Reden, die verzückt klangen und nach »Medizin« rochen. Aber mit keinem Worte tat er seines Geheimnisses Erwähnung, wiewohl die Tempelschändung auf dem Kilema der Schwatzhaftigkeit reichste Nahrung bot.

Die Unterhaltung drehte sich ausschließlich darum. Die Leute hockten, bis zur Nasenwurzel in ihre Gewänder gewickelt, im Halbkreis um ihn herum und schnitten, da ihr Gestenspiel dadurch behindert ward, die beweglichsten Grimassen. Mareale, in einer wunderlichen Erregung, übernahm den Hauptteil, und seine Rede war mehr polternd als fließend. Er schöpfte mächtig Atem, bevor er ansetzte, und der Satz fuhr ihm ohne Interpunktionen aus der Kehle. Er sang und gestikulierte; er schlug mit einem Holzklöppel den Takt. Alle schwiegen, da nur jeweilig einer zu reden pflegte. Wenn Mareale anhob, wiesen sie den vorherigen Sprecher dadurch zur Ruhe, dass sie mit den Zungen nach dem Häuptling bleckten. Nachdenkliche Pausen entstanden, die nur durch ein Ziegenmeckern – wie durch hämisches Gelächter – oder Gackern von Hühnern unterbrochen wurden. Die Weiber saßen im Hintergrund und mahlten Hirse in Steinpfannen. Mareale war heute sehr splendid; er hatte ein Schwein für seine Räte ausgeworfen.

Er hatte überhaupt mancherlei geäußert, was den Grauköpfen nachdenkenswert erschien. Dergleichen Gesprächstöne hatten auch die Gäste aus Rombo und Useri noch nicht vernommen, die vor den Massai nach Marangu geflüchtet waren, sich aber vorerst noch nicht von den Fleischtöpfen des beschaulichen und gastlichen Völkchens zu trennen vermochten. Mareale entwickelte revolutionäre Ideen. Die allgemeine Lethargie, die über dem Dorfleben lastete, war hinweggescheucht. »Gut!«, schrie Mareale. »Dem Fumbo ist der Gott gestohlen. Was braucht Fumbo einen Gott? Dieser Gott war zu gut für seine Yams-Wurzeln und Bataten. Der Gott ist nicht gestohlen, denn wer stiehlt einen Gott? Die Wadschagga sind blind. Es ist ein besonderer Gott. Er ist von selbst auf und davon gegangen. Er ist auf den Kibo gestiegen. Ich sah ihn. Ich, Mareale!«

Den Grauköpfen stockte der Atem. Kaum hatte Mareale seine lebhafte Rede geendet, als sie unisono einfielen: »Er hat den Gott gesehen! Er, Mareale!« Sie sangen und modulierten diesen Satz, denn er war erstaunlich; er zog hart und überwältigend in ihre Köpfe ein.

Als das Geschrei verhallt war, blieb Mareales Stimme wiederum zurück. Er ergriff den Klöppel und hieb nach jedem Satz zur Bekräftigung auf den Boden.

»Er ist vom Kibo, dieser Gott. Seine Farbe ist Schneefarbe, und sein Haar ist Maishaar. Was brauchte er auf dem Kilema zu sitzen? Er geht umher, wann er will. Er lachte, als ich ihn sah. Er ist mir wohlgesinnt. Er bleibt nicht bei Fumbo und nicht bei Mandara von Modschi. Er will uns wohl und wird unsere Felder segnen.«

Mareale schlug sich mit der flachen Hand auf die Brust.

»Der Gott lachte und sprach. Welcher Gott spricht? Er sprach zu mir und sagte: Mareale, du wirst viele Kinder bekommen, du wirst gedeihen, du sollst auf mich rechnen, Mareale! Du bist schön, du bist großartig! Ich gehe nicht zu den Massai, die Massai sind lächerlich. Alles soll dir gehören, Mareale! Alles sollst du bekommen!!«

Nachdem der Häuptling sich so geäußert, saß er still da und begann zu essen, indem er das Schwein mit einem Lanzenblatt tranchierte. Auch die Greise und die übrige Korona griffen zu, und aller Mäuler schmatzten. Sie dachten angestrengt über diesen unerhörten Fall eines sprechenden Gottes nach und blinzelten vor Ehrfurcht und Erstaunen. Sie waren aufgeblasen und vergnügt, denn Mareale hatte sie überzeugt, dass er ein kostbarer und einzigartiger Häuptling sei. Nach der Mahlzeit floss der Most, und die tönernen Gefäße leerten sich. Das Ende dieser Idylle ging in einem großen, kriegerischen Stimmengewirr unter.

Mareale indessen stand auf und wandelte umher, denn das Blut war ihm zu Kopf geschossen. Ein Palissadenzaun gewährte einen Durchblick, da konnte er hinuntersehen. Er stand da und blinzelte geblendet über die Palmblätter hinweg, die, noch zerschlissen von der Regenzeit, groteske Büschel in die Luft hoben oder neue grüne Rollen auseinanderspreizten, blanke Rollen, die sich wollüstig der Sonne boten.

Der Himmel war tiefblau, von weißlichem Metallglanz; und die Konturen aller Dinge waren von diesem köstlichen Blau filigranfein gerändert. Der Mawensi-Krater, der duftumsponnen ferne wie ein zarter Schatten über dem oberen Urwald schwebte, ward von warmen Lüftchen gekitzelt, und ein Teil des Schnees rutschte in die Farren- und Dracänen-Zone herab. Und der Lumi! Mareale konnte ihn ferne sehen, wie er blitzte; sein Rinnsal strotzte; es war frisch genährt. Mareale folgte ihm in Gedanken bis zur Quelle. Durch grünes Dunkel von Papyrus und Euphorbien stieß und schnob der junge Fluss; pfeilschnelle und fantastisch gefärbte Falter blitzten über ihn dahin. Er bohrte sich, übermütig drängend, durch einen Wust winterlicher Luftwurzeln, und zum Schluss, nach fröhlichen Gefällen, zog er bedächtig in den Dschibe-See, um die Köpfe von Flusspferden zu schaukeln und Schwärme von Störchen und Flamingos zu spiegeln, den Vögeln von der Farbe der ersten Frühe.

So tat der Lumi, und so taten alle Wässerlein, deren Wiege an der Urwaldgrenze steht; sie rumorten und füllten drunten die Mulden und Kanälchen; Tabak, Hirse und Mais schossen ungebärdig ins Kraut; die Zuckerrohrstecklinge streckten ihre Knoten, wie Messstäblein auseinanderdringend, mit schmalem, hellgrünem Blattgefieder … es war eine gesegnete Zeit.

2.

Mareale fühlte den Frühling; irgendetwas keimte in ihm auf und bedrängte ihn. Er ward übermütig und ging in seinen Bienenkorb. Als es Nacht geworden war, zog er die Puppe hervor, nahm sie in den Arm und trug sie auf den stillen Dorfplatz. Hier setzte er sie zwischen die Wurzelkanten des ehrwürdigen Baobab, der wie ein schwarzer Koloss im schwachen Sternenlicht vor ihm stand, und holte sodann seinen Federkopfputz, seinen Fellmantel und seine Beinringe hervor. Er trat leise heraus, mit den Bewegungen eines Diebes, und stellte sich steif und kerzengerade vor dem Baume auf. Flatternden Blättern ähnlich, umschwebten ihn riesige graue Spinner; ein endloses Insektengesurr ging von den Zweigen aus. Mareale begann sich rhythmisch zu bewegen;

und dann umtanzte er den Baum. Seine Beinringe klirrten leise. Der Gott nahm die Huldigung entgegen. Als die Ekstase dieser schweigsamen Andacht ihren Höhepunkt erreicht hatte, warf er seinen Putz und seinen Mantel hinweg, löste die Spangen von den Waden, ergriff den Gott und sprang über den Palissadenzaun. Hier unten durchschlich er die Kulturen. Er ließ den Gott viele Keime betasten, mit der kleinen, halbzerbrochenen Hand streicheln und berühren. Er sprang über Wassergräben und Mulden; er eilte durch Mimosenhaine, wand sich durch Dornsträucher, deren gelbe Blüten einen Veilchenduft ausströmten, und die Aloë wetzte ihre messerscharfen Blätterspieße an seinem nackten Bein. Und als der Gott alle Fruchtarten, die in Dschagga gezogen wurden, persönlich berührt hatte, ging Mareale, mit einem Blick auf den schneeflimmernden Kibo, tänzelnd wieder zurück.

Da es nun Sommer war, zogen die Hartebeest-Antilopen in das Gestrüpp, und die Löwen machten die Nächte laut. Der Sommer war schwer wie Blei; eine Hitzwelle trieb von der Nika-Steppe in die grüne Zone hinaus. Aus dem Dorfplatz lag die Sonne; weißer Staub hob sich in Pulverwölkchen, wenn sich die Schafe mit ihren Fettbeuteln an der Kehle oder die schiefgehörnten Ziegen nach Futter regten.

Ein schwerer, ungreifbarer Duft war aufgequollen; alle Kreatur verdaute den Segen des Sommers. Die Hütten knisterten vor Hitze und entsandten zuweilen kleine Rauchfäden, dann wimmelte die blanke, nackte Jugend aus ihnen hervor und spritzte fauliges Zisternenwasser auf die glimmenden Stellen. Die Leute hockten vor den Hütten. Sie kauten Blätter, ohne sie zu essen; sie hatten die mageren Schenkel gespreizt, und ihre Schädel, an der Wölbung haarlos, glänzten wie poliert. Irgendwo stank ein halbzernagter Fleischrest, und ein kleiner, blauhalsiger Geier hackte mit eintönigem Geräusch darauf los.

Mareale saß zusammengezogen auf seiner Bastmatte. Er trug den alten Ausdruck schwermütiger Bekümmernis. Er war verändert.

Was war in dieser letzten Nacht geschehen?

Er hatte wochenlang mit dem Gotte Konferenzen gepflogen. Er hatte ihn hervorgezogen und ohne Aufhören betrachtet, und sein Auge war träumerisch davon geworden, und sein Hirn verwüstet.

Es wäre gut gewesen, wenn er den alten fratzenhaften Fetisch, seiner eigenen Hände Werk, weiter verehrt hätte. Diese Puppe aber hatte ihn allgemach zu Vergleichen angeregt, und das war eine Geistesbetätigung, die völlig erschöpfte und auf fremde Bahnen brachte.

Und in der Nacht, da war es seltsam über ihn gekommen, so dass er seine eigene Haut und sein eigenes Gesicht mit musternden Händen absuchte; seine wulstigen Lippen, seine platte Nase, seine prächtige Tätowierung und anderes mehr, was ihn sonst entzückte und in eine großartige Eitelkeit einwiegte, eine übermenschliche Eitelkeit, baumfest begründet und von seinen siebenhundert Seelen jederzeit anerkannt. Dieses Selbstgefühl hatte einen Riss bekommen. Mareale war unglücklich. Er wünschte sich, so schön zu sein wie dieser Gott; er wünschte sich Schneefarbe und Maishaar, wie es die Puppe besaß, die mit ihren schnippischen Lippen in einer unerreichbaren Vollkommenheit lächelte und mit ihren seelenvollen Augen zu dem kegelförmigen Hüttendach emporstarrte.

Daran, dass Mareale klar gefühlt hätte, was er sich wünschte, ist kein Gedanke, weil er überhaupt mit Vergleichsvermögen nur andeutungsweise ausgestattet war. Der arme schwarze Kerl plagte sich mit etwas Höherem ab; er hatte eine Art Ideal, das sich tückisch in sein Negerhirn einzuschmuggeln verstand, ohne dass er es bewusst mit sich in Verbindung setzte. Das Ende und der Höhepunkt dieser seltsamen Versunkenheit, dieses Versuches, bei sich einzukehren, war, dass er zu sich sprach, »*mimi menyewe*« – »ich selbst« – und sich mit Furcht und Schauder eine ganz kurze Zeitspanne hindurch isoliert fühlte.

So trug er Groll im Herzen, Groll gegen das unschuldige Ding aus Werg und Porzellan. Und wenig fehlte, er hätte die Hand tätlich dagegen erhoben. Dazu kam noch, dass er es verstecken musste, dass es sein Geheimnis war; und dies Geheimnis wurde ihm bei seinem sozialen Empfinden mit der Zeit sehr unbehaglich und unbequem.

Wenn man einen großen Sprung tut, so steht man zunächst betäubt da und hat keine Empfindung von der Umgebung. So ging es auch Mareale, der plötzlich den gewaltigen Satz ins bewusste »Ich« hinübermachen durfte, und der eine dunkle Anwandlung spürte, zu fragen: Was bin »ich«? Wodurch unterscheide »ich« mich von »anderen«? – Was macht die Köstlichkeit dieses Gottes aus? Warum kann »ich« nicht so sein wie »er«? – Diese kindlichen Fragen erregten ihn; es war das erste philosophische Problem, das er zu knacken hatte, seit er, zehnjährig, auf das Faulbett seiner bevorzugten Stellung gekommen war. Er versuchte, der Sache näherzukommen, doch wollte sein Verstand nicht mit, und er scheuchte die Gedanken mit einer resignierten Bewegung der flachen Hand aus der Hütte.

Aber sie kamen wieder. Sie umkreisten summend seinen Kopf. Mareales sechzehnjährige Favoritin, die hundert Rinder gekostet hatte, musste es sich gefallen lassen, dass er sie heftig anraunzte und hinauswarf. Die älteren Jahrgänge, die draußen in einer Reihe vor sich hindämmerten, grinsten breit und gedankenlos. Sie saßen wie die Hühner, und ab und zu machte eine Alte, die ihre lederne Haut wohlgefällig an der Sonne röstete, eine kurz gackernde Bemerkung, die ein murmelndes Echo fand. – Doch die Gedanken des einsamen Mareale wollten nicht weichen. Unter der Decke ragte der halbzerkrümelte Beinstumpf des Gottes hervor, als strecke er ihn neckisch und verhöhnend in die Höhe. »Ich bleibe immer dasselbe«, schien das Bein zu sagen. »Ich bin weiß, appetitlich und überhaupt anbetungswürdig. Und du bist ein dummes, phlegmatisches Geschöpf, Mareale.« Mareale drückte die Puppe ein wenig auf den Bauch. »Mjä, mjä«, sagte die Puppe. Er schrak sehr zusammen. Doch die Weiber hatten nichts gehört; keiner der Köpfe hatte sich in dem Eingangsloch der Hütte gezeigt.

Mit der Zeit bekam Mareale einen tiefen Grimm. Er ließ den Gott mehrmals schreien und freute sich innig darüber. Offenbar besaß der Gott doch nicht die Kraft, ihn abzuhalten. Da wuchs der Mut des Häuptlings; er spannte die Puppe auf eine Tortur, zog ihr den Werg aus dem Beinstumpf und warf sie auch einmal in die Höhe, dass sie wie ein bunter Fallschirm wieder herunterfiel. Mareales Eitelkeit war wiederhergestellt. Er wiegte sich in seinem Machtbewusstsein – ha, er, Mareale, misshandelte den Gott, er spielte mit dem Gott, um den sich die Massai und die Wadschagga blutige Köpfe geholt! Er war großartig, er, Mareale!

Seine gute Laune wuchs. Er ward fröhlich; er ward unheimlich vergnügt. Er stopfte die Puppe wieder unter die Decke und fühlte sich als Despot. Und da ihm so wohl war, schrie er mit heiserer Stimme wiederum eine unendliche Lautfolge heraus, die er vor innerlichem Behagen zur Hälfte wiederholte und mit verzierenden Vokalen ausstattete; es ging alles auf Kosten eines einzigen Atemzuges, den sich nur ein so breiter Brustkasten gestatten konnte, wie ihn Mareale besaß. Er grinste und zeigte seine elfenbeingelben, ausgefeilten Schneidezähne dabei; und der Harem am Hütteneingang schrak auf und wackelte herein.

Zwei Stunden mochten verflossen sein, da hörte er draußen ein vielstimmiges Geschrei und sah den Zauberer auf dem Dorfplatz tanzen, in großem Ornat, als ein wahres wandelndes Fellmagazin, mit klapperndem Muschelstab und das Gesicht von Lateritrot und Ocker bis zur farbigsten Unkenntlichkeit verschmiert. Der Zauberer ging zu den Feldern hinab, und alles folgte ihm mit beschwörenden Gebärden und unendlichem Geschrei.

Denn der Himmel hatte sich verdunkelt. Ein Schatten fiel auf die Flanke des Großen Berges; er kam von Ugueno und den Ngovi-Bergen, streifte Msai und Mwika und wanderte langsam auf Marangu zu. Es war ein großer Schatten, der die Sonne verfinsterte; keine Gewitterwolke, denn die Bergspitzen waren klar, und keinerlei Schwüle lag in der Luft. Auf einmal jedoch erhob sich ein schwacher Wind, ein flauer Luftzug, der einen gewissen penetranten Inhalt barg, und zugleich steuerte der Schatten schräg über das Feld. Dann löste sich ein Fetzen, ein anderer folgte, und ein endloses Rascheln erhob sich wie von trockenem Schilf, das ein rascher Windstoß beugt. Und eh die Maranguleute sich's versahen, war der große Schatten verschwunden. Der Boden war meilenweit verfärbt, bis zu einem Fuß Höhe bedeckt von Heuschrecken, gierig fressenden Heuschrecken. Sie sprangen durcheinander, dass man schier Schwindel bekam, wenn man ihnen zusah; sie schmausten zu Millionen darauf los, mit einem leisen, knirschenden Geräusch; sie waren fingerlang, gelblich, von jugendlichstem Appetit. Ganz Marangu hatten sie mit Beschlag belegt, und wenn sie sich erhöben, würde der Boden kahlgefressen sein wie eine Tenne.

Die Leute waren zu konsterniert, um ihrer Verzweiflung Ausdruck zu geben. Sie wateten durch die wimmelnde Überschwemmung, die ekelhaft zäh an ihren Sohlenballen klebte, ins Dorf zurück, und der Zauberer ging als letzter; trübselig hingen ihm seine zahllosen Attribute vom Leib. Dort, auf dem Dorfplatz, setzten sie sich hin und grölten ein Klagelied, unermüdlich, Strophe um Strophe, und das Klagelied wanderte mit dem Wind in fremde Kraale, so dass alle es wussten:

Die Heuschrecken sind bei den Marangu!!

Die Heuschrecken sind bei den Marangu!!

Und Mareale?

Er hatte den Gott beleidigt und misshandelt; darum waren nun die Heuschrecken gekommen. Das war folgerichtig und im Grunde so einfach zu verstehen, dass Mareale fast zufrieden war, trotzdem die Ernte in fremde Mägen gewandert war. Ja, Mareale nickte mit dem Kopf, als er die Kerbtiere kommen sah; es war ein Riesenschwarm, sie würden alles fressen, alles. Erst später kam auch über ihn die Verzweiflung; er warf sich glatt auf den Boden und hämmerte mit der Stirn darauf, wobei er jedes Mal die Finger spreizte und die Knie streckte. Durch diesen Kraftaufwand wurde seiner Empfindung endlich Genüge getan; er erhob sich mit dumpfem Kopf und hatte ein längeres Zwiegespräch mit dem Gotte. Zuerst bat er ihn um Entschuldigung, und der Gott gewährte sie. Dann zupfte er ihn mit spitzen Fingern wieder zurecht, ja statt des ausgerissenen Wergs stopfte er Tabak in das offene Bein. Und als der Gott wiederhergestellt war, fing Mareale an zu heulen, denn nun müssten sie alle bei den Mwika und Useri betteln gehn, bis ein neuer Hirsefrühling erblühe. Der Gott blieb mit einem unergründlichen, etwas schadenfrohen Schmunzeln auf der Bastdecke sitzen. Doch das stand fest: Er würde wieder gut sein, und Mareale würde ihn hegen, verehren und ihm schmeicheln, damit er nie seine Macht wiederum hervorzukehren brauche. Wahrhaftig! Mareale hatte eine ehrliche und tiefe Furcht vor ihm.

Was die Puppe des weiteren noch zu berichten wüsste, wenn sie reden könnte, ist das Folgende (und das hat mir Mr. Gray, ihr letzter Besitzer, selbst erzählt). Mr. Gray, der Hochtourist, hatte in Modschi Station gemacht, um den Kibo zu ersteigen. Das sollte ihm nicht beschieden sein. Denn während des Aufstieges gelangte er westlich, nach Marangu. Mareale, der sich keines solchen Besuches versah, saß tiefsinnig in der Hütte, verrichtete vor seiner Puppe eine der gewohnten grübelnden Andachten und kettete mühselige Vergleiche aneinander. Er ließ sich daher vollständig überraschen.

Mr. Gray musste lächeln; und die Suaheli-Träger, die es auch besser wussten, ließen sich von einer zwanglosen Heiterkeit übermannen, die sie nach dem mühsamen Marsch wohltätig erfrischte. Und als sich Mr. Gray die Puppe gar ausbat, und Mareale – halbtot vor Schreck – (er hatte noch keinen Europäer gesehen) – sie ihm überlassen hatte, verstärkte sich die Fröhlichkeit bis zu schallendem Gelächter, besonders da die Puppe, in der Mitte gedrückt, einen unwilligen und kläglichen Quarrlaut von sich gab.

Es mag dahingestellt sein, ob die Suaheli den hohen Rang, den der Gegenstand hier einnahm, ahnen konnten; jedenfalls war es unvorsichtig von ihnen, Tauschgeschenke und Flinten auf den Boden zu legen. Denn jetzt verfärbte sich Mareale, soweit ihm das möglich war. Seine ausgefeilten Eckzähne knirschten; er war schwer beleidigt, und seine Augäpfel verkehrten sich für einen Augenblick ins Bläuliche. Dann tat er einen schrillen Schrei, und im Nu wimmelte es aus den Hütten hervor. Wäre der Engländer nicht zur rechten Zeit auf die Gefahr aufmerksam gemacht worden, so hätte ihn ein Regen von vergifteten Pfeilen getroffen. So aber gelang es ihm, das flintenlose Völklein durch eine schnelle Salve in die Flucht zu schlagen; sie ließen alles fallen und nahmen Reißaus. Einige waren angeschossen und wälzten sich, wie Schweine quiekend, auf dem Dorfplatz umher; unter ihnen befand sich die Favoritin, die hundert Rinder gekostet hatte. Es war das erste Mal, dass Gewehrschüsse in dieser Gegend erschallten, und die Wirkung war betäubend.

Mareale war zurückgesunken. Obwohl man es nicht auf ihn abgesehen hatte, war seine Brust von einem Zufallsschuss durchlöchert worden; und seine Augen waren voll tödlicher Betroffenheit, da er nicht wusste, wie ihm geschehen sei. Er konnte nicht schreien, etwas würgte ihn. In seinem Hirn wurde es purpurn, und seine Seele entflog auf den Kibo, wo seine Ahnen unter Affenbrotbäumen, groß wie Wolken, ihre ewigen Ratsversammlungen hielten. – Kurz zuvor machte er noch eine hilflose Gebärde nach seinem Gotte hin, die den Engländer flüchtig erschütterte. Er gab ihm die Puppe und hatte Mühe, sie aus den schnell erstarrten Fingern zu lösen.

Dann jedoch musste sich Mr. Gray beeilen, aus dem Dschagga-Distrikt herauszukommen. Die Schießerei hatte überall ein kriegerisches Echo geweckt, so dass der weiße Mann knapp entrinnen konnte, zugleich mit dem Kuriosum, auf das man eifrig fahndete.

So gelangte denn diese Pariser Puppe wieder nach Europa zurück.

Möge Gott, der ihr kurze Zeit seine Stellvertretung bei einem Einäugigen unter Blinden und seiner dumpfen Seele gönnte, ihr einen ruhigen Lebensabend in der Pietät hübscher arischer Kinder gewähren!

Utku

Der Schwiegersohn Utkus, des Korjäken, war eines Tages verunglückt, und die Tochter Utkus fieberte im Kindbett. Da der Stamm nicht am Ort verweilen durfte, und Mawka bei jeder Berührung klagte, tötete man sie und hätte auch das Kind mit ihr zusammen begraben, wenn nicht Utku so mächtig gewesen wäre. Er besaß eine Herde von fünftausend Ren, war trotz seiner siebzig Jahre zäh und behände und legte seine Hand auf das hilflose Wesen. So ließ man es in Utkus Jurte; und Utku betreute es.

Der Stamm pendelte schon jahrhundertelang zwischen dem 58. und 63. Breitengrad im Norden Kamtschatkas auf den grenzenlosen Tundren hin und her. So waren die Leute ein Spielball widrigster Gewalten, stumpf und verwittert; ihr Heimatslaut war das unaufhörliche Trampeln zottiger Hufe, das weiche Gegröl malmender Mäuler und Klappern von Geweihstangen; ihr heimatlicher Duft kam vom Dung ihrer Tiere und vom Brodem ihrer Jurten. – Es war ein altes Volk; alt wie die Welt.

Utku, der Angesehenste unter diesen fünfhundert Seelen, war einsam und ohne Verwandten. Er hatte alles miterlitten; hatte ererbten Reichtum, Pelze, Schlitten, bemalte Häute und sechs Kessel. In den Pologs seiner Jurte hielt er Schätze versteckt; Waffen, in Petropawlowsk gegen Zobelfelle eingetauscht; einen Topf voll Rubel und einen Rasiernapf, dessen Bedeutung ihm verborgen war und den er in Ehren hielt. Auch silberne Rosenkränze waren darunter mit großen Bernsteinkugeln, Spiegel und seidene Tücher, sogar ein scharlachrotes Uniformstück, das Alexander I. für einen Führerdienst seinem Vater hatte überweisen lassen. Dies alles lag aufeinandergestapelt hinter dichten Schutzwänden bemalter Häute und stand hoch im Preis.

Als Mawka, seine sechzehnjährige Tochter, von dem Schamán, dem Priester, in öffentlicher Zeremonie mit sachlichem Ritual getötet wurde, hatte der siebzigjährige Utku ihrem Tode beigewohnt und die Hand, die das Messer führte, selbst gelenkt, so dass jenes halb besinnungslose Weib eines schnellen Todes starb. Sie war damit zufrieden gewesen; aus ihrem kleinen, finsteren Gesicht ließ sich ein dumpfes Einverständnis mit dem Ende lesen: das Einverständnis von vielen Generationen ihrer Stammschwestern, die dem Priestermesser ein Leben voll

Stumpfheit und tierischer Schwermut geopfert hatten. Alsdann, während das gurgelnde Geschrei und das Dröhnen der Trommeln ihn verfolgte, hatte er den Kreis verlassen, sich zu den Rentieren gesetzt und das Kind mit Milch genährt, wie eine Mutter besorgt und ohne Erregung, nur ein wenig matt, als ob er gefastet habe. Dann war er in seiner Jurte verschwunden und hatte sie erst verlassen, als man weiterzog. Die Tundra war im Umkreis vieler Meilen abgeäst, und man wollte die Zelte bei den Bergen bauen, weiter im Süden.

Denn der Herbst neigte sich allgemach. Man hatte noch keinen Schnee verspürt; hatte, als der Wind ein wenig in Nordost umsprang, zwanzig Hunde geopfert, ihnen Graskränze um die Hälse gewickelt und sie an Stangen aufgehängt. Die Zeit drängte; man zog den Samankabergen entgegen, um Zobelfallen zu legen – wie seit einem Menschenalter, als die Leute, die jetzt eigene Herden trieben und Weiber besaßen, noch als kreischende Knaben auf ihren Hirschen geritten kamen.

So ging es weiter, eine wogende, dunstige Wolke zottiger Rücken, über denen die Jurtengerüste schwankten, von zusammengekoppelten Tieren geschleppt; eine misstönende Lautwelle aus unzähligen Hundekehlen, wie ein Geräusch fröhlich drängenden Lebens, in einen einzigen rauen Ton gepresst. Das Opfer war nicht umsonst gebracht, denn in diesem Jahr, da Utku seine Hand auf das hilflose Enkelkind legte, war der Herbst noch bis in den September voll blauflimmernden Himmels, mit Vogelschwärmen und üppigem Tundramoos. Und als man an die südliche Streifgrenze gelangt war, verblieb man am Fuß der Berge und erwartete den Winter. Und plötzlich war er da; in einer Nacht kam er.

Den Tag über war die Fernsicht seltsam klar gewesen, bis ans Behring-Meer hinüber. Auf dem Eiland Karagin hatte sich der Winter um ein weniges versäumt; er hatte sich damit vergnügt, in Brandungen zu plätschern und die ersten Eisblöcke an den Küsten zu zersplittern. Nun hatte er seine Kraft gestärkt; der Sturm aus seinen Nüstern ließ seinen Bart flattern, wie Wolkenfetzen; er gürtete sich die Lenden und riss die hart knirschende Pforte der schlimmen Monate auf. Und dann sprang er mit einem Satz über den wild kochenden Wassergürtel von Kitschiginsk und begann seine Steppentänze. Wie ein Raubtier überfiel er die Länderstrecken, mit einem Vortrab von Reif und erbarmungslosen Winden.

Utku spürte ihn um Mitternacht. Sein Nomadenblut hatte in den Adern geprickelt, noch bevor er sich niederlegte. Die Schnauze eines

Fuchses hatte an seinen Zeltwänden geschnopert; die bösen Geister waren draußen geschäftig. Sie rannten auf Windfüßen um die Zelte und flüsterten hohl. Utku entstieg seinem Pelzsack, entzündete das Moos, das in dem Seehundsöl eines Holzgefäßes schwamm, und stellte die Leiter auf, um aus dem Eingang der Jurte, dem Kamin, zu blicken. Der Wind peitschte, als er den Kopf hinausstreckte, sein gelöstes eisgraues Haar und zerrte es aus der Vielfraßboa, die dreimal um seinen Leib geschlungen war. Seine Nüstern nahmen kleine Kostproben aus der Luft: Das war Schnee. Eine Säule von schwachem Licht brach aus dem Qualm, der ihn umspülte, und zitterte in der Luft gleich einer stiebenden Wand von unerschöpflich quellenden Flocken. Utku glitt zurück und nahm die Leiter sorgsam wieder herab. Der beizende Rauch hatte seine Lider mit Tränen gefüllt; er schloss sie und hantierte, blind und gelassen, in dem Raum umher.

Dann setzte er sich nieder, immer noch mit geschlossenen Augen, zog alles Erreichbare um seine Schultern und begann zu grübeln. Er hatte, als er die Leiter herabhob, eine seltsame Schwäche seiner Handgelenke gespürt, eine Schwäche, derethalben er in dumpfes Erstaunen versank. Sonst hatte er beim Empfang des Winters die Flocken mit einer Art neuer Bereitschaft zu trotzigem Widerstand auf den breiten Wangenknochen verspürt, hatte sich gegen die eisige Feuchtigkeit gewappnet, um einen Zoll aufrechter; aus einem gesammelten Schatz vieler zäh überwundener Winter heraus hatte er frisches Mark gewonnen – und nun hatte ihn diese Schwäche angewandelt, die ihn erschreckte und ihm einige mutlose Minuten bereitete. – Während er, tiefe Furchen in der Stirn, seinen spärlichen Gedanken eine unwillige Wanderschaft gewährte, dachte er plötzlich des Augenblicks, da er half, des Priesters Messer auf Mawka zu richten … Warum er gerade jetzt daran dachte, das entzog sich ihm; denn flugs kamen die altgewohnten Bilder wieder, die sonst in seinem Hirne zu nisten pflegten; Vorstellungen, die in Nichts zerflossen, wie die Steppe und ihr Horizont –: wie es mit dem Winterfutter bestellt sei, ob die gelegten Fallen nicht verweht würden, oder ob da und dort, auf den russischen Niederlassungen, ein Tauschprofitchen sich machen ließe … Nach einiger Zeit machten die müden, schwerfälligen Gedanken halt und starben ab. Utku schlief wiederum.

Draußen war ein grobes Sausen, gleichsam ein Lärm von Flocken, ein unablässiges Prasseln gegen die schwankenden Häute. Ein monotoner Singsang von Wind, ein steter Wirbel von haarfeinen Kristallen erfüllte den Raum. Das Feuer blakte und schickte seinen schwarzen Qualm an den Wänden entlang – und doch, trotz Wind und Geächz, war eine Totenstille unter dem allen, die Stille von Utkus stumpfem Schlaf, der mit pfeifenden Atemzügen die Stunden zerbröckeln ließ.

Auf einmal ertönte ein heller, feiner Schrei, der in ein ersticktes, hilfloses Husten überging. Utku öffnete seine schiefgeschnittenen Lider und blinzelte in den schwach erhellten Raum, ohne sich zu rühren. Das Husten wurde hoch und zornig, und dann machte es einem leisen Gewimmer Platz. Es kam aus einem Berg von Pelzen und gehörte Jamuk, Utkus Enkelkind.

Dieses Wesen war kaum sichtbar; nur sein runder Kopf stand heraus. Es arbeite sich in seiner Atemnot unter den Häuten hervor, mit kleinen gelben Fäustchen; die Augäpfel, mit brombeerschwarzen Pupillen, waren etwas hervorgetreten und schimmerten emailweiß. Der Großvater kroch bedächtig herüber und blinzelte den kleinen Jamuk an, der alsbald sein Wimmern einstellte und befriedigt die Finger in den Mund bohrte.

Der Sturm verstärkte sich. Er pfiff aus allen Registern und warf ganze Klumpen Schnee an die Pfosten. Und in all dem Aufruhr lag der kleine Jamuk ruhig da und fühlte sich geborgen – wenn er nicht vier Monate alt gewesen wäre, hätte er wohl einen zierlichen Dank für so viel treue Behütung abgestattet. Sein pechschwarzes Haar war wie ein kleiner Wust, ein Kissen für seinen Kopf; er sah aus wie ein Wechselbalg und missgeschaffener Bastard, und war doch nur ein mongolisches Nomadenkind, das schrie, Milch sog und sich anwärmen wollte, wie irgendeines auf der weiten Erde.

Und Milch bekam es, so viel in seinem elfenbeinfarbenen Bäuchlein Platz hatte; Utku war geschäftig und sehr bedacht auf die Bedürfnisse des Kindleins. Und nachdem Jamuk sich kullernd gesättigt hatte und ganz eingewickelt war, verstummte er völlig. Gleichzeitig gab es ein sprühendes Knistern, und die Schatten ballten sich hexenhaft schnell zusammen. Der Moosdocht war erloschen, und die Hütte tintenschwarz.

Man sah nichts mehr; man hörte nur die tiefen Kehllaute Utkus. Er sang. Er saß in dieser erbarmungslosen Schlucht von Schwärze und urweltlichen Kälte, in seinen Pelzen geborgen, und sang Großvaterlieder; sang den kleinen Jamuk in den Schlaf. Er schleppte eine große Last von Schwermut in diesen primitiven Versen einher und brach in einem hoffnungslosen Refrain traurig unter ihr nieder; er raffte sich wieder auf, klagte den Winter an, der das Moos vergrub, beschimpfte die

Schneeteufel in hastigen Rhythmen, versöhnte die Drula, die Hundeblut leckte, mit schmeichlerischem Wohllaut, und beschwor die Frostgeister in leierndem Tonfall. Alte Sagen fielen ihm ein; buddhistische Götter, von Aberglauben und allen Schrecknissen eines öden Daseinskampfes ins Riesenhafte verzerrt, grinsten ihn an, mit glanzlosen Augen, tückisch vor Einsamkeit, herz- und blutlos. Und diese Schemen besuchten zur Stunde jede Jurte, wie sie es seit Jahrhunderten getan; und die Herzen zitterten wie in der Todesstunde.

Der Schnee war draußen versiegt; einen Fuß hoch hatte er die unendlichen Strecken überschüttet; nun war sein Maß erfüllt, und die Wolken erschlafften. Ein fahler Schein machte sich breit, und der eisige Nordwind lag gleichmäßig sausend in den Zeltwänden. Utku hatte eine halbe Stunde lang geschwiegen; nun hörte er deutlich von draußen die Morgenschreie der Rentiere, ein unendliches, bald traumfernes, bald nahes Gegröl, und vernahm aus dem Zelt des Schamán, das dem seinen gegenüberstand, das taktmäßige, dumpfe Trommeln von Füßen, das ziehende Kreischen einer Weidenflöte und Geklirr vieler Glasketten.

Das war der religiöse Akt, der die Bitte begleitete, das Flehen von vielen Menschen, von Alt und Jung einer heimatlosen Gemeinschaft, die kopflos wurde und doch verzweifelten Trotz bewahrte:

»Der Winter ist da! – Lasst ihn kommen.

Wir haben unsre Herden, wir haben Hunde, warme Pologs und gedörrtes Fleisch. Wir haben Seehundsöl, Reis, Talg und geronnenes Blut, das wir backen. Wir haben Weiber und wachsame Kinder … wir sind bereit!

Lasst den Winter kommen, wir fürchten ihn nicht ...«

Utku war müde geworden. Sein Haupt sank hernieder, und die Bilder der nächtlichen Schrecknisse verließen ihn; sie wanderten als verblasste Schatten in den Nebel, in dem die Sonne wie eine Blutlache schwamm.

2.

Tage rannen und Monate rannen, bis ein Punkt kam, wo alle Winde aufhörten und alles verstummte und erstarrte. Der Himmel war an den Tagen ganz blass, schier weiß, und in den Nächten, die sich endlos dehnten, tiefblau, wie poliert, von grellen Sternbildern erfüllt, so dass er wie ausgeschüttetes Geschmeide funkelte. Die Kälte kroch in alle

Winkel; der Rauch von zweihundert Jurten stieg wie ein Wald von grauen Säulen in die Höhe, und das unablässig genährte Feuer fraß am Öl des Stammes, so dass die Familien, deren Vorräte knapp bemessen waren, eingewickelt in der Dämmerung verweilten und die Tage hindurch schliefen.

Und als ein weiterer Monat vergangen war, drängten sich die Rentiere mit angstvollen, durchsichtig grauen Augen bis in die Hütten. Sie glichen hochbeinigen, weißen Igeln, denn jedes Haar ihrer Pelze hatte einen Panzer von Reif, so dass sie aufgebauscht erschienen; an ihren Stangen flimmerten dicke Krusten, und um ihre Nüstern, die plump nach der Wärme stießen, lagen ganze Maulkörbe von Kristallen, von steingewordenem Odem. Manche brachen in die Knie, bevor sie das Futter erreichten, oder rannten sich sinnlos die Stangen in die Leiber. Andere erhielten sich, indem sie sich auf einen großen Klumpen zusammendrängten und eine gemeinsame Schutzwand von feuchtem Dunst errichteten, die Kälber in der Mitte tief in den Flaum der Muttertiere vergraben. Utku hatte ein Rudel von hundert Hunden für seine gewaltige Herde, die hielten die Masse zusammen, indem sie tagsüber mit klagendem Gebell die langen Kolonnen gesenkter Geweihe hinunterflogen. Die Moosvorräte von Utkus flachen Schobern begannen einzuschrumpfen, und der harte Schnee ließ den Hufen keinen Eingang mehr.

Und die Kälte wuchs.

Sie wurde erbarmungslos, lähmend. Die Stimmen der Leute tönten einsamer. Sie lagen überall in der von Kohlensäure belasteten Luft ihrer geschlossenen Jurten, wie Tiere zusammengedrängt, und schnarchten mit rasselnden Kehlen. Auch Utku kam selten hervor. Er war abgemagert, schlafsüchtig und hatte das Hirn voll Träume. Ein stilles Fieber hatte ihn ergriffen, das er in sich hineinwüten ließ. Er saß zusammengezogen in einem Winkel, und man sah es seinem Gesicht kaum an, dass ihm ein Frostschauer nach dem andern über den Leib ging.

Seine ledernen, zerknitterten Wangen hatten einen Wachsglanz, und die Schlitze seiner Augen schienen erweitert. Den breiten Mund hatte er zusammengepresst, gleichsam gespitzt vor Unbehagen, und sein Gesang war verstummt. So hatte er Muße, dem Sausen und Quirlen des eigenen Blutes zu lauschen; gewaltsame Mühe kostete es ihn, dem kleinen Jamuk die Rasierschale voll Milch zu reichen, ohne sie auszuschütten. Utku sagte es niemanden, dass er krank sei; er wollte nicht. Er hatte die Vorstellung, dass er es allein überwinden müsse.

Da die Luft still war, so konnte er ungehindert mehrere Moosdochte entzünden, ohne dass der Qualm ihn belästigte. Drei bläuliche Flammen, von roten Funken gesprenkelt, schwammen lautlos in den Holzgefäßen und schickten ihren schwarzen Ruß gleichmäßig aus dem Kamin. Eine feuchte Wärme füllte die Jurte. Der beizende Geruch des frischgegerbten Leders, das die Nähte doppelt überspannt hielt, vermengte sich mit dem säuerlichen Duft von schwarzem Mandallabrot und dem Dunst zweier Lebewesen, die seit Wochen eingeschlossen waren.

Es war eine Nacht am Ende des Februar.

In dieser Nacht hatte Utkus Fieber seinen Höhepunkt erreicht.

Er bewegte sich rhythmisch in hockender Stellung von einer Seite zur andern, und seine Augen waren blind. Sein Gesicht glich dem eines alten, geängstigten Weibes, und sein Atem kam wie der Laut eines Ventils über seine gespitzten Lippen. Denn er träumte, und konnte seinen Träumen nicht wehren.

Er sah ein unendlich großes Nordlicht, einen zackigen Kranz von drei untereinander gehängten Glanzbändern, die wie die Reifen eines entsetzlich großen Kegels in einer fremden, frostweißen Luft hingen. Von diesem Nordlicht gingen Strahlen aus, die alles mit einer Verwesungsfarbe badeten; ein Gefühl größter Einsamkeit ging von diesen eiszapfenähnlichen, violetten, zitternden Ringen aus, die aus Eisregionen, vom Wrangel-Land und den Aleuten, herüberwuchsen und ihren Ausgang dort hatten, wo jene wahnwitzige Stille ist, die keines Menschen Ohr je erlauscht hat.

Und das Nordlicht wuchs und schob Quadern von rosigem Quarz vor sich her, die ihn zu zermalmen drohten. Er stand allein auf der Tundra und fürchtete sich sehr.

Seine Herde war gestorben, die Jurten waren abgebrochen: Das Ende aller Dinge nahte. Sieben Regenbogenfarben, unerträglich flimmernd, nahten sich in schweigsamem Pomp; und als sie dicht über ihm waren, wurden sie zu einem Chaos schreiender Töne. Das Rot gewann die Oberhand und blendete ihn stark.

Er bewegte sich hastig und erwachte halb. Er blickte in das Innere der eigenen Jurte, das sich wirbelnd um ihn drehte ... Nur die Ölflammen lohten in stiller Beständigkeit.

Utkus Arme lagen schwer wie Blei in den Pelzen; und das Nordlicht kam wieder auf ihn zu und bedrängte ihn. Da sah er sich nach Jamuk um und sah ihn nicht; er wusste, dass Jamuk in allernächster Nähe ruhen müsse und nach ihm verlange. Er rief und lockte ihn; er irrte ratlos umher; er musste ihn finden … Er riss die Augen gewaltsam auf und fiel nach vorn. Da schnellte das Nordlicht wieder zurück, es ward dunkel und traulich, und Jamuk lag in seinem Kinderschlaf mit einem halb trotzigen, halb friedlichen Gesichtchen im Bereich seiner Hände.

Doch ein neues Traumbild erwachte: Ein Dritter war in der Jurte, der Schamán, der Priester.

Er trug eine Mitra auf dem kahlen Schädel und über seinen dicken Pelzen eine Stola, mit Vögeln bestickt, die bis zu seinen gegerbten, perlbesetzten Stiefeln reichte. Ein großer Rosenkranz aus Jaspissteinen hing um seinen Hals. Sein gelbes, rundes Gesicht mit der breiten Geiernase war vorgestreckt, und in den Händen hielt er ein großes Messer, das Messer, mit dem er Mawka getötet hatte. Blut tropfte von diesem Messer, und Blut war an den Händen des Schamán, deren Finger wie Krallen aus dem Otterbesatz der Ärmel hervorschlichen.

Utku beugte sein Haupt und wartete voll Ehrfurcht, bis der Schamán beginnen werde. Dieser trat dicht an ihn heran und sprach mit heiserer Stimme: »Es ist kalt, Utku; es ist bitter kalt. Nie noch hatten wir einen solchen Winter. Du bist krank, Utku; ich weiß es, wenn du dich auch versteckst. Du wirst sterben müssen, und es ist gut, dass du geopfert werdest. Hängst du am Leben?«

Utku neigte sich tiefer, ganz in Demut und Bereitschaft. Er starrte auf die bunten Vögel und hörte das Rascheln der langsam bewegten Seide. Er war bereit zu sterben. Alle mussten sterben. Er war alt und nutzlos. Schon vor Monaten hatten seine Handgelenke gezittert.

Der Schamán begann seine Beschwörungen. Da aber ertönte ein heller, trotziger Schrei, und Jamuk war erwacht.

Utku fuhr zusammen. Er machte einige ratlose Bewegungen mit dem Kopf nach der Ecke hin, als wolle er den Schamán bitten, darauf zu achten, dass das Kind schreie; denn das Kind brauche ihn doch!

Der Priester wandte sein gelbes Gesicht und machte runde Augen. »Es ist Mawkas Kind«, sprach er. »Wir haben es nicht begraben. Wir haben es den Göttern vorenthalten. Es ist an der Kälte schuld. Wir wollen es opfern, Utku. Wir haben schon fünfzig Hunde geopfert; es war fruchtlos. Gibst du es uns, dann darfst du leben. Der alte Puginik kaufte sich mit seiner Herde los. Das Kind ist groß und fett; ein gutes Kind; es wiegt eine Herde auf. Gib es mir, Utku!«

Utku stand auf und ging in der Hütte umher. In der Not seines Herzens wiegte er den Kopf wie einen Pendel. »Lasst das Kind leben«, sagte er in tiefen Kehllauten zu den gefräßigen Göttern, die die Kälte schicken. »Lasst es leben. Ich will sterben. Ich bin ein alter, nutzloser Mann.«

»Das Kind ist ein bessres Opfer als du«, flüsterte der Priester und spielte mit dem Messer. »Du bist weise und rüstig. Sieh! Schon gehst du frank umher, und das Feuer aus deinen Adern ist gewichen. Was soll dir das Kind? Es ist eine Last. Sein Tod wird die Götter versöhnen.«

Und Utku neigte sich über das Kind und sah in seine brombeerschwarzen Augen. Die gelben Fäustchen griffen nach ihm, und er grinste. Da sah er das Messer des Schamán, der wie ein böser Geist über dem Kinde schwebte, funkeln, und wurde irr und wild. Er hockte sich dicht neben das kleine Wesen, beide dürren braunen Arme darübergestreckt, und heulte vor Angst und Schrecken. Dann erhob er sich taumelnd und ging dem Priester zu Leibe; er tastete nach dem Polog, wo die Waffen lagen, und vertrieb ihn Schritt um Schritt; er sah, wie er sich hob, durch den Kamin entschwand, mit hämischem Gesicht und wackelnder Mitra, wie seine perlbesetzten Stiefel durch den Qualm entglitten – – und Utku nahm die lange Flinte und schoss blind hinter ihm drein. Der Schuss krachte wie ein Donner von tausend Kartaunen; es war ein schneidender Krach, ein Bersten, eine flammende Explosion mit einem Getümmel von nachspringendem Echo – – Und Utku erwachte mit zitterndem Herzen.

Nichts in der Jurte war verändert. Es war totenstill. Utku sah sich erstaunt und atemlos um; sein Kopf war frei, und ein fernes Läuten war in seinen Ohren. Ein wohliges Gefühl hatte ihn ergriffen; es war warm und traut ringsum. Und draußen hatte sich ein Sausen erhoben.

Die Flammen erloschen knisternd; und Utku begann zu singen. Er sang im Tremolo; es waren liebliche Dinge, an die er dachte. Und wenn es auch wieder dunkel um ihn war – er wusste, dass draußen etwas im Werk sei: – Der Frost war gebrochen!

Utku wusste, nun ist der Südsturm da; endlich ist er da. Er kommt vom Ganaltal und vom Fuße des Kljutschew. Und der Alte dachte während dieser Nacht mit ihrem weichen Wind und ihren Tropfen an den Garten Kamtschatkas; dachte an Fünffingerkraut, an blauen Rittersporn und hohe Doldenstauden mit gezackten Blättern. Sein Lied wurde weich und zu einer einzigen trillernden Passage, die er sich zum Vergnügen unzählige Male wiederholte – – so feierte der alte Utku die gehobene Last, die weggeblasene Schwermut, den Einzug des März und die gesprengten Ketten des Frostes. Nun keimt der Roggen, nun blüht das Moos ... und wir werden östlich ziehn, ans ochotskische Meer, und die laichenden Lachse mit den Händen greifen!

Und als der Morgen graute, stieg die Sonne nicht mehr blutig, sondern rosenfarbig aus dem Nebel. Die Kälte war gesunken, und Utku verließ mit dem Kind das Zelt.

Alles war auf den Beinen. Knaben balgten sich kreischend. Die jungen Leute hatten ihre schlafwirren blauschwarzen Haare in manierlichen Frisuren unter den eckigen Mützen versteckt. – Gestern waren noch viele Tiere erfroren, und Rudel von Hunden wühlten jauchzend in dem Fraß.

Der Schamán trat heraus. Sein gedunsenes Gesicht hob sich blinzelnd in den Wind; er war friedfertig, in graue Felle gehüllt, und war so klein und so unscheinbar wie jeder Korjäke. Er hatte – mit Esspausen – an die siebzig Stunden geschlummert; sein Tamtam hatte geschwiegen, sein Rosenkranz hatte geruht. Nun stimmte er seinen langgedehnten Ruf an.

Der Horizont glich einem üppigen Schwall von Rosen.

Und Utku, sein Enkelkind auf den Armen, ging zu seiner Herde, drängte sich durch die feuchten Pelze, streichelte, hieb und stieß mit Besitzerwonne und versteckter Schelmerei; er hatte allerlei Flausen im Kopf, rosenfarben wie der Morgen, und war sehr vergnügt. Die Tiere schoben ihre Nasen an seinen Nacken und rieben sich an dem quarrenden Bündel, das er im Arme trug.

Der Märzsturm blies wie eine Orgel, und alle Götter waren versöhnt; sie hatten keine glanzlosen, hungrigen Augen mehr, sie waren satt und lenzhaft heiter. Sie plauderten im Wind mit dem kleinen Jamuk. Dieser schrie, hoch und schrill; und Utku freute sich der Musik.

Vom kleinen Albert

Als der kleine Albert zur Welt kam, entstanden Minuten schwerer Gefahr für zwei Leute, nämlich für ihn selbst und seine Mutter. Er nahm eine dicke, sorgenvolle Stirnfalte mit, hatte die blauen Augen aufgerissen und schwieg. Endlich nach einiger ächzender Bemühung, den purpurnen Schatten, die schon wieder nach ihm griffen, zu entrinnen, verbreitete er ein elementares Geschrei, sang vor Schmerz und Entrüstung, schluchzte vor Indignation. Die Welt war ihm gar zu grell; ihre Farben überrumpelten ihn. Die Knospe seines Hirns wurde von keinem milden Lüftchen, keinem zarten Sonnenkuss, sondern vom glühenden Samum des Werdens aufgesprengt. Und kaum, dass der mullweiche Schlaf der ersten Stunden ihn wieder umfing und ihm die alte, gewaltsam entrissene Heimstätte wieder vortäuschte, irrte die Mutter selbst an der dunklen Schlucht. Doch wagte sie den Sprung nicht; und ihre heimwärts gebreiteten Arme wurden wieder sanft auf das Genesungskissen zurückgelenkt.

Sie war seit dieser Heldentat schwach und kränkelnd. Und später, als der kleine Albert das Sehen hinter die Dinge schon schätzungsweise verstand, war ihm das schlohweiße Gesicht, meist in bunten Kissen vergraben, das ihn anlächelte und sich mühsam nach seinen Bewegungen drehte, ein Symbol aller Hinfälligkeit und befremdenden Verehrungswürdigkeit.

Er brachte ihr viele kindliche Opfer; er sah, dass hier ein Zustand walte, der unumgänglich schien und den man auf eine zarte Weise aufrechterhalten müsse. Das arme, großäugige Geschöpf, das den geschwächten, ehemals grausam belasteten Leib mühsam von einem Korbstuhl in den anderen schleppte – stets vom Rauschen der sonnenwarmen, grauen Seidenkleider umhüllt –, wurde zu einem Idol für ihn. Sein tiefblauer Blick, der sich grübelnd in ihr Gehaben versenkte, glitt ab von der Ungeschminktheit dieser Leidensmaske, von dem starren Glanz der Augen, die oft, ausdruckslos, des Sehens zu vergessen schienen, und verschloss sich hinter die dunkelblonden Wimpern, wenn sie mit ihm sprach – mehr hauchte als sprach. – Und gelang es ihm, die Augen voll auf sie zu richten, so waren sie hell und von einer knabenhaften Güte erfüllt, die für alle Armut an Kindlichkeit, für allen Herzenstrotz entschädigte.

Er saß alsdann zu ihren Füßen, und sie lenkte seine inneren Bedürfnisse mit zarter Überredung auf einen praktischen Pfad; mit ihren Leidenskenntnissen verband sie die sehnsüchtige, fast neidische Freude über seine Gesundheit und seinen weichen, elastischen Gang; sein schnelles Erfassen verdeckter Dinge und seine liebevolle Inbrunst zu allem, was ihn umgab. –

Nun ist er dreizehn Jahre alt, hat mittelmäßige Schulzeugnisse und weiß viel von dem, worauf es ihm ankommt. Er ist überall im Wege, denn stets heften sich seine halbgesenkten tiefblauen Augen auf Dinge, die anderen Leuten belanglos erscheinen, und hinter seiner hübschen, weißen, gewölbten Stirn vollziehen sich hellsichtige Spekulationen unaussprechlicher Art. Hat er den Schulweg hinter sich, den er in sonnentrunkenem Zickzackschritt zurücklegt, so entledigt er sich zu Hause seines Lederranzens mit einer Gewandtheit, die auf vielmonatlichen Überdruss am Zwang schließen lässt – er wirft die ganze Wissenschaft mit einem Schwung in die Nähe seines Schreibpultes, womöglich zum Fenster hinein und freut sich, wenn es recht rasselt und Lärm verursacht.

Und dann, indem sein Blick sich vertieft, etwas Starres bekommt, schlendert er wie ein junges Weidefohlen in den Garten hinein. Die Schwalben, die durch den Sonnenglast schrillten, sind plötzlich zerstoben und lassen eine sekundenlange Stille zurück. In diese Stille wächst der warme, feine Lärm der Insekten gewaltig und betäubend hinein; und hat er die Oberhand gewonnen, dann ist es wie zuvor: Dann vibriert alles von Leben, dann werden Millionen Atemzüge und Pulsschläge wach, bis irgendein fremder Ton, eine ferne Fabriksirene, diesen Schleier von Lauten wiederum brutal zerreißt.

Der kleine Albert spaziert als Mittelpunkt in dem warmen, pflanzlichen Leben umher und duldet gern, dass alles, was er wahrnimmt, sich auf ihn bezieht. Er begutachtet alles und freut sich der kleinsten Entdeckungen. Zunächst hat er die Hände in den Taschen seiner kurzen Leinenhose; dann beginnen sie ungeduldig zu zucken und möchten in die Vorgänge eingreifen, überall hinein, und sind sie einmal am Werk, dann gibt es kein noch so schmächtiges Wesen, das die erdbeschmutzten, geschickten Finger nicht ergriffen hätten.

Er hockt im Sand, den Kopf fast zwischen die Knie gesteckt, und baut einen Laufzirkus für einen Käfer, der sich in kopfloser Flucht abstrampelt und den er zwingt, zu seiner Belustigung einen ratlosen Kreis zu beschreiben. Zugleich bedauert er ihn, er fühlt ihm das Peinliche seiner Lage nach, er erleichtert ihm mit einem nachdenklichen Strich seines Fingers den Ausweg und gerät in Entrüstung, wenn man seine Absicht missversteht. Er sieht grübelnd, die Wimpern tief gesenkt, wie alles sich verfolgt, überfällt und auffrisst; seine Fantasie vergrößert diese kleinste Welt zu einem schaudererregenden Blutbad, an dem er selbst als pikierter Zuschauer beteiligt ist; und so wird ihm der Zwang klar, der durch den kleinsten Vorgang geht. Zugleich aber empfindet er die Lieblichkeit eines Falters so stark, dass er ihn atemlos betrachtet, fast gerührt von der holden Unbewusstheit des ephemeren Daseins, das nur wie ein farbiger Schatten ist. Die vier violettbestäubten Augen, die plötzlich aus dem seidenen Schwarz der Schwingen hervorblinzeln, sollen ihn schrecken wie jedes andere Geschöpf; und auch der kleine Albert sieht, dass der Falter fantastisch bunt ist, und das macht ihn stutzig.

Zuweilen liegt er, die Hände unter dem blonden Kopf gekreuzt, im Gebüsch, und sein Blick verliert sich in den Blättermassen. Und jetzt, wo es spät im warmen Mai ist, rieselt auch oben der Atem des Geschehens … Die Blutbuche am Fluss bebt, voll entbreitet, unter dem Celloklang der Bienen, die ihr emsiges Tagewerk an winzigen Kelchblättern treiben; der Faulbaum schwenkt seine hängenden weißen Dolden wie Weihrauchgefäße; jeder Windhauch wühlt neue Duftwellen auf. Halb unter Sträuchern vergraben, hebt der Ahorn seine hellgrünen, gezackten Blätter wie Hände empor, die unter der Last der unablässig niederströmenden Lichtfülle leise und verschämt schwanken, über den samtdunklen Grund seiner Zweige. Die Espe zittert mit Tausenden ovaler Blättchen für das Gedeihen ihrer rotbraunen Blütenschwänzchen; sie weiß, niemand tut ihr ein Leid an, alles vollzieht sich nach alter Weise, geheime Maßnahmen walten gütig und warm auch um sie, und dennoch zittert sie. Der kleine Albert betrachtet sich den nervösen Baum und muss verstohlen lächeln. Er ist so glücklich; »man« ist allgegenwärtig. Was »man« ist, weiß er nicht; jedenfalls macht dies alles, was er sieht und fühlt, ein Zweites aus, mit dem er ein behagliches Einverständnis hat. Man duldet ihn, man will ihm wohl, man hasst ihn nicht; er ist ein persönliches, anspruchsloses Einzelstückchen der großen Persönlichkeit, Garten genannt. Und das weiß er, wenn er es auch nicht sagen kann: Das Einzige, was wahrhaft geschieht, ist das unbewusste Wachstum, das im Kleinsten geschieht. –

Wenn der kleine Albert im Gebüsche steckte, so glitt zuweilen die Silhouette seiner Mutter hinter dem Lichtwirrwarr der Blätter vorüber, langsam und mit der Feierlichkeit, wie sie Kranken eigentümlich ist – so langsam, dass ein leises Wort »Mutter« sie erreicht hätte, und wenn es auch nicht lauter geklungen hätte als eines Blattes Fall. Und nach einer sonnigen Pause, wenn der Zwölfuhrschlag der Petrikirche sein gespenstisches Klanggemurmel in der Luft verbreitet hatte – höhere und tiefere Wellen dröhnender Töne mit dem eifernden Lärm entfernterer Kapellenglocken verkuppelt –, wenn die kleine, sehnsüchtige Melodie, die stets bei Glockenschlägen im Ohr des kleinen Albert ihr Wesen trieb, wieder dahingesunken war wie ein mattes, selbstverlorenes Händetasten nach der Spur eines Glückes – dann ertönte ganz nah aus dem Kies der schwere, wuchtige Schritt des Vaters, der von der Klinik kam und der vor dem Mittagessen noch gewohnheitsgemäß nach seinen Terrarien und seinen Blumen sah.

Er war ein großer, breiter Mann mit einem massigen, runden Kopf und gütigem Gesicht. Sein fahlblonder, weicher Schnurrbart war schräg zu den Seiten der Lippen herabgestrichen. Seine blauen Augen blickten etwas müde, sich bei einer Beobachtung gewaltsam vergrößernd, mit einem stumpfen Glanz; an ihren Winkeln saßen freundliche Fältchen, doch unter ihnen deuteten sich Ringe an. Die Haut der massiven Wangen war von einem gleichmäßigen Grau, die Lippen jedoch, die der Bart mit einem braunen Schimmer von Nikotin umgab, schienen lebensvoll rot. So ging der starke Mann vorbei, ohne Stock, mit dröhnendem Schritt, in dunkelgrauem Anzug, der an den Hüften und in den Kniekehlen breite Falten warf; er ging vorbei, ohne Abstecher, neben dem Beet von Azaleen und Palmen auf das Terrarium zu. Der kleine Albert hörte das Glas der Öffnung klirren und wusste, dass die Chamäleons und die Leguane ihre Mehlwürmer bekamen.

Nun schlängelte er sich selbst hervor, reichliche Grasflecken auf den Kniehosen, mit zerritzten Waden und erdfarbenen Fingern, mit sonnendumpfem Kopf und die fast weißen Wimpern zu bläulichen Ritzen geschlossen. Er sah selbst, von einer Hüftstellung der Beine in die andere fallend und mit halb offenen Lippen, wie Papa seine Tiere fütterte. Die Chamäleons setzten sich in Trab – für ihre Verhältnisse war es ein Rennen –; sie krochen aus dem Radius der Mehlwurmsphäre herbei, spinnenhaft und schneckenlangsam, die herausgestülpten Augen teleskopartig verlängert und mit bizarrem Schlenkern der kleinen Fußklammern. Die Leguane gingen, sie liefen nicht; sie wussten, dass sie Zeit hatten, und auf dem kurzen Weg warfen sie ihre zweigeteilten Zungenlappen lüstern und genießerhaft heraus. Alles war an ihnen gesträubt; ihre Zackenkämme erhoben sich wie ein Mann; sie waren die kleinen Zerrbilder ihrer riesenhaften Saurierahnen, die unter Gebrüll ganze Wälder niederpflügten und deren Appetit nicht zu ermessen war – nun waren sie kleinwinzig, stumm und pfiffig geworden; doch im Grunde ihres Herzens dieselben geblieben, relativ, das war klar. Schön waren sie, bunt wie Fächer und voll Grazie; der sanfte Puls, der ihre Bäuche bewegte, blähte sie und ließ Reflexchen auf den Teppichmustern ihrer Schuppen erblitzen. So lagen sie, wie kleine Kaimans übereinandergewürfelt, und brachten ihre Tage hin. Papa konnte viertelstundenlang vor ihnen stehen bleiben; die Zigarre ging ihm gewöhnlich dabei aus. Manchmal nahm er den Kopf des kleinen Sohnes, der sich stets ohne ein Wort bei ihm einfand, halb in seine warme Hand, und Albert hielt das behutsam aus. Der Vater sprach sehr selten mit ihm; er schien stets schwer beschäftigt; er schnob oft durch die Nase, als ob er an Asthma leide, und redete, was er zu sagen hatte, mit einem schwierigen und mühsam anmutenden Bass. Da zu dieser Zeit eine drückende Hitze herrschte, erzeugte der leichte Karboldunst seiner Kleider, der stets an ihnen haftete, eine lähmende Atmosphäre, so eine Mittelstimmung von Trostlosigkeit und Schläfrigkeit, unter der irgendetwas schluchzte, ein aufgegebener schöner Plan oder eine zermalmte kleine Freude. Der Mann stand an dem schweren Rad der Arbeit, seine Hände griffen täglich in zuckendes Körpergewebe, fühlten täglich, wie die eines gewissenhaften Heizers, irregeleiteten Prozessen des Stoffwechsels nach, fassten so tief in das Uhrwerk, dass er sie blutbedeckt hervorziehen musste … das wusste der kleine Albert nicht, aber er wusste, dass Papa sehr zu tun hatte, und dass es darum nötig war, dass man bei ihm stand und nicht ungeduldig wurde oder davonrannte, wenn man die warme Hand um den Kopf spürte.

Dann kam das Mittagessen mit den Eltern. Der Vater aß eine große Menge Suppe und Fleisch und trank eine Flasche Mosel dazu. Seine mühsame Stimme, die dennoch nie versagte, hielt ein stetes fließendes Gespräch mit der Mutter in Gang, die sich gewaltsam zusammennahm und immer munter war, um den Mann, den sie fast nur um diese Tagesstunde sah, mit kleinen Erzählungen aufzuheitern und ihm von Besuchen zu berichten. Der Vater fragte kurz und bestimmt nach Alberts Schulerfolgen; doch begnügte er sich mit wenigen Antworten, da er überzeugt schien, dass sich alle Entwicklung in dem Knaben folgerichtig und ohne frappante Sprünge vollziehe. Und Albert selbst hatte die Empfindung, dass Papa eine gleichmäßig warme Meinung von ihm hege; und demnach erfreute er sich einer possierlich selbstständigen Würde, jederzeit bereit, sich ihrer um einen Kuss der Mutter in der kindlichsten Weise zu begeben.

War das Essen zu Ende, so folgte die Siestastunde. Der Vater trank schwarzen Kaffee, der fertig auf dem orientalischen Tischchen neben der niedrigen Ottomane stand. Die Mutter entschwand in ihr Schlafzimmer im ersten Stock, um, wenn es ihr von jedem Essen übermäßig erregtes Herz gestattete, vorübergehenden Schlummer zu suchen. Albert selbst hielt sich ein wenig in der Veranda auf, und dann ging er leise in das Entréeräumchen, das zum Arbeitszimmer seines Vaters führte und durch schwere Portièren von diesem getrennt war, und setzte sich auf den Teppich, um in seinem Cooper zu lesen und zwischendurch die Wunden an seinen Beinen zu betrachten.

Er prüfte die kleine blutunterlaufene Stelle unterhalb des rechten Knies und bedauerte sie im Geheimen sehr, da er es liebte, eine glatte, reine Haut zu haben. Ja, er trug Fürsorge für seine ganze Person; er besaß eine verstohlene animalische Eitelkeit, eine kleine lächerliche Andacht zu sich selbst. Deshalb empfand er ein Verantwortlichkeitsgefühl für sein misshandeltes Knie und freute sich seiner weißen Beine auf dem dunklen Blumenprunk des Teppichs.

Darauf warf er sich auf den Bauch und las mit gerunzelter Stirn von Fährnissen und verzweifelten Situationen, in die ein rechtlich denkender Mann geraten kann, obwohl er ein meisterhafter Schütze ist. Die Daumenballen beider Hände gegen die Wangen gepresst, so dass seine gewellten Lippen sich zu einem seelenlosen Ausdruck spalteten, verfolgte er die Zeilenkolonnen. Ein fremdes Panorama rückte näher, schloss sich um ihn. Er selbst trat aus sich heraus und schlüpfte in das Kostüm des blondbärtigen Helden, und der Autor des Buches redete mit Engelszungen aus seiner eigenen Seele heraus, beschwor zwei verängstigte Weiber, tat Aufblicke zu Gott und riss das Lederwams vor der Brust entzwei, um sie den Pfeilen bloßzulegen. Albert stöhnte tief und behaglich. Nun kam der erste Pfeil und heftete sich, leicht mit dem Federwirbel zitternd, dicht über der Schulter in die Baumrinde ein, und etwas erschrockenes Blut kam heraus und tropfte, tropfte ...

Ach, das tat weh. Die Sensation durchzuckte den Knaben; seine Augen sahen geradeaus in das flammende Blau der Jalousienritzen, und ein leichter Druck, durch seine Lage in der Herzgrube hervorgerufen, wirkte strahlenförmig in ihm weiter und rief jene Beklemmung hervor, die aus Sehnsucht und Glück gemischt ist. Er sank mit dem Gesicht auf die kühlen Blätter und lag regungslos.

Die Gestalten seiner Schullehrer, die sich zu seinem Ärger immer zwischen sein eigenes Urteil drängten, zottige, barbarische, unrein duftende Gesellen, rotteten sich am Horizont zusammen und taten im Chorgesang (-gekrächz, dachte der kleine Albert mit trägem Grimm) missliebige Äußerungen, die sich auf die traumhaften Geschehnisse bezogen. Sie entkleideten die hübschen Vorgänge ihrer Farbigkeit; ja sie zupften sogar an der Persönlichkeit des blonden Helden und erstickten seine wonnigen Märtyrerbetrachtungen mit ungeeigneten Fragen nach seinem bürgerlichen Beruf und seinen Kenntnissen in Dingen, die, in Anbetracht der Romantik, keineswegs am Platze waren.

Doch man wurde ihrer Herr. Man grub das Beil aus und brachte sie einzeln um. Sie hätten ja ohnehin nicht viel ausgerichtet, denn – hier erinnerte sich der kleine Albert – man war ja zu Hause, und hinter den Portièren, an dem breiten eichenen Schreibtisch, saß Papa und schrieb. Man konnte das leise Kratzen seiner Feder hören, er würde es den Oberlehrern schon geben, wenn sie seinem Sohn und Schutzbefohlenen, seinem Bundesgenossen und Liebling zu nahe auf den Leib rückten.

Denn Papa hatte nicht allzu lange auf der Ottomane gelegen; er hatte aufstehen müssen. Es war sicher ein schwieriger Fall, vielleicht ein überseeischer Patient, der sich zur Konsultation angemeldet hatte, und um vier Uhr musste Papa wieder in der Klinik sein. Albert dachte nach. Diese Stunde war die schönste des Tages. Tief in einen Traum verstrickt schien das ganze Haus. Die Uhr im Esszimmer tat ihre leisen vergrabenen Schläge. Traumhaft fern klang das einlullende Geklapper des Geschirrs aus der Küche. Eine Fliege summte, und ab und zu räusperte sich der Vater. Er räusperte sich schwer und keuchend, während das Papier unter seinen Händen knisterte. Der Dunst seiner starken Manila, bläulich und durchsichtig, durchtränkte alle Dinge mit einschläferndem Geruch. Dieser Geruch hatte etwas Tropisches,

Schweres, Reiches. Er war unzertrennbar von dem Entréeräumchen, von den hohen Bücherschränken, den massiven, plumpen und vertraulichen Eichenmöbeln und dem mattgoldenen Buddha, dessen leere, strenge Augen aus einer unfassbaren, fabelhaften Fremde blickten.

So verrann die Zeit.

Dann kam der Vater zwischen den Portièren heraus, das Kautschukhörrohr in der Westentasche, und schritt mit schwerem, wuchtigem Gang über das Söhnchen hinweg, das ihm den Weg verlegte und sich, in zärtlichem Respekt, halb vom Teppich erhob. Albert brauchte nicht aufzustehen, doch auf dem breiten Rücken des Vaters, hinter dem sich die Türe schloss, stand unsichtbar geschrieben: In einigen Minuten musst du oben sitzen; bei Algebra und Latein. –

Nun war es Juli, und die Sonne, die schon vierzehn Tage lang unbehindert waltete, erzeugte eine Treibhausluft. Der Fluss, der nach einem Regenguss, wie sie sich im Mai noch eingestellt, tagelang träge, lehmbraune Massen dahingeschleppt hatte, verwandelte seine Farbe in ein stumpfes Grün, in dem die silbernen Leiber wandernder Weißfische blitzten, die am Abend, wenn die Mücken tanzten, viele kleine Kaskaden in die Höhe warfen.

Albert, dessen Ferienzeit begonnen hatte, liebte es, sich unter der Blutbuche zu entkleiden und auf dem kurzen Ufersand zu sitzen, versteckt von Flussampfer und Fenchel. War sein Körper von seinem Schweiß bedeckt und lockte die lautlosen braunen Stechfliegen an, mit ihren dummen bronzegrünen Augen, dann wälzte er sich ins Wasser, in den muschelgespickten Schlamm und ließ sich auf dem Rücken treiben, hinein in die kältere Strömung der Mitte. – – Er liebte es, langsam mit den Knien rudernd, dem Druck des Wassers mit den Handflächen fächelnd zu begegnen und die reglosen Wolkenbänke zu betrachten, die flimmernd schlohweiß mit bleigrauen Schatten am Horizonte lagerten und deren reglose Spiegelung der Fluss matt verzerrte.

Und abends war es am schönsten, wenn die Amseln ihre verirrten Tonfolgen zu einem Netz von Flötentönen zusammenfügten, aus dem Baum- und Gebüscheschatten der Ufer heraus, wo die Villen leuchteten. Das jauchzende Geschrei der drei schwarzhaarigen Mädchen von drüben, wo der Börsenmann wohnte, ärgerte den kleinen Albert. Er pflegte dann zu pfeifen, unablässig und leise, eine stereotype Klage um etwas, das er nicht kannte.

Und in den Nächten war es einsam – irgendeine fantastische Irrfahrt nahm von seiner unruhig atmenden Brust Besitz. Fuhr er auf, dann schlug das über die Stuhllehne geworfene Hemd mit beiden Ärmeln nach ihm und erpresste ihm einen schwachen Schrei, bis er sich besänftigte und den Vater in der Ferne, hinter zwei offenen Türen, schwer durch die Nase atmen hörte. Die Nächte waren voll feuchter Dünste, der Fluss schickte einen lähmenden Hauch herein, einen warmen pflanzlichen Verwesungsgeruch; und die Grillen feilten, als gelte es ihr Leben.

Und siehe da ... eines Tages kam die Mutter nicht mehr zu Tisch. Sie lag, schwächer als sonst, in den Kissen, von zuckenden Schmerzen geplagt; ähnlich denen, die sie vor dreizehn Jahren, bei Alberts Geburt, erleiden musste, heftigen Krämpfen, so dass sie ratlos wimmerte und der Knabe vor Hilfsbereitschaft hinter der oft verschlossenen Türe nicht aus noch ein wusste.

Pflegepersonal erschien; auch eine dicke Krankenschwester mit rotem rundem gutmütigem Gesicht und kleinen harten Fingern. Sie erinnerte den Knaben an die Bonne, die ihn – vor längst vergangener, aber immer noch lebendiger Zeit – in einem Wägelchen über die Kieswege gestoßen und ihre einlullenden Zaubersilben dazu gesungen hatte, als er in seiner Milchbenommenheit ins Blaue entschwebte. Diese glanzumflossene Masse von steifer Leinwand, aus der zwei runde braune Augen hervorträumten, stellte sich nun wiederum in seinem Leben ein, ähnlich kostümiert, doch mit einem finsteren und gefährlichen Dienst betraut. Wenn sie auftrat – so leise sie konnte –, dann zitterten die Treppenstufen; sie ging auf den Fußspitzen, und doch brach sie sich Bahn. Der kleine Albert fühlte eine verschmitzte Überlegenheit über sie, und oft wandelte ihn der Drang an, zu lachen, wenn sie das Thermometer fallen ließ und eine mühsame Kurve beschrieb, um es aufzuheben. Du könntest dich auch bücken, sagte sie. Ich bin eine ältere Frau. Und Albert bückte sich, doch mit Absicht zu spät; und das tat er nicht dieser fetten Frau zuliebe, die vor Gesundheit rostrot war, sondern Mamas wegen, denn das Thermometer war eine Notwendigkeit, das sah er ein. Hinterher lachte er, weil es ihm Vergnügen machte, wie die dicke Schwester sich bemühen musste.

Noch öfter aber weinte er sein tränenloses Weinen, wenn er von einem Besuch bei der bleichen zarten Mutter kam; verkroch sich ins Gebüsch, lief lang und weit vor die Stadt, zwischen die Felder und in die Heide. Dann kam er abends erhitzt und gereizt zurück und nahm ein paar Löffel Suppe mit Papa zusammen ein, an dessen Anblick er wenig Freude verspürte.

Denn die Kräfte des Mannes waren an dem Punkt überspannt zu werden. Die Ringe unter seinen Augen traten plastisch hervor; ein roter Rand lief um die Lider. Seit einer Woche schon war man gerüstet, auf einen Monat an die See oder ins Gebirge zu gehen; und nun war Mama krank geworden. Alles musste beim alten bleiben. Der Vater trank, Abend für Abend, seinen schweren Bordeaux und rauchte Importen. Das konnte zu nichts Gutem führen, denn während oder nach einem solchen Genuss waren seine Augen zuweilen beinahe apoplektisch starr und blicklos, so als drücke eine Zentnerlast auf seine großen ermüdeten Hände. – Er duldete, dass der Knabe in seiner Nähe war, doch eine Antwort zu erhalten war für Albert nicht leicht. Ja, jetzt geschah es auch, dass er ihn barsch anfuhr, ihn unsanft beiseiteschob, kurz angebunden und ohne Verständnis für eine wohlgesetzte, grübelnd geprüfte und langer Hand schweigsam vorbereitete Frage, die der Knabe mit hoher Stimme an ihn zu richten wagte.

Ach, was war das! Das war so ungewohnt! Albert stand am Bücherständer, mit dem Rücken gegen den Brehm gelehnt und hatte seine Fragen an Papa, wie immer, und Papa war nicht einmal beschäftigt, nein, er rauchte bloß und räusperte sich, und da war es doch wahrhaftig nichts Ungehöriges, wenn er ein Gespräch in Gang zu bringen sich bemühte! Und um Mama sorgten sie sich doch beide, das war ein gemeinsamer Schmerz, und wenn der Vater ächzte, so fand es einen stummen Widerhall in Alberts Seele. Dann ächzte er auch, gehorsam gleichsam, erschöpfend und mit Sorgfalt, es war aufrichtige Betrübnis darin, und doch drehte der Vater sich mühsam um und sagte: Albert, kannst du nicht stille sein, oder: Du störst mich, beschäftige dich. – – Das war unerhört. Albert hatte nie die Verpflichtung gehabt, sich abends zu beschäftigen. Und wenn er sich mit der Schulter an den sitzenden Vater lehnte, so dauerte es nicht lange, denn der Vater schüttelte ihn ab und meinte dabei: Schon gut, Albert. Aber du wirfst mir mein Glas um. – Nie, so streng er sich besann, hatte er je etwas umgeworfen, am allerletzten vollends ein Glas, aus dem Papa sich in schwerer Zeit erquickte.

Deshalb wuchs eine Indignation in dem Knaben, die sich täglich neue Nahrung holte; er wurde scheu und vermied es, mit dem Vater außer zur Essenszeit zusammenzutreffen. Desto häufiger war er am Krankenbett der Mutter zu finden, las ihr vor oder führte inhaltslose Gespräche, die doch wie warme Sympathiewellen von ihm zu ihr glitten und sie überschütteten; und sie sah mit tiefer Dankbarkeit an den Fransen ihrer seidenen Decke vorbei auf seinen blonden Kopf, den er oft, behutsam und liebevoll zu ihr herüberblickend, im Affekt eines gesteigerten Gefühls, das plötzlich in ihm aufschwoll, erhob. Auch hieraus schöpfte er sich seine kleine Sensation, die ihm die bekannte Beklemmung über dem Magen verschaffte, wie bei der Lektüre von Cooper oder der kameradschaftlichen Annäherung an einen bestimmten Altersgenossen, den er um seiner Schlankheit willen verehrte.

Die Hitze wuchs mit jedem Tage. Als Albert an einem Vormittag vor dem Torausgang zur Straße stand, vollzog sich ein Wunder. Die Straße lag fast menschenleer; in der Ferne abgeschlossen durch den roten Backsteinbau der städtischen Klinik. Die Straße, gleichgültig gepflastert, mit ihrer langweiligen Laternenreihe und ihren bestaubten, kümmerlichen Schmuckbäumen war eine ganz gewöhnliche Straße, gut genug für den Schulweg und keineswegs für einen Spaziergang geeignet. Und just diese Straße wählte das Schicksal, machte irgendwo einen lautlosen Schritt, kam gleichsam aus der Glut geboren um eine Häuserecke als schwarzer Punkt und war da, wuchs, wurde zu einem Mann, der sich gebückt und schlürfend auf den kleinen Albert zubewegte.

Es war ein alter Italiener mit graumeliertem, kautabakbeschmiertem Vollbart. Er trug ein schmutziges Hemd, geriffelte, braune, schlotternde Samthosen (furchtbar geflickt) – und einen durchlöcherten Havelock aus Loden. Seine Augen waren grell und hellbraun. Albert interessierte sich sofort für ihn; er schlenderte ihm entgegen, schlug sich einmal an die linke Wade und blickte in die Luft. Als der Alte und der hell gekleidete Knabe sich einander auf wenige Meter genähert hatten, blieben beide stehen und lächelten. Der Alte zeigte eine Reihe gelber Zähne; hierauf ließ er sich, den grellen Blick immer auf den Knaben gerichtet, auf dem Steinfundament eines eisernen Gartenzaunes nieder. Er manipulierte etwas an seinem Umhang und förderte eine Meerkatze zutage, die offenbar in den letzten Zügen lag. Mit demselben grellen Lächeln blickte der schwachsinnige Greis auf das Tier, und auf einmal entdeckte Albert, dass der alte Mann müde und krank war, dass er sich vielleicht nicht deshalb gesetzt hatte, um zu plaudern, Geld zu bekommen und das Tier hüpfen zu lassen, sondern weil er sich unwohl fühlte und wohl ins Bett musste. In der Tat blieb der Mann stumm und stöhnte nur ein bisschen. Dabei wischte er sich mit der rissigen, geschwärzten Skeletthand nachdenklich über die Stirn. Es ging ihm schlecht; er hatte ein langes, nutzloses Wanderleben hinter sich.

Und als der kleine Albert nähertrat und seine Hand nach der Meerkatze ausstreckte, sagte der Alte plötzlich etwas höchst Eilfertiges mit rauem Akzent und sank mit entsetztem Blick einfach um. Er lag da, als schmutzige braune Masse, und der Affe, dem er sich auf das Kreuz gelagert hatte, begann zu jammern. Albert rannte ins Hans und holte Papa. Dieser kam, untersuchte den Mann und sagte: Hier liegt ein Hitzschlag vor. – Das »liegt vor« war eine Redensart, wie er sie vor seinen Assistenten gebrauchen musste; und Albert hörte sie mit offenem Munde an. Er war sehr erschrocken, beinahe fassungslos, dass man einfach umfallen könne, dass Papa so sachlich blieb, dass die Angelegenheit somit erledigt war. Er sah zum ersten Male einen Toten; doch begriff er nicht, dass dies der Tod sei. Übrigens wurde ihm die Unklarheit nicht genommen; denn er wurde bald fortgeschickt, und der Mann kam, wiewohl er schon tot war, in die Klinik.

Den Affen aber, – da niemand Erbansprüche erhob – durfte Albert behalten.

Der Affe war so schwach, ach, so hinfällig, dass es nicht nötig erschien, ihn zu verankern; sondern er wurde recht warm ins Gras gesetzt und bekam viele Bananen zu essen. Er war zweifellos das erbärmlichste Exemplar seiner Gattung; er war von langer Selbsterniedrigung moralisch zerrüttet, und dieser Zustand spiegelte sich auch in seinem Äußeren wieder. So wie er war, halb kahl, mit seinem nackten Gesicht und seinen geschlossenen Augen, die Lippen noch zu träumerischem Nachkosten tastend vorgestreckt, karikierte er in der Haltung in grotesker Weise jenen embryonalen Zustand, in dem auch der Mensch sich ungern stören lässt. Zuweilen fiel er plötzlich – in dunkler Erinnerung an erlittene Peinlichkeiten – auf die vorderen Hände, mit zwitschernden Kehllauten, dick gefalteter Stirnpartie und die eng stehenden Augen rund und grell auf den kleinen Albert gerichtet. So konnte er eine

Viertelminute regungslos verweilen – dann löste sich der Krampf der Angriffsstellung, und eine neue Banane machte ihn weich und dankbar. Der Vater hatte Albert eine Leine gegeben und ihm streng befohlen, den Affen anzuhängen. Doch Albert traute sich zu, den kleinen Vetter aus der Nebenlinie allein durch Liebenswürdigkeit zu fesseln, so dass es der Vetter nicht nötig habe, immer nur »k–ch, k–ch« zu sagen und sorgenvoll und wütend auszusehen.

Dies schien ihm denn auch zu gelingen, denn, die kleinen, schwarznägeligen Hände über dem zerscheuerten Bauch gekreuzt, begann der Affe zu entschlafen. Mitunter regte sich seine Hand noch, irgendwohin, wo es weh tat oder juckte, blieb dort liegen, sank herab. Nun schläft er, – dachte Albert zärtlich. – Von dem Italiener will ich Mama nichts erzählen, aber von meinem Affen. Das wird ihr Vergnügen machen. – Und leise auftretend, stahl er sich hinweg. Die Leine wollte er auf dem Rückweg holen. Als er ums Haus bog, hörte er ein raues Gebell und sah einen großen Neufundländer hinter sich in den Garten brechen.

Fassungslos lief er zurück: Der sanfte Schlaf der Kreatur war jäh unterbrochen worden. Jedenfalls war sie nicht mehr da, und der Neufundländer hatte das Nachsehen. Der kleine Albert war in Verzweiflung. Er suchte den halben Garten ab, umsonst. Und während er noch suchte, vollzog sich etwas Beklagenswertes.

Denn die Mutter, die friedevoll, in das Gefühl ihrer leisen Genesung gebettet, in ihren weißen Kisten lag, erblickte urplötzlich im Zimmer, in der alltäglichsten Nachmittagsbeleuchtung, eine kleine, groteske Grimasse, die aus dem Wandspiegel glotzte; und dieser scheußliche Witz des Zufalls ließ sie mit einem heiseren Schrei zusammenfahren, warf sie empor, so gewaltsam, dass etwas in ihr zersprang und ihr Puls allmächtig zu rumoren und zu sausen begann, als führe sie steil in einen Schacht voll kreischender Flammen. Die kleine Grimasse, die aussah, als sei sie unvollendet aus einem Schoß gerissen worden, so in aschgrauem Schmerz verzogen, empört und rührend zugleich – war verschwunden, der Spiegel war leer; die Mahagonimöbel waren wie sonst, nur begannen sie jetzt leise aber unaufhaltsam nach links zu rücken, wie ein Karussell um einen Mittelpunkt, eine Spieluhr: den Schmerz, die bohrenden Stiche in ihrem Leibe, die wieder erwacht waren. Der hereinwuchtenden dicken Krankenschwester sagte sie noch etwas Unglaubliches über ein Gespenst, – – und dann fiel sie zurück und war bewusstlos.

Dies geschah, während der kleine Albert noch im Garten suchte, und es klärte sich auch auf, warum Mama einen Anfall hatte, schlimmer als sonst, und Papa wurde aus der Klinik geholt, aß schnell ein paar Bissen und ordnete allerlei an. Dann ließ er den Sohn rufen.

Er saß in seinem Lehnstuhl, als Albert eintrat, hatte seinen großen Bambusstock über den Knien und sagte: Schließe die Tür. –

Sehr befremdet und doch neugierig tat es Albert. Es musste eine wichtige Unterredung sein, die Papa mit ihm führen wollte; die durfte niemand hören. Dann musste er in Papas Nähe kommen und sah, wie der fahlblonde Schnurrbart über den bleigrauen Wangen heftig zitterte. Papa sagte noch: Dein Ungehorsam, lieber Albert, hat schlimme Folgen gehabt, schlimmere, als du ermessen kannst. – Und der gequälte Mann, dessen starker Körper den tausend kleinen Widrigkeiten, die von allen Seiten auf ihn eindrangen, kaum noch gewachsen war, warf sich aufrecht in den Stuhl und tat, was seine überreizten Nerven ihn hießen: Er ergriff den Knaben beim Kopf, mit einem unnötig brutalen Griff, klemmte seine Beine zwischen die Knie und ließ den harten Stock sechs, sieben Mal auf den dünnen Leinenhosen tanzen, einmal auch auf dem Rücken, der sich zuckend bewegte. Dann beherrschte er sich, schob den kleinen Albert von sich und sagte: Geh. – Albert ging. Sein heller, weicher Blick war sehr trüb und starr; sein Kreuz schmerzte stark. Es war das erste Mal, das allererste Mal, dass man ihn prügelte. Nicht einmal einen Backenstreich hatte man ihm bisher gegeben. Seine ganze, so kunstvoll aufrecht erhaltene Selbstherrlichkeit war von groben Füßen niedergedrückt worden. Und wenn er an die roten Striemen dachte, die sich brennend auf seine zarte Haut, auf seinen Leib, dem er so zugetan war, gelagert hatten, so zog ihm dies die Brust zusammen, so konnte er kaum atmen, beleidigt, fassungslos verzweifelt, wie er war. Noch in der Türe drehte er sich um und sah am Kopf des Vaters vorbei, mit einem schnell hervorgestoßenen Zischlaut und einem Blick, in dem sich Widerstand und Hass wie in einer Brennlinse sammelten. Dann schlich er wie ein waidwundes Wild in den Garten, verkroch sich und zerquälte sich den Kopf. Und da er sich endlich tränenlos mit den Händen aus dem Schatten hervortastete, zog ihn sein ganzes Herz zur Mutter. Sie sollte richten, sie hatte die Befugnis, ihr, und nicht – dem, der ihn schlug, vertraute er sich an. Sie musste es ja wissen, warum man ihn misshandelt hatte, sie würde ihn trösten können.

Er ging gebückt hinauf. Das Haus war seltsam still. Und nachdem er leise die Türe des Krankenzimmers geöffnet hatte, sah er mit einem kalten, entsetzten Erstaunen ein leeres, zerwühltes Bett. Er rief nach der dicken Krankenschwester, eine Stille antwortete ihm. Eine Stille, die ihm den Grund unter den Füßen weichen machte. Ein leichter Wind flüsterte ins Zimmer und bewegte die Vorhänge und das Linnen des Bettes leise hin und her – –: Ein kahles Nichts erfüllte den Raum, ein Nichts, das ihm weiß entgegengrinste und das sich behauptete, wie ein taubes Hirn unter Kanonenschüssen.

Und gleichzeitig war ihm, als geschehe ein Unglück. Er hörte, wie über Wolken, das Klanggemurmel der Petrikirche. Und dahinter, furchtbar fern, seinen Namen rufen, wie in Angst. Ganz leise zirpend kamen die Silben auf den Sekunden, die das Jetzt ihm zuspülte, angeschaukelt, die zwei Silben seines Namens, von einer bekannten Stimme gerufen, die sich in Angst brach – – und dann kamen Pausen, qualvoller als alles, was er je erlauscht, Pausen, die wie über die Grenzscheide einer nahe gelagerten, verdeckten Welt, die unter dem Lichte brütete, herüberwuchsen – – – und der kleine Albert stand vor der Uhr und wusste mit einem Male, es ist Zeit, Mama ist in Not, ich muss eilen, eilen, eilen ...

Totenblass taumelte er die Treppe hinunter und rannte auf die Straße. Er rannte, wie er nie gerannt, es war ein gleichmäßiges Vorwärtsfallen seiner totmatten schlanken Beine ... Hinter ihm lief ein windfüßiges Etwas, das ihn zwischen die Schultern stieß. Er lief schnurstracks auf den roten Backsteinbau der Klinik zu. Passanten sahen ihm kopfschüttelnd nach, gleichgültige Bruchstücke von Gesprächen, ein entfernter Alarm der Feuerwehr schwirrten in sein Ohr. Eine Sonate von Mozart klang hinter einem offenen Fenster; zwei, drei holde Akkorde, mit dem lieblichsten Motiv verkettet, das es auf der Welt gab, vibrierten hinter dem atemlosen Knaben her und riefen ein kurzes Aufschluchzen in ihm hervor.

Endlich hatte er das Tor der Klinik erreicht und stahl sich hinein. Mit flatterndem Herzen und verwildertem Haar blieb er in dem Gang stehen. Irgendwo plätscherte ein Wasserkrahn, plötzlich wurde er abgedreht. Auf dem giftgrünen Ripsläufer, der sich schnurgerade in der Mitte des Ganges vor ihm hinzog, lagen gleißende Lichtquadrate in einem Nebel von Sonnenstäubchen. Hinter den weißen, von innen gepolsterten Türen regten sich zuweilen murmelnde Stimmen. Der kleine Albert ging lautlos weiter. Er musterte die Türen, alle waren sich ähnlich. Er irrte einige Zeit ratlos; dann sah er eine Milchglasscheibe und eine Klinke, die goldgelb war und in der sich die Sonne in einem wabernden Karfunkelglanz sammelte. Wie behext starrte Albert auf die Klinke; seine Hand erhob sich, bebte, magisch angezogen; er tastete an das warme Metall, er drückte es nieder; und die Tür ging geräuschlos zur Hälfte auf.

Ein betäubender Chloroformdunst schlug ihm entgegen. In einiger Entfernung sah er drei weiße Gestalten, die sich über etwas bückten; die eine war offenbar der Vater. Mit erweiterten Augen starrte er die Gruppe an, die sich, tiefbeschäftigt, nicht um ihn zu kümmern schien. Jetzt trat der eine Mantel zur Seite; ein behaarter Arm mit einem fleischfarbenen Gummihandschuh hing an seiner Seite herab. Und zugleich sah Albert das Gesicht der Mutter, halb in einem Wattebausch vergraben, wie in friedlichem, lächelndem Schlaf; nur schien ihm eine seltsame Reglosigkeit darüber zu liegen. Das Gesicht sah er deutlich genug, obwohl die weißen Mäntel es nur für eine Sekunde freigaben; dann war es wie von den Falten verschluckt. Und plötzlich vernahm er ein kurzes Ächzen; sah eine Brille funkeln, die sich beugte, sah zwei breite Schultern zucken und gleichsam eine Stufe tiefer sinken. Die Mäntel sprachen miteinander, sie sprachen leise und hastig. Ein Gegenstand fiel in ein Becken. Und plötzlich trat wieder einer zurück, und der kleine Albert sah eine riesige Blutlache, eine schwarze Purpurmasse, in der Pinzetten flimmerten … er tat einen schwachen Schrei, der einen Tumult in der Gruppe verursachte, tastete sich nach rückwärts und fiel stumm und steif an eine Polstertüre. Hier blieb er liegen, das Gesicht in den gebauschten Ausschnitt seiner Bluse vergraben, und ein wildes Getöse entstand hinter seinen Schläfen, das rasend anschwoll und seine Gedanken verjagte, bis er in der völligen Finsternis einer tiefen Ohnmacht lag. –

Eine lange Zeit musste vergangen sein, als Albert in seinem eigenen Bett erwachte. Sein eigenes Zimmer trat ihm entgegen, mit allen vertrauten Gegenständen, dem Ofen, der wachstuchüberzogenen Kommode, dem japanischen Bettschirm und den Lilien an der Tapete, dicht neben seinem Kopf. Er machte einen Versuch, sich zu erheben, und schließlich gelang es ihm, seine Beine unter der Decke hervorzuschieben. Lange saß er so auf der Bettkante und starrte auf seine Knie, deren Haut, wie am ganzen Körper, etwas feucht schien. Er stand auf und taumelte im Zimmer umher, mit einem wohligen Gefühl glatten Parketts unter den Sohlen. Dann stand er vor dem hohen Schrankspiegel, streifte das Hemd ab und betrachtete sich. Seine Rippen traten hervor; er fand sich mager, und der Anblick schien ihm unerfreulich. Vor Schwäche stolpernd, zog er das Hemd wieder an; und sein Gedächtnis versuchte an einem bestimmten Punkte wieder anzuknüpfen. Es gelang ihm nicht; alles schien wie in einen Nebel gehüllt. Mit Behagen empfand er, dass seine Glieder von Schweiß wie gekühlt waren; er presste sich an das Fensterbrett und sah in den Garten.

Hu, da sah es anders aus! Eine Amsel sang; alles lag im Schatten. Ein feuchter, schwerer Hauch blähte sein Hemd. Die Kieswege krochen wie helle Schlangen durch die grauen Blättermassen. Ein leichter Wind bewegte die Fuchsien am Sims. Die Blutbuche am Fluss sah schwarz aus; und der Himmel war mit schwefelgelben und grauen Wolken bedeckt.

Der kleine Albert fühlte ein leises, irritierendes Prickeln am Haupte, unter seinem dunkelblonden Schopf. Nun kommt der Regen, dachte er, und das hat mich geweckt. Gott sei Dank, dass der Regen endlich kommt. –

Er lehnte sich, mit offener Brust, weit aus dem Fenster. Und siehe da, plötzlich fiel aus dem Himmel, gar nicht sehr eilig, ein violettroter Schein, wie eine Zunge, die über den Bäumen aufblakte, oder ein Knäuel Feuergarn, das sich abwickelte. Und nachdem das Phänomen vorüber war, hörte Albert einen scharfen Böllerknall, der ihm Freude machte, und sah, wie die große Pappel, hinter den Terrarien, langsam in Bewegung geriet. Sie fiel gemächlich um; sie war in der Mitte gespalten; sie tastete mit peitschenden Zweigen, mit silbern durcheinanderrieselnden Blättern eine luftige Kreislinie entlang und lag dann, quer über dem Weg, mit der halben Krone in den Gladiolen und Azaleen. – Und dann ging in der Luft noch etwas vor. Ein Rascheln erhob sich oben; und auf einmal sprang ein kühler Sturm irgendwo auf; er führte schräge Schwaden von Hagelkörnern mit sich, die tanzten, polterten, rumorten. Die Scheiben an den Terrarien waren plötzlich nicht mehr da. O weh, dachte Albert, das wird Papa wenig Freude machen. Wie schade war das! ...

Wo ist Papa? ...

Eine Minute lang dauerte das weiche Donnergemurmel dort oben, dann kam Regen, Regen; der Fluss war von Millionen weißer Blasen gesprenkelt. Albert ging in sein Bett zurück und streckte sich der Länge nach aus. Sofort schlief er wieder ein, und der Vater war jetzt in der Stube, das wusste er. Er hatte gefühlt, dass sich eine warme Handfläche auf seine Stirne legte, und dann hatte er tief geatmet, so als ob sein Herz plötzlich voller und gesünder schlage.

Als er gegen Abend erwachte, saß der Vater noch immer an seinem Bett; er hatte sich nicht um das Unwesen gekümmert, auch nicht darum, dass seine kleine Tierwelt da draußen in alle Himmelsrichtungen entschlüpft war – er war froh genug, dass sein Kind die Krise überstanden hatte und dass er es behalten durfte. Und dann kamen die schlanken Hände auf ihn zu, er ergriff sie mit seinen großen Fingern und spielte mit ihnen, während er mit seiner mühsamen Stimme, die tief und voll klang, unablässig beruhigende hübsche Sachen redete, oft dreimal, bis das aufblühende Verständnis Alberts davon Besitz ergriff.

Er sagte: Deine Mutter ist von uns gegangen. Sie hat noch von dir gesprochen und lässt dich grüßen. Sie hat keine Schmerzen erlitten; es kam, wie es kommen musste. –

Er sagte: Du bist jetzt mein Einziger. Du hast mich sehr geärgert; doch es war nicht nötig, dass ich dich prügelte. Wir wollen Sand darüber streuen.

Und sagte noch dies und das, was angenehm zu hören war, und am nächsten Morgen durfte der kleine Albert trotz seiner tiefen, tiefen Trauer wieder aufstehen. Er ging an der Hand des Vaters; sie aßen wieder zusammen; er bekam Wein zu trinken, und am Nachmittag sahen sie sich den Garten an.

Da sah es nun freilich übel aus. Aber sie würden reisen, hatte Papa gesagt, und wollten weit, weit weg. Vorher jedoch war es nötig, dass man sich umsah und Anordnungen traf. Als die Pappel gehoben wurde, hätten die Gärtnergehilfen sie beinahe wieder fallen lassen.

Denn unter ihrem Laub saß, halb in die Erde vergraben, eine kleine, halb verkohlte, behaarte und seltsam menschenähnliche Gestalt, zusammengekrümmt, mit krauser Stirn, erhobenen Händen und weit geöffneten, blinden Augen. – –

Der Weg zum Chef

Willst du ins Unendliche schreiten,
geh nur im Endlichen nach allen Seiten;
Willst du dich am Ganzen erquicken,
so musst du das Ganze im Kleinsten erblicken.

Goethe, Sprüche

Zueignung

O alter Mann im blauen Kleid,
Ja, deine Welt war gut und weit!
In mildem Silberhaare
Du Gott der Kinderjahre!

Der Emse Flucht im Tau der Moose,
Des Falters holde Ruhe-Pose,
Hüpfkäfer auf dem Kies,
Der Grille Zirp-Verlies!

Dies alles hast du inszeniert,
Und vaterfreundlich uns geführt;
Mit pochendem Geblüte
Empfanden wir die Güte!

Der Burleske erster Teil

Vor nicht allzu langer Zeit lebte ein Jüngling namens Bogumil oder Boggi, wie ihn seine Freunde nannten. Er hatte sein Leben auf der Verneinung auferbaut und betrieb sie mit Kunst und Ausgiebigkeit, so dass er die Stütze junger Geister ward, die sich von hausbackener Begeisterung fernzuhalten strebten. So genoss er, von trockenem Witz und bissig, einer schmeichelhaften Autorität. Sein Gesicht, trotz seiner dreiundzwanzig Jahre bereits mit drolligen Fältchen geschmückt, war eher weich als scharf geschnitten. So bot sein äußerer Anblick auf den ersten Blick nicht gerade den passiven Mephisto dar, den er herauszustecken liebte. Die Dosis Gemüt, über die er verfügte, äußerte sich in einem weniger genussfähigen als kritischen Blick für Bilder, Verse, Himmelstinten und hübsche Mädchen. Einmal, flüsterte die Legende, sei er verliebt gewesen und habe sich auf diesem ungewohnten Boden wie ein junger Hund benommen. Er, der Meister! Er, der Unantastbare! Das Faktum forderte ein Lächeln heraus, doch die Ehrfurcht stimmte tolerant.

In Betreff des »jungen Hundes« lief noch weitere Version um: Er habe sich, noch ehe er sich zur Bulldogge, den Raffzahn ins Nasenloch geklemmt, auswuchs, am Schlusse bemeldeter Verirrung kräftig gesträubt und seine Liebe mit scharf beklauter Pfote jämmerlich entblättert. Das blasse, unansehnliche Geschöpfchen wusste sich jedoch das Interesse der Jünger des »Meisters« durch einen eigenmächtigen Lebensabschluss zu erhalten. Das letztere bildete den wirksamen Beschluss jener rührenden Legende, wie wohl Boggi die düstere Phrase: »Das Weib habe nicht die Kraft besessen, sich gegen das Leben zu wehren ...« dann und wann nachdrücklich betonte.

Genug, man schlachtete es in zwei oder drei eingehenden Biografien aus. Denn da Boggi es grundsätzlich verschmähte, eine Feder anzurühren, so übernahm es die Eskorte, seine Bonmots und sein Leben, das sich durch Eigenart der Beachtung empfahl, festzulegen. Er hatte nämlich keinen festen Wohnsitz, war überhaupt mit Glücksgütern nicht gesegnet. Seine Mäzene, oft jünger als er, erleichterten ihm das Dasein, denn sein Rat, sein Ausspruch dünkte ihnen Gold zu sein. Er schlief nach einem geregelten Wochenplan in fremden Betten, aß Menus aus privaten Küchen oder Gasthöfen, eingeladen oder aufgrund vorbehaltlichen Übereinkommens, wie es sich gerade machte, und bezahlte seine Gönner mit stets bejauchzten Paradoxen oder ähnlich hinfälligen Redeblumen, die man später unter dem Titel »Herbstzeitlosen eines Geistes« in Buchform der Öffentlichkeit vorzulegen nicht verabsäumte.

Damals, in der Zeit ihres Entstehens, waren die »Herbstzeitlosen« noch für den Sommer geboren, als Knospenschimmer auf der nicht allzu dornigen Höhe dieses spröden Genies. Ihren aparten Namen erhielten sie erst, als das Folgende eintrat, das ich zu berichten unternehme: Man hätte es selbst der spekulierenden Fantasie Boggis nicht als glaubwürdig hinstellen dürfen, ohne auf eine verwirrende Abfertigung zu rechnen. Denn eines Tages, als er, uneigennützig wie er war, in der Wohnung eines Muttersöhnchens auf dessen Wunsch 16 Liköre auf ihren Spritgehalt geprüft hatte, bettete er sich auf die seidene Steppdecke und hub an, sich einsam und behaglich der Wirkung dieser Genussmittel zu überlassen.

Es hat vielleicht ein beiläufiges Interesse, wenn ich seine Erlebnisse schildere, von dem Punkt an, wo seine Auflösung einsetzte, bis zu dem Punkte, wo sie vollendet war.

Der Marquis du Sang-Froid

Boggi lag zuversichtlich da und spürte den Planetenzustand einer großen, alles in ihren Blutwirbel hineinsaugenden Betrunkenheit. In den warmen Tiefen unergründlicher Bewusstseinsspalten brausten Urgewässer zweifelhaften Zielen zu. Urtöne begannen in launenhaften Rhythmen zu schwingen, als würde jedes der Gläser, die er um sich versammelt, am Rande leise gerieben. In dem großen Kessel, wo der Weingeist ihn mit tausend flüchtigen Bläschen sott, wurde der Höllenbraten gar, und eine große, abrechnende Beschließerstimme ward hörbar:

»*Akute Alkoholvergiftung!*«

Boggi grinste fröhlich und sprach laut und vernehmlich in die samtene Ampelbeleuchtung des Zimmers hinein: »Wie Sie belieben!«, ohne doch im Augenblick recht zu wissen, wen er ansprach. Doch wurde ihm die Situation plausibel, als ein unterernährter Herr einen korrekten Seidenhut vor ihm lüftete, mit einer Gebärde, die besagte: »Darf ich Sie herausbitten?«

Dem Boggi war dies peinlich, zumal er rechtschaffen müde war, und er ignorierte den mageren Kontrahenten, wie er überhaupt zeit seines Erdenwallens derartige Förmlichkeiten vermieden hatte. Und der Herr hatte auch die Rücksicht, sich zu verflüchtigen, nicht ohne zu dem anschwellenden Gläserkonzert vorher einen kleinen Tanz aufzuführen. Boggi glaubte noch einen Spiegel aufblitzen zu sehen, und in diesem sah er sich ganz objektiv die Todesqual an, die er naturgemäß durchmachte; er sah seinen letzten Kampf in eine Minute zusammengepresst, mit allen Grimassenphasen, bis seine Augen, zuvor blank, wie Stearintropfen schrumpften. Dann konnte er sich eine Zeit lang keine Rechenschaft mehr von seinem Befinden geben. – – – Als er sich annähernd wieder über sich klar wurde, fühlte er ein gedämpftes Zittern unter sich. Über ihm halbkugelförmig in die schmale Decke eingelassen, hing eine Bogenflamme; der Strom sang und siedete leise zwischen den Kohlenstäben, so dass ein unbarmherziges, weißes Licht den gutgepolsterten Raum erfüllte, den er als das Coupé eines D-Zuges erkannte. Ein Surren umgab ihn auf beiden Seiten; die Luft wurde draußen von einer unerhörten Geschwindigkeit zerrissen und stand wie eine pfeifende Mauer hinter den dicken, spiegelnden Scheiben. Boggi, der sich nur halb ausgeschlafen fühlte, verhüllte die Lampe mit einem grünen, konvexen Schirm. Eine laue, stetig wachsende Wärme erfüllte den Waggon; an den Wänden waren Spiegel, die sich gegenüberstanden, mit einer unerschöpflichen, dämmernden Perspektive. Wohin die Fahrt gehe, überließ Boggi in einem träumerischen Fatalismus der Zukunft.

Da erschien der Kondukteur, ein hübscher und adretter Bengel in einer simplen Uniform, und überreichte dem Fahrgast mit einer lässigen Geste ein rotes Billett, auf dem in zierlicher Druckschrift vermerkt stand: »*Passepartout pour l'Enfer.*« Die Hitze wurde stärker, doch Boggi fühlte sich nur angenehm davon erregt. Das Surren fand draußen ein Echo, wie in einem Tunnel, und vervielfachte sich zu einem disharmonischen Getöse, wie Trambahnschienen auf einer Kurve. Dann glitten vielerlei Lichter draußen vorüber, eine Hetzjagd von Farben, die zuletzt nach der Skala des Regenbogens zu einem bläulichen Weiß verschmolzen. Plötzlich schwieg das Getöse wie ausgelöscht, weggewischt, und wie auf Gummi glitt der Zug weiter, verzögerte sich fast schmerzhaft gewaltsam und stand.

Ein Untergrundbahnhof von dürftigem Typus eröffnete sich Boggi, als er heraustrat. Es herrschte ein reger und seltsam geräuschloser Verkehr. Unter den Leuten, die den anderen Waggons entstiegen, gab es nur gut geschnittene, wenn auch mehr oder minder von Ausschweifung gezeichnete Gesichter, die alle einen Ausdruck von Resignation oder Gleichgültigkeit trugen. Der Kleidung nach rangierte alles in die besitzende Klasse; und die bunte Gesellschaft bewegte sich mühsam, gleich dem Beschauer von einer rätselhaften Kraft niedergezogen, wie unter der Last eines schwer zu atmenden Fluidums, dem Ausgang zu, wo sich ein großes schwarzes Tor erhob.

Bevor man hindurchtrat, wurde man einer seltsamen Prozedur unterworfen. Die Billette wurden abverlangt, und zugleich legten die Beamten ein elastisches Messinstrument um die Stirn jedes Passierenden.

Hierauf verfügte sich die ganze Gesellschaft durch das Tor in ein Land, in dem ein abendliches Zwielicht herrschte. Der Himmel war hier von einzelnen ziemlich fernen, strahlenden Punkten durchsetzt. Das Land schien eben; die Fernsicht dämmernd, hügelarm, unbegrenzt. Zu beiden Seiten der weißleuchtenden Straße, die schnurgerade verlief, gab es eine wilde, duftreiche Vegetation. Man unterschied hier und da, wo der Wald durch moorige Strecken unterbrochen wurde, erstorbene, phosphoreszierende Bäume, die grotesk geformte Äste in die Luft hoben, verzweiflungsvollen Armen vergleichbar oder zusammengekrümmt wie erstarrte Kadaver. Erschreckend viele schwarze Vögel zogen lautlos über die Schreitenden dahin; zuweilen stiegen sie in Schwärmen irgendwo auf und stießen dann hässliche kurze Schreie aus. Zuweilen kam auch ein Hauch wie aus modrigen Kellern, und alle stockten und legten die Hand aufs Herz.

Doch schritten sie unablässig fürbaß, einem Ziele zu, das keiner dem anderen verriet, nach dem sie sich aber, großäugig und erschöpft, schmerzlich zu sehnen schienen. Der Schmerz strahlte gleichsam von diesen Gesichtern und machte sie zu verzerrten Masken, deren Muskeln unbeweglich ruhten, wie in Wachs gegossen, von einer einzigen hoffnungslosen Empfindung vergewaltigt. Hie und da krausten sich die Stirnen wie bei Schauspielern, die vorsichtige Brauen spielen lassen, um sich über ein pikantes Stichwort zu verständigen; sogar ein verlornes Lächeln blühte auf, dessen Reiz jedoch durch eine plötzliche, lüsterne Vertiefung gestört ward. – Die großen Hüte wackelten; die feinen, perlmutternen Hälse der Soubretten schienen ihrer Federlast zu erliegen. Der helle Staub legte sich gleichmäßig um durchbrochne Strümpfe und scharf gebügelte Hosen. Die Seide der Kleider rauschte, von müden Knien mechanisch vorwärts gestoßen; die Schuhe, deren Lack, vom Staub getrübt, in dem fadenscheinigen Licht matt blitzte, knirschten leise. Atemzüge vernahm man nicht; die Leute wurden wie Marionetten vorwärts gezogen. –

Wie lange man so gewandert war, konnte keiner sagen, denn die Zeit schien still zu stehen. Die Leute begannen zu räsonieren, zu scherzen und zu lachen; und der Krampf in den Gesichtern löste sich. Es war, als ob hinter jeder Hirnschale etwas Erfrorenes taute; das Leichenhafte schwand; die alten Funktionen der Organe schienen frei gegeben. Eine bald stockende, bald regsam dahinfließende Konversation erhob sich; jeder erzählte seine letzten Erlebnisse und die Art seines Todes. Selbstmorde schienen am meisten zu interessieren, und ein weißhaariger, wenn auch augenscheinlich erst vierzigjähriger Kavalier brachte sein chickes Ableben mit viel Selbstgefälligkeit und sportlicher Kürze zur Darstellung, so dass die anderen in ein beifälliges Schweigen versanken. Die kleinen Halbweltdamen und ihre erotischen Schwestern, asiatische, romanische, nordische Typen in buntem Wechsel, hefteten feuchte Tierblicke voll unterwürfiger Koketterie auf die Männer und klimperten mit ihrem Schmuck ... Endlich war das Gespräch, endlich war der letzte Satz, in zitternde Worte zerbrochen, in die leere Luft verhaucht. Schweigen lähmte alles; und Boggi, der am Ende des Zuges wie ein müdes Pferd trottete, empfand die Betäubung des absolut Leeren, doch ohne Genugtuung. Er fühlte sich nicht wohl unter diesen Gespenstern; das Geplapper hatte ihn wild und matt gemacht, die Wehmut und verbissene Klage hatten ihn widerlich sentimental gestimmt. Ein unabweisbares Verlangen nach der Ruhe zwischen erlesenen Likören, dem blauen Qualm ägyptischen Tabaks und dem einlullenden Zusammenprall von Billardbällen erfüllte ihn. Er sehnte sich danach, dies alles als einen wüsten Traum von sich schieben zu dürfen, in ironische Distance, auf das Regal des passiven Witzes. Eine Wut erwachte in ihm und fraß seine Gedanken, und schließlich ward sie so stark wie ein roter Stern, der in feurige Funken auseinanderspritzt und alle Sinne versengt.

»Nicht einmal das hat man vom Leben, dass man sich in Ruhe aufs Ohr legen kann«, dachte er ingrimmig. »Man wird durch schattenhafte Gefilde gehetzt, mit zweifelhaften Leuten ... die Razzia des Satans! – Wahrhaftig, ich möchte diesem Kavalier meine Meinung sagen! ... Ich sehe nicht ein, weshalb ich mich so beeilen sollte!« – Er setzte sich auf die Straße. Die Gesellschaft war bald im Zwielicht verschwunden. Eine beklemmende Stille machte sich breit; eine Stille, die auf Unerhörtes zu sinnen schien. Waghalsige Träume, schattenhaft durch groteske Tiere verkörpert, belebten die Gegend. Allerhand durchsichtige Symbole, zu Scheinwesen erhoben, glitten über die Straße, die einem weiten Heerpfad wimmelnder Erinnerungsbilder glich; die ganze graue Kette leerer Stunden, an denen das Leben Boggis so reich gewesen, zog sich eintönig an ihm vorüber, wie der Schall von trägen Tropfen in schaudererregende, verschollene Tiefen. Nichts war festzuhalten, nichts zu entkleiden, nichts stand Rede, allen Dingen fehlte der letzte Schluss, die Auflösung ... Er hörte eine peinvolle, beständige Dissonanz, die dem Gesang blutdürstiger Stechmücken glich, aus dem Sumpf der Herzensträgheit zu Millionen erzeugt ... Das war die Hölle. Boggi fühlte es und sprach zu sich: »Das ist die Hölle … was geht sie mich an?« Er lächelte verächtlich; er wappnete sich mit Gleichmut und erwartete die Zukunft ohne weitere Reflexion. Er ärgerte sich, dass er nichts zu rauchen hatte; sein vernickeltes Etui war leer. Er setzte sich auf einen Meilenstein; zwischendurch sah er die silbern schimmernden Telegrafendrähte an … »Wahrhaftig«, dachte er, »man ist allhier gut und modern organisiert.«

Da hörte er ein fernes, traumfernes, kläffendes Tuu … tuu … Eine Huppe. Boggi dachte: »Da kommt jemand schneller vom Fleck als ich … Tot bin ich ohnehin, und ›tot‹ hat keinen Komparativ. Guter Witz, wenn ich mich vor die Räder würfe! Man wird mich vielleicht zweckmäßiger und resistenter wieder zusammensetzen.«

Mittlerweile blinkten in der Richtung, in die er gespannt lauschte, zwei grüne Lichter auf, die rasend schnell wuchsen. Strahlengarben grünen Feuers jagten voran, und mit einem Male war es da, langgestreckt, wuchtig. Der schwarz spiegelnde Motorkasten schob sich in Sehweite. Er glich einem Sarge, in dem eine Unzahl Pferdekräfte gefesselt tobte; er war an vier Meter lang und fauchte wie ein Raubtier der Vorwelt. Boggi warf sich auf die Straße, ohne Herzklopfen, wie ein Scheit Holz. Der Motor sprang in die Höhe, knatterte wie eine Mitrailleuse und vollführte einen drolligen Tanz um die lotrechte Achse. – Ein Pfiff, und das Fahrzeug stand.

Der Motor schnappte ab, und eine ärgerliche Fistelstimme behauptete sich. Aus den Polstern löste sich ein Ballen von Gummistoff und rollte auf die Straße. In diesem Ballen steckte ein schmalwangiger, spitzbärtiger Herr, der eine grüne Schutzbrille trug; er näherte sich Boggi, hüstelte und sprach mit einer scharfen, farblosen Stimme:

»Sind Sie ganz?«

»Wie Sie sehen«, erwiderte Boggi und erhob sich. »Die Sache wurde erleichtert durch den Umstand, dass ich nicht Materie, sondern nur noch Esprit bin, wenn Sie gestatten.«

»Verdammt, Sie haben recht«, knarrte der Mantel. »Sie sind ein schlauer Kunde; Sie hätten mir beinahe eine Panne beigebracht!«

»Ich sehe keinen Grund, mir hier die Beine abzulaufen«, sagte Boggi gewinnend. »Ich habe es durchgesetzt hierher zu kommen, und hoffe auf eine Sinekure. Es ist rücksichtslos, ein ganzes Schock armer Seelen auf dieser langweiligen Straße dahinzotteln zu lassen, ohne begründete

Aussicht auf eine angemessene Veränderung. Sie werden das einsehen! – Ich habe mir daher erlaubt, mich abzusondern.«

Der Spitzbart wippte in die Höhe wie der Schweif einer Bachstelze, denn der Kavalier war amüsiert und grinste mit vielen Fältchen. Dann sprach er: »Ich durchbreche ungern meine Prinzipien, doch Ihre Entschlossenheit gefällt mir. Sie sind ein Egoist! He he! Eine Gattung, für die ich immer Kuverts auflegen lasse … Nehmen Sie Platz. Um mich vorzustellen: Marquis du Sang-Froid, Inspektor, Inhaber und Papst dieser freundlichen Gefilde.«

Man machte sich's bequem. Die Huppe jammerte wie ein Hund, dem man auf den Schwanz tritt, und der Motor begann tief und dumpf zu rauschen. Boggi bat um eine Zigarette und erhielt sie. Er steckte sie an einem Schwefelhölzchen an, was ihm ohne Weiteres gelang, da trotz des rasenden Tempos, mit dem man die Straße unter die Räder warf, nicht der geringste Luftzug herrschte. Als Boggi einige Züge getan hatte, überkam ihn der alte Planetenzustand: zeitloses Vegetieren und zwischendurch eine kräftige Lust nach Sensation.

Da kniff der Marquis in den Gummiball, denn die Gesellschaft, der sich Boggi zuerst angeschlossen, war erreicht. Ein vielstimmiges »Halt!« aus vielen Kehlen klang zusammen, ohne jedoch Beachtung zu erfahren.

»Das ist nun schon die sechste Fuhre armer Seelen, die ich heute zähle«, sprach der Marquis durch die Zähne. »Wir haben jetzt stärkeren Zulauf, da der Selbstmord epidemisch wird.«

»Also alles Leute von Entschluss und Rückgrat!«

»Mein Lieber, Sie neigen zu Beschönigungen. Das Rückgrat knackt euch allen ab. Ihr treibt zu viel Grenzgebiete und Gedankensport.«

»Also kommt nur die Elite der Intelligenz herunter?«

»Freilich. – Aber unter diesen nur die Selbstmörder, d. h. die Gewohnheitsmenschen, die Nichtproduktiven, die bloßen Textkritiker und Kiebitze, die dem Leben in die Karten gucken. Durchschnittler, die das Gros darstellen, werden weder bei mir noch beim Chef akzeptiert. Dem Chef gehören die Philosophen und Künstler.«

»Dem Chef??«

»Junger Mann, denken Sie nach, und Sie werden wissen, wen ich meine. Denken Sie an den Gegenpol, die nimmersatte Produktion und die bekannte Schlange, die sich in den Schwanz beißt, den Kreislauf! Denken Sie an die Kraft! – Jeder, der in seinem Leben einen Vers gemacht, rutscht mir durch die Finger. Jeder Pinselstrich, ja jeder kleinste augenverdrehende Gedanke ist eine Stufe zum Chef, eine empfehlende Karte, wenn Sie wollen. Mir gehört das Sterile, das Staubfreie, die liebe, beschauliche Verneinung; mir gehört das Begriffliche, junger Mann, der ganze selbstgezimmerte Kram, die Tribüne der Kritik und der bewussten Genüsse!«

Boggi kniff die Augen zusammen und dachte nach. »Da wäre ich ja ganz am Platze!«, meinte er zu sich. »Ein netter Mann, dieser Marquis!«

»Kurzum«, schloss dieser seine Betrachtung, »mir gehören alle Eigenhorizontler, die sich wohl fühlen. Wenn der Chef seinen ›Funken‹ in einige Köpfe wirft, so dass sie bei jedem Rhythmus, jedem Kuhfuß, der sich im Dreck spiegelt, in ihr ›Heilig, heilig!‹ ausbrechen, so machen sich meine Kandidaten ihre Theorie zurecht, ohne Verzückung, ohne fanatisches Applausgeschrei. Alle Praxis riecht nach Schweiß und ist demnach unappetitlich. Doch der Chef braucht diese Kohorte von Priestern der Praxis, von Impressionisten und Naivlingen, um für die eigenen unzweckmäßigen Einrichtungen Reklame zu machen.«

»Sie sprechen mir aus der Seele, lieber Marquis!«, fiel Boggi ergriffen ein. »Ich bin überzeugt, mein Leben in Ihrem Sinn geführt zu haben!«

»Als alter Physiognomiker«, meckerte der Spitzbart, »las ich's Ihnen vom Gesicht ab. Sie sind zu alt für Ihr Alter; Sie sind brauchbar. Manchmal –«, fuhr er träumerisch fort, »muss man wohl zugestehen, dass einige originelle Ideen uns entgangen wären, wenn wir sie nicht hübsch realisiert vorgefunden hätten. Deshalb brauchen wir die Produktiven, schon um Stoff für unsere Moquerien zu haben!« Er gab Boggi einen schelmischen Stoß mit dem spitzen Ellenbogen.

Da belebte sich die Straße mit einigen hellschimmernden kleinen Gestalten, die im Gänsemarsch des Weges zogen und wie ein Taubenschwarm auseinander flatterten, als die Huppe ertönte.

»Es macht mir ein Vergnügen, da hineinzuplatzen«, lachte der Marquis. »Es ist das ›Korps der Hoffnungsengel, E.V.‹; die Piepmatze sind vom Chef angestellt, um mir zum Schluss noch ein Drittel meiner Pensionäre zurückzuködern; sie attackieren die Tränendrüsen mit Singsang und dergleichen rührendem Gewäsch. – Na ja, des Menschen Wille ist sein Himmelreich!« Er nieste.

Die Gegend, die das Fahrzeug jetzt durchquerte, war kahl. Felsblöcke lagen auf einer baumlosen Ebene verstreut, und ein Wind wimmerte irgendwo in der Ferne. Die kleinen bläulichen Sonnen wurden größer; sie schienen langsam, in großen Pendelschwingungen, vom Platz zu rücken … Ein leichter, rötlicher Hauch war am Horizonte sichtbar; und irgend woher tönten dumpfe Wasserstürze.

»Ich lese Erstaunen von ihren Zügen, Verehrter«, sprach der Marquis nach einer Weile und zog seine Uhr. »Ich will Ihnen die Gegend erklären. Sie befinden sich sechs Kilometer unter der Erde; ich habe mich hier etabliert und eine selbstständige Filiale eröffnet, müssen Sie wissen. Denken Sie sich, dass wir unter der Schale einer Pomeranze leben, dass wir uns mit Mitteln, auf die euere geschätzten Ingenieure wohl so bald nicht verfallen werden, einen großen Maulwurfsbau gewühlt haben. Wir haben rumort und rasaunt, haben eine Ehrenkompanie von Dunkelmännern, von muskulösen Witzbolden und erfinderischen Athleten besessen, und zu einer Zeit, wo die erste Amöbe im ersten Regentropfen Scheinfüßchen von sich streckte, schon über komfortable Etablissements verfügt. Man ist ja etwas älter jetzt; nun freilich! – In meiner Entstehungszeit war ich ein hübscher Bursche, das können Sie glauben. Wie ein Sonnenstäubchen im Weltraum, keinem Magnetismus unterworfen, mir schillernden Flügeln … Ich war damals noch das unbehelligte ›Ding an sich‹, das sich seines Lebens freute; die Privatpilzzucht auf dem Weltendünger, Menschheit, war erst zum Teil aufgegangen; es waren noch rüde Kumpane mit großen Eckzähnen, die ohne Kulanterie miteinander verfuhren. Als die ersten philosophischen Köpfe entstanden, brachen sie mit Begriffsbestimmungen wie eine Herde Büffel in meine friedliche Existenz hinein und erhoben mich zur Lustspielfigur und zum tragischen Dämon. In tausend Rollen wurde ich beschäftigt, um schließlich einen Messenger-Boy der Geschichte abzugeben, der allerhand unbequeme Leute an passende Adressen schickt.«

»Doch haben Sie nicht auch Befriedigung in Ihrem Beruf gefunden, Marquis?«

»Selbstverständlich. Ich bin den Leuten unentbehrlich; sie brauchen Ereiferungen über mein Treiben, geradeso wie die Erbauung beim Chef, für den ich eine Folie abzugeben habe. Ich bin ein behänder Lieferant von erwünschten Lustgefühlen und beherzten Entschlüssen. Das ›Allgemein Menschliche‹ ist mir odios; ich karikiere es tunlichst. Zuweilen sehe ich mich auch belohnt … Sehen Sie den guten, offenherzigen Geheimrat Goethe (derzeit schon Intimus des Chefs, sozusagen Vizegott vermöge rabiater Produktionskraft): Dieser Mann, – ein Filou übrigens, will ich Ihnen sagen! – hatte manche Stunden, wo er mir sympathisch war und mit mir harmonierte. Wir gingen zuweilen Arm in Arm; er war ein Witzbold, halb Faun, halb Causeur; er konnte in seinem Hirnkasten die Fächer auf- und zuschnappen lassen. Doch seit er sich auf den Kothurn begeben hatte, war er auch durch schalkhafte Rippenstöße nicht mehr herunter zu bringen. Wahre Stelzen hatte er sich angeschafft; er schwoll von Pathos, er war eine wandelnde Orgel und ein aufdringliches Plakat für den Chef, den er überall herauszuwittern meinte ...«

Der Lenker stoppte. Die bläulichen Sonnen waren näher gekommen; sie flackerten in tiefer Finsternis. Doch das Fahrzeug war hell beleuchtet. Als Boggi sich fragend an den Marquis wandte, sah er statt seiner ein schimmerndes Phantom, ein menschliches Gerippe mit dem Schädel eines Raubtieres. Boggi fuhr zusammen. Und das Phantom regte die Kiefern, schattenhafte, spitzzahnige Kiefern, und sprach: »Mein Lieber, diese kleine Überraschung ist für jeden neu. Sie sehen, wie wenig Geheimnisse ich vor Ihnen habe: Wie einen Strumpf krempele ich mich um. Wir sind jetzt in der Röntgenregion; diese Effekte erzielen wir durch die hübschen Radiumlaternen, die Sie dort oben pendeln sehen. – Betrachten Sie sich gütigst auch!« – – Boggi sah seine Organe hinweggelöscht, ausgetilgt; nur in der Gegend des Herzens saß ihm ein dunkler Fleck.

»Sie haben da noch so etwas wie einen Rest Gemüt, eine lichtempfindliche Platte, die schwarz anläuft«, sprach der Marquis. »Diese kleine Unzulänglichkeit wird hoffentlich bald schwinden. – Nun wollen wir weiterfahren; dort bei der Brücke über dem ›Großen Abgrund‹ ist diese Durchstrahlung zu Ende.« Das Auto raste weiter, und rechts und links wirbelnde, von Finsternis schwärende Klüfte, nichts und abernichts bis in den wuchernden, unermesslichen Raum hinein, zogen zwei klaffende Tiefen vorüber. Endlich sahen sie einen Komplex von tiefrot beleuchteten Palästen, Pyropolis, die Flammenstadt: Strontium-Feuer auf allen Dächern.

Das Panoptikum

Es gab da große Säle, in deren hohe Fenster das rote Licht von draußen fiel und flackernde Quadrate auf das Parkett warf. Boggi deuchte, als sei er in der Gunst seines Gönners gestiegen. Er übte die mit Pläsier verbundene Befugnis aus, die Leutchen, die am Hofe seiner höllischen

Eminenz zugelassen wurden, einander vorzustellen: Haudegen aus vergangener Zeit, Kondottieri, französische Marschälle, Chevaliers des Regime, Landsknechtsführer, die wie Schlachterhunde in das Gewisper verzuckerter Idiome bellten, lasterhafte und hiebfeste Eigenbrödler ohne Gewissen … Boggi freute sich, wenn die Ehrbegriffe früherer Epochen in die Lücken der späteren platzten und der Streitlust Futter boten. Die Herren wimmelten durcheinander wie eine maskierte Tanzréunion. Das Weib schien nur die Rolle des Mittels zum Zweck zu spielen. »Das Weib«, meinte der Marquis, »ist eine Entartung, ein Umschlag in die Sinnensphäre, geistlos und folglich Objekt. Man kann es in zwei, drei Typen erschöpfen, kondensiert, wissen Sie, wobei alles auf seine Rechnung kommt. Was die Herren anbelangt, so haben wir hier die Auslese seit 1500. Die früheren Daten arbeiten wir in unserer Fabrik um, neuer lebensfähiger Mischungen wegen, die wir dann droben – auf der vorletzten Haltestelle! – zu Auslese-Experimenten verwenden. Der Esprit ist unzerstörbar; gegen Grundstoffe kämpfen wir nicht an. – So ist jede Generation mit Stoff aus der vorigen bedacht; sie selbst, mein Lieber, sind auch ein Resultat, das schon früher irgendwann einmal herausgesprungen ist.«

»Das wäre eine handliche Deutung der *Seelenwanderung!*«, sprach Boggi.

»Gleichviel …«, fuhr der Marquis fort. »Nennen Sie's Unsterblichkeit, so haben Sie ebenfalls recht. Der Herr dort hat den Stoff zu einem Trustkönig; eine robuste Rechentabelle; die nächste Inkarnation wird's zeigen; vorläufig ist er am grünen Tisch verkümmert. Hier schätzt man die Fähigkeiten, nicht die Leistungen, und jeder bringt seine latenten Anlagen an den Mann. Raufbolde können sich hier nach Belieben zerstückeln. Spieler können Unsummen einstreichen oder verlieren – die Illusion tut alles. Böcke können sich stimulieren, Literaten entdecken neue Formeln, alte Glossen in mundgerechter Verbrämung, denn nichts ist wahrhaft neu. – Ist kein Platz mehr, so kommt eine Schicht in die ›Große Retorte‹; der Geist wird analysiert und frisch gebraucht. Zwischendurch – und das ist eine schlimme Sache! – platzt wohl der Zuber, wenn einer von den ganz Großen, Spröden hineingerät; so musste ich es bei der Durchsiebung Napoleons beim Versuch belassen. Das kommt von den konservierenden Ewigkeitspartikeln, die jedes Genie enthält; das Element hat sich bereits vorwitzig aus seinen Verbindungen losgeschält und zankt und explodiert, wenn man es zwingen will. Daher muss ich solche Leute nach einer sinngemäßen Drangsalierung hier wohlpräpariert an den Chef abgeben, der eine Art Raritätenasyl für sie besitzt. – Alle, auch der bewusste Napoleon, kommen schließlich da an; Hauptsache ist, dass sie die gute Menschheit irgendwie einmal gründlich ausgelüftet haben. Der Chef nimmt hier Partei und huldigt einem schier kindlichen Pragmatismus.«

»Momentan befindet sich der Korse noch hier?«, fragte Boggi interessiert.

»Ja, er ist leider noch da und nimmt mir viel Platz weg. Da sehen Sie ihn ...«

In der Tat sah Boggi ein Schemen: vor der Brust gekreuzte Arme und ein grollendes Kinn unter einem Dreispitz. Die Erscheinung pflanzte sich nach jeweilig kurzen, exakten Schritten auf den belebtesten Stellen auf.

»Sie haben alle nur die Pose gerettet«, lachte der Marquis. »Sie sind alle nur Bilder geblieben, und das oft recht verblasste. Sie existieren hier eine Zeit lang weiter, so wie sie im Gedächtnis ihrer Mitmenschen leben: als ihr *Charakteristikum.* Von manchen sind nur Wörter übrig geblieben, große Wörter wie Tubenstöße und kleine, belanglose Sentenzen, pikante Variationen über langweilige Motive. – Sehen Sie den Salongreis dort! Er tut nichts, als seine zerknitterten Augenlider überlegen zu senken und Ihnen zu erzählen, dass er seine Meinungen nur auf Pantomimen beschränke; dabei übersieht er, dass diese Plattheit schon eine Meinung darstellt. Sehen Sie den Fabrikanten dort, der seinen Astralbauch wie einen Lampion umherträgt; dieser Mann behauptet, es gäbe teueres und billiges Geld; das teuere sei für die Idioten auf dem Drehstuhl; das billige für ihn; denn er habe die Dirigentengeste vom Klubsessel aus, und seine Transaktionen seien wie Petri Fischzüge! Sehen Sie den Tenor dort, den ich mir gelangt habe, weil seine Stimme ein reiner Geschäftsartikel für ihn ist; von diesem sehen Sie zumeist nur einen feisten Hals mit einem rollenden Kehlkopf und hören das hohe C – oft genug verdammt falsch, wie gerade eben, so dass man's ihm mit einem Korkzieher herausholen möchte. Spähen Sie schärfer, so sehen Sie noch den Umriss weibisch durchgedrückter Grübchenknie und gestöckelte Siegfried-Sandalen. – Und dort, der literarische Klub, der wie ein giftgeschwollener Rattenkönig in jener Ecke wirkt! – Lehrreich ist das Jüdchen, das so regsamen Vorsitz führt und um jede Größe mit seinem Laternchen schnüffelt. Deshalb ist das Spürorgan deutlich ausgeprägt und von dem Rußwölkchen geschwärzt, das aus dem eigenen Laternchen stammt – so erklären Sie sich wohl dies Panoptikum: Der Mensch vergeht; der Typus besteht!«

Der Marquis war angeregt und wusste noch mancherlei Beispiele für seine Behauptung zu erbringen. Und als Lohn für Boggis entgegenkommende Gelehrigkeit bot er diesem geheime Unterhaltungen: Er zeigte ihm die Hölle durch die Brillen aller Nationen. Er massierte sein Gehirn und fuhr wie ein verblüffend geschickter Ziseleur in geheime, nur ihm bekannte Windungen, wobei elmsfeuerartige Büschelentladungen, violetten, zierlichen Moosbäumchen vergleichbar, von seinen Fingerspitzen ausstrahlten. Seine Hände glichen einem Webstuhl, so haarfein konnte er die Nerven haspeln. Er pustete die Zellen auseinander, er goss scharfe Essenzen hinzu; er hantierte mit dem Hirn wie ein Koch mit einer kunstvollen Pastete. Und in der gärenden Sauce, in der Neubildung der Schichten, entstand eine Art organischen Wiederauflebens, eine fiebernde Keimung und Spaltung, durch welche bald dieser, bald jener Sinn unnatürlich gereizt wurde und Traumbilder, kaleidoskopähnlich, von grauenhafter Farbenklarheit erzeugte. Dabei beließ er dem Hirn das dominierende Kalkül, so dass Boggi mit beschaulicher Wollust alle Sensationen somatischer Kleriker durchlebte, ohne das ironische Bewusstsein seines Zustandes einzubüßen. Hatte er der erschöpfenden Vorstellung genug, so modellierte der Marquis sein Hirn wieder in die alte Form zurück.

»Dieser Augiasstall von anrüchigen Begriffen und Kitzelmethoden«, sprach er, »ist noch wirr und ungesichtet, weil jeder sein Eigendüftchen, sein Eigengefühlchen liebt und weiterpflegt. Schaffte man hier nach dem Schema ›Urmenschlichkeit‹ Ordnung, so träte ein Schwarz oder Weiß zutage, vor dessen gleichgültiger, in sich ruhender Berechtigung alles verstummen müsste. Es trifft sich glücklich, dass man den Wert des Lebens immer noch in seiner Zersplitterung sucht und das Gegebene in erklügelte Beleuchtungen setzt, um sich dann wieder mit Entdeckerenthusiasmus auf ebendies Gegebene zu stürzen. Die liebe Selbsttäuschung liefere mir die meisten Pensionäre.«

Derlei emphatischen Abschweifungen gab sich der Marquis jedoch nur zuweilen hin; im Allgemeinen trug er eine belustigte Schweigsamkeit zur Schau, was sich zu seiner reservierten und gesammelten Tracht – verschiedenfarbiger, meistens roter Frack – so übel nicht ausnahm. Von Zeit zu Zeit hielt er kleine Kongresse ab, wo ein literarischer Klub

– der mit dem regsamen Jüdchen – neue Prägungen ausgab oder Meetings über die Annahme neuer sexueller Verirrungen oder Taktfragen gebildet wurden. Einmal wurden Embryonen, totgeborene Kinder mit knospenhaften Anlagen gezeigt. Der Marquis hob diese leuchtenden, großköpfigen Keimwesen, die mit einem drolligen Ausdruck verbissener, greisenhafter Grübelei kleine, runzlige Fäuste ballten, scheinbar aus einer Art Feuertaufe und schenkte ihnen eine kurze, schattenhafte Wiedergeburt, während der es ihnen vergönnt war, psychische Aufwallungen zu empfinden. Er beschenkte die prädestinierten Kinder mit dem Zynismus lebenslanger Erfahrung und erotischer Empfänglichkeit; er schuf eine Leibgarde von kleinen, schlauen Bastarden um sich, die sich gleich Fledermäusen, die man am Tag auf den Boden setzt, plump und ruckweise vom Platz bewegten. Ein ungetaufter Erdenbürger, dessen vererbter Biedersinn sich für solche Bestallung zu spröde erwies, wurde in das »Korps der Hoffnungsengel« gesteckt, eine Guttat, die dem Marquis eigentlich gegen den Geschäftsnerv ging.

Reine Akkorde waren ihm körperlich zuwider, und so durfte der Gesang dieser Engelspatrouille nur von dem einfach leiernden Rhythmus des Niggerkanons sein, Quinten, die um eine Note wanderten und das Ohr gepeinigt zurückgelassen hätten, wenn die Art des Vortrags nicht seltsam eindringlich gewesen wäre. So heischte es die Höllensatzung.

Der dunkle Fleck

Der Marquis sagte einmal zu Boggi: »Mein Freund, ich setze Vertrauen in Sie. Ich werde mich etwas droben amüsieren; Sie wissen ja, auf der vorletzten Haltestelle. Ich übertrage Ihnen für einige Zeit meine Funktionen. Vor allem sei es Ihnen angelegen, den dunklen Fleck in Ihrer Brust zu tilgen, ganz zu tilgen!« Dann ließ er sich von seinem Schüler an die Station bringen, und Boggi fuhr, das Gefährt nun selbst lenkend, mit der Würde eines stellvertretenden Vizepapstes geschmückt, fröhlich wieder zurück.

Ihm machte das Geschäft viel Spaß. Er saß auf erhöhten Stühlen, in der Ofenhitze der spiegelnden Säle, allein in dem roten Flackerlicht einer unwirklichen Welt, wo Zerrbilder von Menschen lebten und Leidenschaften, irr und abrupt, durcheinander schlangen. Er befehligte über ein Heer von Geschöpfen, die kraft seiner unerschöpflich kombinierenden Fantasie entstanden, wie optische Überrumpelungen. Es gelang ihm, seltsamste Vorstellungen kraft seines geweckten Witzes zu bannen; er tat Fernblicke wie in den Farbennebel von Haschischträumen und streckte fuchtelnde Arme über einem willigen Orchester nie gehörter Klänge aus. Er hielt Revuen ab; er warf sich in die Pose des schattenhaften Imperators, der als lästiger Gast spukte; er exerzierte Gespenster und übte selbsterdachte Quadrillen ein, Tänze von unsinnigem Takt, Stolpertänze, die hirnloser Flucht glichen, und Trippeltänze auf erhitztem Parkett. Er kümmerte sich um die Fabrik und die »Große Retorte«; er sammelte einen funkelnden Schatz neuer Schlagwörter. Er liierte sich mit Madame Lilith, einem etwas ältlichen, aber noch hinlänglich reichhaltigen Frauenzimmer in rotem Haarschmuck, der wie ein Flammenhelm über ihr weißes Gesicht gestülpt war, und gab Feste, arrangierte Ausflüge und Picknicks in den toten Wäldern zwischen weißen Baumstrünken, wo leuchtende Frösche durch parasitische Blüten sprangen; er genoss ohne Überdruss, stets angespannt, nie befriedigt, immer elastisch, frisch und schlaflos.

Da, mitten im Trubel der Orgien, ereignete sich Folgendes: Er hörte, irgendwoher, eine Stimme wehen, kristallklar, unberechenbar fern und doch von greifbarer Wirkung, eine Stimme, tief vor Verlangen wie das Beben eines Cellos und zart wie kühlender Windhauch, und diese Stimme sprach: »Boggi, ich suche Dich!«

Er fasste sich an den Kopf. Er befreite sich von den perlmutternen Gliedern Liliths, die ihn umschlangen; er lauschte, schmerzhaft angespannt, und in seiner Brust war etwas angetastet, das mitschwang: ein hilflos vibrierendes Echo. Er beobachtete sich staunend; er zuckte mürrisch die Achseln; ein erstes Mal ließ ihn der Verstand im Stich.

»Zum Teufel«, dachte er, »was mag das sein? – Wir haben viele Geräusche in der Hölle, doch dies da klingt absonderlich.« – Er fand keine Freude mehr an seinen Vergnügungen; er begann einsam zu wandern und sich unwohl zu fühlen in seiner Vizewürde. Auf einmal befand er sich auf derselben Straße, auf der er ehemals gekommen war. Und in dem »Korps der Hoffnungsengel«, die ihm, paarweise geordnet, entgegenwallten, ging *eine*, die hatte ein weißes Kleid an, und ihre Stimme fiel silbern aus dem Kanon.

Doch er blieb allein. Rings um ihn quoll ein Nachtleben, blinde Gespenster zeugend, ohne den Hauch von Seele und ohne Verlassenheitsgefühl. Kalt und klar spann oben das Radium seine spitzen Strahlen und senkte, rätselhaft sickernd gleich opalisierendem Tau, seine funkelnden, hirnversengenden Netze herab; und unten brennen sich die Gefilde, vergewaltigt von sonnenlos dumpfer Luft ... das Reich des Schattens und des Zweifels. Und symmetrisch, gradlinig kreuzten sich hier die Straßen; er sah die Flucht der aneinander starrenden Telegrafenstangen, wie sie sich gleichsam fraßen, erschlaffend parallel in Nichts verdämmernd. – Da, bei ihrer Wiederkehr, löste sich aus der Schar der »Hoffnungsengel« die Eine im weißen Kleid; er sah die Bewegung ihrer blanken, spröden und ehemals von ihm beleidigten Glieder, sie schwamm auf ihn zu mit stillem Händebreiten und tiefem Blick. Und ihre Lippen, zag gespalten im Durst nach der Ruhe und Sicherheit in einem Kuss, der anderer Art war als alle Küsse der Hölle, hauchten ihren Seufzer:

»Boggi, ich suche dich!«

Sie war schön und hilflos. Sie tastete sich vorwärts, eine rätselhafte Kraft schien in ihr zu sein. »Was ist diese Kraft?«, staunte er. »Komm doch, komm!« Er spielte mit ihr ein erhabenes und lächerliches Spiel; er haschte nach ihr wie nach einem Schmetterling. Der »dunkle Fleck« begann zu brennen ... Doch auf einmal schien sie verschwunden; und er glaubte statt ihrer den Marquis zu sehen, der sich gelb und düster vor ihm auftürmte wie ein grollender Schatten.

»Lassen Sie den Unsinn!«, hörte er es hallen. Und dann, wie durch den Witz erniedrigt und verkleinert, fuhr das Schemen fort, kalte Blicke mit den seinen kreuzend: »Sie blamieren sich, mein Lieber. Sie hängen zärtlichen Gedanken nach, die nicht zur Sache gehören. Sie sind nicht intakt; der ›dunkle Fleck‹ steht Ihnen nun und nimmer. – Mir scheint, eine unpassende Reminiszenz von droben behelligt Sie ...« Und Boggi kehrte zurück, ernüchtert, geärgert und voller Sucht nach neuer Zerstreuung.

Mit der Zeit versuchte er sich vor dieser hämischen Mahnung zu rechtfertigen. »Ich habe keineswegs geträumt, teuerer Marquis«, behauptete er und trotzte auf. »Sie haben mir ein apartes Vergnügen ohne Berechtigung zerstört ... Stören Sie mich nicht; bleiben Sie, wo Sie sind; keine Satzung gerät in Gefahr. Wer heißt Sie, meine Meditationen zu ironisieren? – – – Immerhin, Ihr Wohl!« Und er trank aus schnell gewechselten kleinen Gläsern von anstachelndem, gärendem Wein; hastig und unermüdlich. Er trank, lachte und schrie; er fühlte sich wohl in einem Pfuhl und behagte sich vor einer Arena von lasterhaften, amüsanten Krüppeln, die er aufmarschieren ließ, und die auf sein Geheiß Wirklichkeit behielten oder verschwanden wie ausgelöschte Lichter.

Einmal saß er wiederum, lachend und spottend, hinter einer Batterie von Giften verschanzt, die die Zukunft über die arglose Erde verhängen sollte, in einem der Säle. Da sah er sich gegenüber die blutlose Inkarnation des Grässlichsten, was je erdacht war, ein Stück Rumpf mit verdrehten Gliedern und epileptisch pendelndem Kopf, dessen formlose Züge, von der Farbe des Erstickens, durch den Krampf eines Grinsens unablässig verzerrt erschienen. Dieses Wesen erzählte ihm zerrissene Geschichten, Abenteuer von seltenen und nie begangenen Pfaden der Sinne, Befriedigungen und Sehnsüchte, so unerhört und verworfen, dass selbst der gewiegte Boggi seine Neugier nicht unterdrücken konnte und sich an dem Phantom weidlich ergötzte.

Und doch, trotz alledem, konnte er einem Klang nicht wehren, den sein Ohr nebenbei erhascht; er war von einer seltsamen Schönheit – »symmetrisch«, dachte er. Eigentlich war's nur eine simple Figur, eine Verschwisterung zweier Töne, die ihn erregte. Und je mehr das Phantom Grimassen schnitt – es war, als sei ein nicht enden wollender, grässlicher Schrei in der Luft –, desto dringlicher tat sich die Figur hervor. »Den Reiz des Gegensatzes«, nannte er's. »Der Fall ist einfach und doch eigenartig. Zwei Silben, hintereinander gesprochen; schmerzhaft und angenehm. Wie heißt es doch? ›*Ich suche dich!*‹, mit einer netten Pointe auf dem U.« Und er begann sich von dem Harlekin irritiert zu fühlen. Dieser wechselte die Farbe wie ein Chamäleon; lange Stielaugen traten hervor, suchten wie Schneckenfühler, schleimig tastend, auf dem Tisch und sprangen plötzlich fangnapfartig an seine Stirn. Es waberte und lohte da drinnen; sein Schädel war erfüllt von zwei gläsern starrenden, fühllosen Pupillen, die seine Denkkraft schluckten, so dass er nichts mehr sah und fühlte als diese seelenlosen Augen, die über alles hinwegfunkelten, bis sie im Leeren und Abstrakten erblindeten. Da brannte der »dunkle Fleck« wiederum; da breitete er sich aus, wie in weißem Damast versickernd, errötend wie Herzblut, fruchtbar und lieblich; er blitzte wie ein kleiner, rotierender Sternenhimmel. Boggi fühlte zeitlos; bis seine irrende Seele wiederum den Pol fand, den Heimatsakkord der beiden Silben.

Er bäumte sich auf. »Wer bist du!«, schrie er den Harlekin an. Und dieser darauf: »Seltsam, mein Lieber, wie du mich verkennst! – Bist du nicht mein Väterchen? Bin ich nicht ein Stück von dir, ein Pilz, der aus deiner Mischung wächst?« – »Den Teufel!«, schrie Boggi. »Das bist du nicht!« – »Der Glaube ist das Maßgebende«, vernahm er noch; und dann war die Luft vor ihm leer.

Er rannte hinaus. Er rannte, so deuchte ihn, jahrzehntelang auf der schnurgeraden Straße, bis er den Quell des Lautes fand. Sie war da, sie stand im Staub. Und er meinte sie zu berühren, körperlich zu fühlen. Er umschlang sie und sie beharrten beide in dieser Stellung. Und Boggi, das Brennen verstärkt in sich spürend, überließ sich einer kaum gekannten, schmerzlichen Süßigkeit; der Vereinigung mit etwas längst Ferngerücktem und unendlich Erstrebenswertem. Und was er träumte, war dies:

Eine schirmverhängte Lampe, die ein kahlwandiges Zimmer in eine trübe und traute Beleuchtung setzte, grenzte einen kleinen Bereich ab gegen den Brodem der Vorstadt vor den Fenstern. Auf dem schlechtfedernden Sofa mit seinen gelben Antimakassars saß eine Blondine mit stillen Augen im weißen Gesicht, mitten in einem Dunst von Geschmacklosigkeit und kahler Not. Vor ihr stand der dampfende, verbeulte Teekessel, und neben ihr saß ein egoistischer junger Mann, ein superber Gesellschafter, kein Naivling mehr, Gott bewahre. Sie unterhielten sich, und sie fütterte ihn sorgsam; er war gefügiger und nicht so dämonisch wie im Kreis seiner Freunde. Er ließ sich bemuttern und liebte den Lampenschein, trotz der abscheulichen Fabrikate, über die er zärtlich streifte. Nachdem er seinen Tee mit viel gutem Kingstonrum, zu dessen Beschaffung sie vierzig Pfennige ausgeworfen, versetzt hatte, wich sein Selbstgefühl und wuchs seine Weinerlichkeit. Er redete nicht mehr in Offenbarungen, sondern gleichsam volkstümlich; und sie begriff zwar nicht alles, aber doch immer die Hauptsache, auf die es bei diesen Weinerlichkeiten ankam. Und beide begriffen, dass es sehr gemütlich sei, seine kleine und reputierliche Welt für sich zu haben, im fünften Stockwerk einer Mietskaserne, zwischen Kindergeschrei und unausgelüfteten Familien.

Ihr Gesicht war ihm ganz nah, dies weiche, vom rohen Leben umkreischte und umpfiffene Gesicht, diese köstliche Blüte aus dem Schmutz der Gewöhnlichkeit. Auch diesmal nannte er's: »Den Reiz des Gegensatzes«, jedoch mit einer gewissen schwermütigen Betonung auf dem »Reiz«. Hier trat der Verstand zurück mit dem Hut in der Hand; es war eine Unterscheidung des Herzens. Die Erinnerung begann ihm arg zuzusetzen, je mehr die neue Phase der Verschmelzung vorschritt.

Er erinnerte sich an ein offenes Fenster: Eiskalter Luftzug hatte hineingegriffen und das Idyll hinweggefegt. Sie hatte den Sprung gewagt, als er sie sitzen ließ, vom fünften Stockwerk in den Hof hinunter.

Gesegnet sei der »Geist!« Er hatte dem erstaunten und angewiderten Boggi die Tatsache erleichtert und ihm handliche Kunstgriffe gewiesen, um Exzerpte und Aphorismen aus diesem Schulbeispiel von Naivität zu pflücken. Ja, und nun? – – – Sein Blick war verschleiert, und ein Herzpochen blieb zurück; es glich einer Mühle, die das Vergangene unzertrümmert, als handfeste Tatsache durch ihr ächzendes Räderwerk schleppte, das Vergangene, das nicht mit dem Strome schwimmen wollte und beharrlich und eigensinnig den Betrieb verstörte.

Da, auf einmal, als er sich noch in diesem konfusen Traumzustand befand, fühlte er es als einen Messerschnitt in die umklammernden Arme, verursacht durch eine lederne, dürre, knochenspitze Hand. – Er hatte überhört, was sich begab. Die Hoffnungsengel, die in ihren silbernen Hemdchen einen frommen Kreis um das Liebespaar gebildet, waren zerstoben, und der schwarzspiegelnde Motorkasten war gekommen, dumpf und behutsam rauschend wie eine grollende Windsbraut. Ein Herr im Spitzbart, in Gesellschaftstoilette, war mit der flachen Hand an der Brust Boggis herabgefahren, mit einer wütenden, abschließenden Geste, und die flache Hand rief zuckende Schmerzen hervor, wie ein Griff in offene Wunden. Boggi ermannte sich halb und stand Rede.

»Ich bin etwas früher gekommen«, sagte der Marquis. »Ich fühlte als alter Neurastheniker, dass Sie hier Dummheiten machen, mein Vertrauen täuschen und ihre Vizewürde an Kindlichkeiten und anrüchige Menschlichkeiten verschleudern. Was haben Sie mit der Person zu schaffen?«

Seltsam, Boggi bekam Angst. Er verschluckte sich und hustete. Dann erwiderte er fast bittend: »Verzeihung, Meister. Ich bin nicht so ganz perfekt. Ich werde mich ändern ...«

»Dazu ist es zu spät«, kam die klanglose Stimme zurück, und die Wut des Marquis schien zu wachsen. »Sie haben ganz gute Anlagen; es ist schade. Ausgebrannt müssen Sie werden, ganz ausgebrannt. Sie sind eine Blamage; ich habe viel an Sie gewandt – Ich muss Sie hinauswerfen, verstehen Sie das?«, schrie er schließlich. »Sie und das Frauenzimmer! Und nicht bloß hinauswerfen muss ich Sie, *ausmerzen* muss ich Sie, in den Abgrund pusten, Sie widerliches Doppelwesen! Sie riechen zu stark nach der Erde, Sie abgefeimter Sektierer!!!« – Und er begann wieder, sich groß zu machen. Er wurde zur Wolke, spie Hagel und glühende Schlacken, der Motor, vor Vernichtungslust zitternd, nahm Anläufe und donnerte … Eine Welle von Verödung drohte aufzuschwellen, eine Welle, die alles bleichte und zerstampfte, so groß war die Wut des Marquis. – In diesem Augenblick lächelte das Mädchen; erglänzte von Lächeln. Sie nahm Boggis Hand und sagte ruhig und schlicht: »Nein! – Das wird nicht sein! – Ich werde ihn behalten, Marquis!«, und zugleich ging ein Schatten von Blut über ihr ganzes Gesicht, ein rötlicher Schimmer; und auf der weißen Stirn klaffte eine Wunde und goss funkelnde Tropfen, wie von Rubin, über das durchsichtige Gewebe ihres Hemdes. Sie zeigte ihre Entstellung durch einen grässlichen Tod, blitzschnell und sieghaft; ihre zerschlagenen zarten Glieder; sie bot ihre Hinfälligkeit trotzig zur Schau. Und als die kurze Verklärung vorüber war, als der Abglanz ihres Opfers, das größer war als alle Kämpfe und Siege, die der Verstand je ausfechten kann, verlöscht war, stand der Marquis wieder da, die spitze Nase gekraust, die Hände über dem gefältelten Vorhemd verbindlich gekreuzt, und verneigte sich nicht ohne Respekt.

»Sie spielen Ihren Trumpf nicht ungeschickt aus, meine Dame«, sprach er heiser, doch voll süßer Betonung. »Es ist zwar nicht allzu stilvoll, mit dergleichen ins Feld zu rücken – doch ich gestehe gern, dass ich solchen Effekten nicht gewachsen bin.« – Und zu Boggi gewandt: »Scheiden Sie, mein Freund; Sie sind ein Zwittergeschöpf und verderben mir nur das Geschäft. Gehen Sie zum Chef … Alles in allem sind Sie noch ein rechter Dummkopf, einer von der Gilde der Impressionisten. – Urteil besitzen Sie nicht!«

Boggi hatte sich gesammelt. Das lächerliche Angstgefühl war verschwunden, und in schier humoristischem Ton tat er die Frage: »Und woraus schließen Sie das?«

Der Marquis sah ihn nachsichtig an. Er drehte die Kurbel an, sprang auf den Chauffeurplatz und rief schneidend, von Lachen geschüttelt:

»*Weil ich Sie selbst bin, und Alles, was Sie hier sehen und erleben, nichts ist, als Ihr eigenes Hirngespinst!!!*«

Ein Wetterleuchten! – Ein abscheulicher Krach! – Ein Drunter und Drüber unter der Peitsche der Erkenntnis!!

Taghelle, Fanfarenklänge!

Die Hölle war verschwunden, weggelöscht, und stattdessen sah Boggi sich auf einer Ebene stehen, von einem milden, gleichmäßigen Licht umgeben. – – –

Zweiter Teil.

Boggi hatte über eine große Ebene zu wandern und ein Gebirge zu überklettern; eine recht strapaziöse Reise, die sich jedoch belohnt machte. Denn er gelangte in einen Kessel, ein Hochplateau oder eine Alpe von großer Ausdehnung, von silbern schimmernden Bergspitzen behütet und voll von Butterblumen und Margeriten. Aus der Mitte sah er etwas Weißes blitzen, einem Felssturz ähnlich oder auseinander gesprengtem Zucker. Er marschierte fröhlich und freute sich der Landschaft. Mit der Zeit – (die Sonne, köstlich nah, begann zu brennen) stieß er auf einen hübschen, braun gebrannten Jungen, der sich nackt im Grase rekelte und die flaumigen Wölkchen zählte, die oben im Azur auf der Weide waren.

Der Junge machte keine Miene aufzustehen; er schien von all dem Grün und Glanz angenehm hypnotisiert zu sein, und seine blauen, von schwarzen Wimpern eingefassten Augen starrten groß und behaglich in die Höhe, während eine goldene Fliege sich auf seinem blanken Knie die Fühler putzte. Boggi gab ihm einen kleinen Tritt in die Seite. Der Junge sauste empor – federte förmlich ein wenig, ehe er stabil wurde –, stemmte die Hände in die Hüften und sagte: »Da seh einer an! Ich verbitte mir solche Handgreiflichkeiten! – Was sind Sie denn für eine Pflanze?!«

»Entschuldigen Sie!«, lächelte Boggi. »Ich hielt Sie für einen Ziegenhirten.«

»Hin und her ...«, sagte der Junge abweisend. »Ich bin ebenso wenig ein Ziegenhirt als Sie. Erstens gibt's hier gar keine Ziegen, und zweitens bin ich ohnehin was Besseres. Mein Name ist Gabriel. Als solcher verlange ich Respekt; meine Funktionen freilich zu würdigen, dazu sind Ihre frisch irdischen Sinne zu grob.«

»Oh – nicht doch. Sie sind ein hübscher Gedanke vom … Chef; ähnlich wie diese Butterblumen und Margeriten. Sie sind ein Genrebildchen; ich liebe das; Sie machen sich gut mit diesem Hintergrund.«

Der Junge war ganz blass geworden. Dann brach er los: »Erlauben Sie: ›Genre‹?!? – Und was wissen Sie vom Chef? – Ich verbiete Ihnen, diesen Namen in den Mund zu nehmen! Und überhaupt: Ihre ganze Betonung gefällt mir nicht. Mir ist's ein Rätsel, wie man Sie hereingelassen hat.«

»Ich hatte keine sonderlichen Schwierigkeiten. Ich musste zwar klettern und schwitzen, aber die Leute, die auf dem bequemen Pass hereinwanderten, warfen mir Kusshände zu. Irgendwie bin ich wohl mit der hiesigen Einwohnerschaft solidarisch. – Ich hoffe mich einzuleben«, schloss Boggi. »Und wir wollen uns vertragen, wie?« Er fasste den Jungen unters Kinn, bekam aber flugs einen derben Klaps.

»Nun gut«, sagte Gabriel. »Ich will Sie nicht hinauswerfen, wiewohl ich das könnte. – Aber das müssen Sie mir versprechen: Gewöhnen Sie sich das Denken ab. Denken Sie kindlich; lieben und verehren Sie das Allernächste. So machen wir's alle hier. Nur auf diese Weise können Sie reüssieren. Wir haben schon mehr Krittler bekehrt; Sie sind nicht der erste. – Doch sagen Sie nochmals auf Ehrenwort: Hatten Sie keine Beanstandung?«

»Nicht die geringste. – – Ich habe geliebt.«

»Das ist schon etwas«, sagte Gabriel. »Liebende passieren. – Irgendeine Liebe, und sei es auch nur eine kleine Passion, schafft hier Einlass. – Und Ihr Wunsch?«

»Ich möchte zum Chef.«

»Ja ja! – Denken Sie sich's nicht zu einfach! Gerade bei Leuten wie bei Ihnen ist der Chef nicht so kordial; er materialisiert sich höchst ungern und lässt sich am liebsten durch Symbole vertreten. Ich wiederhole Ihnen darum nochmals: Wünschen Sie sich nichts! – Denken Sie an das Nächstliegende, am besten: Empfinden Sie bloß! Das hat der Chef am liebsten, und so ist er zu jeder Gefälligkeit zu haben.«

»Aber ich kann mir nicht helfen!«, rief Boggi in komischer Verzweiflung. »Ich muss doch kritisieren! – Ich muss mich doch amüsieren! – Und im Himmel amüsiert man sich doch!«

»Hol Sie der Teufel!«, schrie Gabriel, fuchsrot in seinem hübschen Gesicht. »Sie haben sich nicht zu amüsieren! – Sie machen sich unmöglich; probieren Sie's bloß! – Hier *empfindet* man!!« Er seufzte auf. »Mit Ihrer Rasse hat man doch die meiste Schererei! – Doch ich bin hier angestellt; ich habe Ihnen Direktiven zu geben und erwarte Gehorsam von Ihnen. – Leuten Ihres Schlages muss man derb kommen«, setzte er wie entschuldigend hinzu und schlug seine hyazinthblauen Augen fast verschämt zu Boggi auf.

Boggi lachte, und der gute Gabriel, verwirrt und schier von seiner eigenen Kühnheit eingeschüchtert, machte den Vorschlag, zu gehen.

»Ich habe hier den Führer zu machen«, sprach er. »Deshalb ersuche ich Sie, sich Ihren mokanten Verkehrston möglichst bald abzugewöhnen, denn sobald Sie irgendwie literarisch werden oder gar einen Witz machen, sind Sie unmöglich und müssen verduften – wie Sie das machen, ist Ihre Sache; doch wir werden's Ihnen schon erleichtern.«

»Ich will mir aufrichtige Mühe geben«, versprach Boggi und blinzelte seinen Führer an. »Aber sagen Sie: Ist das Leben hier oben so ohne Amüsement nicht sterbenslangweilig? – Den ganzen Tag kann man doch die Wolken nicht zählen; da ist die größte Portion Fantasie bald zu Ende.«

»Sie müssen das nicht sagen«, erwiderte Gabriel eifrig. »Die Art Abwechslung, die Sie vielleicht gewohnt sind, gibt's hier freilich nicht; und doch hat man hier vollauf zu tun. Womit, werde ich Ihnen etwas später sagen. Doch eins müssen Sie zugeben: Auch das Vegetieren in Sonne und Erdwärme hat sein Gutes; man erfüllt seinen Kreis wie eine Pflanze, und wenn man Lust hat, vergeht man ins All-Blaue. Gefällt einem aber der Zustand (ein klein bisschen beschauliches Kalkül behält man sich doch vor), so zeugt man sich fort, wie ich's mache; ich bin schon meine dritte Generation, durch drei farblose und schöne Mütter – (ihr kennt sie nur unter großen Deckwörtern) – dreimal aufgefrischt und verjüngt, ohne ein Quentchen meiner Eigenart einzubüßen. Man wächst hier furchtbar langsam und braucht bloß Luft und Wasser. Na; und so ist man für die Ewigkeit eingerichtet; leidlich zeugungskräftig ist man ja immer noch!« Er knallte sich wohlgefällig mit der flachen Hand auf den prallen Schenkel.

Boggi meinte: »Der Himmel sieht wesentlich anders aus, als man sich da drunten vorstellt. Man hat da viele Draperien und Kulissen, womit man diese einfache und freundliche Gegend umstellt und sie nach dem Geschmack fantasievoller Religionsgründer einrichtet. Schon das gefällt mir, dass man keinen Weihrauch riecht und die Sache keinen spezifisch christlichen Anstrich hat. Wie ich herkam, erwartete ich schwarze Pfäfflein mit Harfen umherwallen zu sehen. Aber davon kann ich gottlob nichts entdecken.«

Gabriel hatte ihm angestrengt zugehört und all seine Geisteskräfte zusammengenommen. »So?«, sagte er. »Da habt ihr also drunten immer noch eure Tradition. Ich muss dir nämlich sagen, dass selten einer von denen, die heraufkommen, eine vorgefasste Meinung hat. Sie wissen sich zum größten Teil ohne Vorurteil hier einzuleben; haben sozusagen schon auf Erden Präzedenzfälle für hiesiges gutes Benehmen dargestellt. Denn Vorurteilslosigkeit ist ein Haupterfordernis für hier oben. – Du hast doch nicht etwa eine Meinung?!«

»Nein«, log Boggi, »ich lasse alles gelten.«

Gabriel sah ihn von unten bis oben an und spazierte einmal um ihn herum. Dann lächelte er listig und sprach: »Du bist ein Schäker. Du hast deine Toleranz – freilich. Es ist aber eine spezielle Toleranz, mein Lieber! Eine Toleranz, die Ansprüche an die Dinge stellt, die sie toleriert; eine Aftertoleranz aus Bequemlichkeit; und was ihr zuwiderläuft, tut sie als geschmacklos ab. – Diese ist von der hier verlangten Toleranz grundverschieden.«

Boggi dachte: »Der unheimliche Bengel duzt mich schon; er scheint an Respekt zu verlieren. – Ich werde ihm einmal anders kommen. – – Gabriel«, sagte er laut und pointiert, »Kritik verbitte ich mir, du junger Mensch. Ihr mögt ja hier oben auch euere Eigenheiten haben – gut. Aber ich bin so wie ich bin, verstanden?« Er reckte sich gebieterisch in Pose.

»Soooo?«, erwiderte der andere sanftmütig und schadenfroh. (Er brachte das O mit talerrundem Munde hervor.) »Dann brauchst du mich ja wohl nicht mehr. Dann kannst du dir zuerst wohl das Vergnügen machen, dir allein die Hörner etwas abzulaufen. Entweder du parierst (seine klaren Augen blitzten), oder du – verduftest, wie ich dir schon sagte.« Er warf sich ins Gras und wedelte mit der flachen Hand. »Adieu!«, sagte er noch; dann drehte er sich auf die andere Seite und steckte das Gesicht in die Blumen.

Boggi stand unschlüssig da und überlegte, was zu machen wäre. Da ihm kein anderer Ausweg blieb, entschloss er sich, klein beizugeben.

»Steh auf!«, rief er. »Ich gebe dir recht; du bist ein herrlicher Knabe.«

Gabriel wälzte sich herum und blinzelte ihn an. »Das hast du dir schnell überlegt«, meinte er nach einer Pause. »Willst du jetzt parieren?«

»Ich will; es ist mir ein Vergnügen«, schwor Boggi; und Gabriel sprang auf (er federte wieder ein wenig) und hängte sich an seinen Arm.

»Nun gut«, sagte er beifällig. »Trotzköpfe, Literaten und sonstige Witzbolde, die sich einschmuggeln wollen, werden flugs erraten, durchschaut und abgetan. Du bist so einer; nicht ein Quentchen Ehrfurcht steckt dir noch im Blut; wir wollen hoffen, dass sich dir noch das Nötige beibringen lässt.«

»Und wie war's mit der Toleranz von vorhin?«

»Du musst mit dem *Herzen* denken, nur mit dem Herzen«, sagte Gabriel ernst und machte dicke Brauen. »Ein klein bisschen körperliches Behagen gönnt man dir ja.« – Sie wanderten eine kleine Strecke weiter, und Boggi erkannte jetzt, dass der Streuzucker, den er zuerst erblickt, ein freundliches, von einem hohen, grasgrünen Zaun umfriedetes Dörfchen war. Gabriel nahm einen Anlauf und sprang wie ein Gummiball über die wohl drei Meter hohe geschlossene Tür. Hinter dem Gatter lachte er fröhlich und steckte die Nase durch die Stäbe.

»Nun, und ...?«, fragte Boggi erstaunt. »Soll ich nicht hinein?«

»Du musst erst einen Eid ablegen«, kam die Erwiderung, und Gabriels Stimme war geheimnisvoll und schön geworden; etwas wie ein reiner Akkord war in ihrem Klang. Auch leuchteten jetzt seine Glieder, zuvor braun, nunmehr wie frisch gefallener Schnee. »Du musst beschwören, dich nicht mokieren zu wollen.«

»Gut«, sagte Boggi nach einer Pause verblüfft, »wenn das hier zum guten Ton gehört, so will ich ihn wahren und mich zusammennehmen. Also schwör ich's.«

»Denke dir's nicht zu leicht«, kam der einschmeichelnde Klang zurück. »Du wirst Mühe haben; doch der Lohn ist köstlich. Mit der Zeit wirst du dich daran gewöhnen; und später geschieht es vielleicht, dass man dir als würdigem Kandidaten das Bürgerrecht in diesem Asyl gibt und dich hier logieren lässt.«

Er drehte den Schlüssel in dem goldenen Schloss von innen um, und das Tor sprang auf.

Das Dörfchen bestand aus Biedermeierhäuschen; sie standen hübsch bemalt und brav nach der Schnur gerichtet. Jedes hatte ein Gärtchen für sich, aus welchem farbige Glaskugeln, Sonnenblumen, Dahlien und die ganze bunte Fülle derber Hausblumen hervorlauschten. Einige prächtige Schmetterlinge saßen flügelspreizend auf der stillen, sonnigen Straße; der einzige Laut kam von einem Huhn, einem Prachthahn offenbar, der in der Ferne wie ein Glöckchen läutete.

Gabriel stellte sich salutierend am Tor auf: »Tritt ein«, sagte er. »Hier wohnen also die Herrschaften, denen du nachzueifern hast. Und wenn du dein Versprechen hältst, wirst du ja weiter keine Schwierigkeiten haben.«

»Aha, – das Raritätenasyl!«, fuhr es Boggi heraus.

Gabriel wich einen kleinen Schritt zurück. »Wo hast du denn den Ausdruck her?«, fragte er erstaunt.

Boggi blieb ernst, seiner Instruktion gemäß. »Den gebrauchte einmal der Marquis du Sang-Froid«, sagte er.

Gabriel schlug entsetzt die Hände zusammen. »Was?!«, schrie er. »Den kennst du also auch?«

»Ich habe bei ihm stationiert«, erwiderte Boggi. »Doch das hat nichts weiter auf sich, besonders da ich ihn abgetan habe. Es hat sich nämlich herausgestellt, dass er nichts weiter war als mein eigenes Hirngespinst.«

»Das sagst du so«, sprach Gabriel und sah ihn halb interessiert und halb angeekelt an. »Ich höre den Namen nicht zum ersten Mal, auch andere Leute hatten mit ihm zu tun. Er scheint so eine Art fixe Idee von deinesgleichen zu sein. Aber derartiges ist hier verpönt; der betreffende Herr ist ein Produkt angestrengten Denkens; (ich meinerseits kann ihn mir nicht vorstellen), er ist also gerade das Gegenteil von dem, was sich hier empfiehlt. – Übrigens, die Bezeichnung ›Raritäten‹ ist gut, fast noch präziser als ›Menschen‹. Ich warne dich aber, etwas von deinem Vorleben durchblicken zu lassen; du weißt, wie du alsdann hier ankommst. – – Nun Schluss!«

»Zunächst –«, sprach er im Weitergehen, »will ich dir den Bürgermeister zeigen. Für die laufende Epoche hat Herr Geheimrat Goethe den Posten und wird ihn voraussichtlich noch lange behalten. Schon wird es dunkel, deshalb wollen wir uns ein wenig beeilen.« Er schritt auf seinen elastischen Sohlen vor Boggi her. Ein besonders schönes Haus mit weißer Diele war erreicht. Es bildete den Beschluss des Dörfchens, das sie inzwischen ganz durchwandert hatten. Vor der mit Lorbeerbäumchen in hübschen Abständen flankierten Tür stand eine runde Taxuslaube, auf die ein schnurgerader Weg von der Straße zuführte, an reinlich und symmetrisch bepflanzten Tulpenbeeten vorbei. In dieser Laube saß ein alter Herr in einem seidenen Schlafrock. Die Stirn, wie eine glatte Elfenbeintafel, war geneigt, sinnend geneigt über ein Gänseblümchen, das die Finger langsam zerpflückten. Boggi weidete sich an dem Bilde und trat dann zurück.

»Nun will ich dir auch erklären«, sprach Gabriel, »womit man sich hier beschäftigt –: Man *staunt.*«

»Wie –?«

»Man staunt«, wiederholte Gabriel ehrfurchtsvoll. »Und wer am erstauntesten ist, bleibt hier der Größte.«

Boggi kam ein Lachen an; er unterdrückte es.

»Sieh«, sagte der Knabe traulich, »ihr seid recht arm, dass ihr das nicht fassen könnt. Dieser alte Herr sitzt hier, stundenlang, in der Laube und staunt eine Grasrispe oder ein Gänseblümchen an. Er hat den ganzen Kreis durchlaufen, ist auf allen Abwegen gepilgert, ohne doch die große Straße aus dem Auge zu verlieren; ist Herr über sämtliche großen Wörter und Herr über sich; ja, er hat in seinen Augen die Welt wie in einem Spiegel eingefangen und alles eingeschlossen. Und als er zu Ende war, glaubte er wohl, seinen Kreis erfüllt zu haben, und das war eine Leistung, das gibst du wohl zu.«

Sie gingen weiter.

»Nun, als er heraufkam, bildete er sich wohl ein: Ich bin zu Ende; hier kann man mir nichts Neues mehr bieten. Weit gefehlt! – Er ist nicht alterskindlich, wie du ihn so siehst; da er sehr, sehr schwer erschöpflich ist, verfiel er auf die Einzelheiten und blieb darin stecken wie ein empfängliches Kind. Er fängt von vorne an. Er verfällt wieder auf das Einfachste: die Symmetrie; und weiß sich nicht zu helfen vor Freude über ein Blümchen. Er wird noch lang, lang über dem Blümchen träumen … er ist der Vertrauensmann des Chefs. Ihr glaubt nicht, wie wenig weit ihr anderen gekommen seid. Ihr seid Grashüpfer, und er ist ein Vogel. Ihr wuchert mit einem Pfunde, das ihr nie erkannt habt ...«

Inzwischen war die Abendsonne gekommen, und alle Fenster brannten. – Sie kamen noch an vielen Gärtchen vorüber; und überall saßen Leute und lächelten; der Widerschein der blitzenden Fenster schien dies Lächeln auf ihren Gesichtern hervorzurufen. – – Da hörten sie ein Trommeln, ein leises Pochen; und als sie hinzutraten, saß dort ein kleiner, hässlicher Mann. Sein Kopf, von schwarzem, ungepflegtem Haar umwuchert, wiegte sich leise; und sein bartloses Gesicht blickte stumpf und beinahe grollend auf ein Instrument, ein Spinett ohne Saiten, auf dessen perlmutterne Tasten er nachdenklich seine Finger drückte.

»Dies ist der stärkste Illusionist, den wir haben«, erklärte Gabriel. »Er ist völlig taub; doch alle Saiten, die er braucht, klingen in seinem Kopf. Er beschäftigt sich schon lange mit dem Wesen einer einzigen, simplen Tonfigur, einem Mollakkord: Er ist stets erschüttert und voller Andacht; er hört und fühlt nichts anderes mehr. Das ist Liebe. Er hat seinerzeit alle Leidenschaften prächtig instrumentiert; jetzt fängt er von vorne an und bestaunt die einfachste Harmonie, findet das ›*Quid divinum*‹ im Urstoff wieder. Man kann zweifeln, wem von den beiden, dem Bürgermeister oder diesem Spinettmann hier, der Vorrang gebührt, denn sie machen sich, ohne es zu wollen, erhebliche Konkurrenz.«

Beethoven sah auf und sandte ihnen einen einsamen Blick zu; augenscheinlich störten sie ihn. Sie wanderten weiter. »Du wirst morgen«, sagte Gabriel, »noch genug Gelegenheit haben, dir die Einwohnerschaft zu betrachten. Die regsameren, noch nicht ganz eingesessenen, sind am ehesten noch für Zerstreuung und Gespräch zu haben. Einstweilen schläft hier alles; die Größten schlafen am längsten; du kannst also erst morgen Abend mit ihnen konferieren. Da du als Eleve noch keinen festen Schlaf haben wirst, so darfst du mich bei meinem Nachtwächterdienst unterstützen und aufpassen, dass nichts passiert. Es gibt hier noch ein paar zweifelhafte Herren, auf die man achten muss; und Dummheiten sind hier, wie auf Erden, immer noch schnell gemacht.«

Gabriels Häuschen stand an der Tür des Eingangs; er ging hinein und holte sich eine lange Bambusstange, an der eine violette Papierlaterne baumelte, die ein sanftes, zärtliches Licht ausstrahlte. – – Der Hahn, wie ein fernes Glöckchen, krähte noch einmal melodisch; dann flog er über das Dorf, mit buntem Gefieder; sein Schweif glich einem kleinen Kometen. Ein köstlicher, leiser Choral erhob sich, der trotz seiner Getragenheit eine gewisse, leicht pulsierende Grazie der Tongebung erkennen ließ. Dann stand ein funkelnder Sternenhimmel wie eine blaue Glocke über die Alpe gestürzt; und die ganze Nacht hindurch sah man die Umrisslinien der Gebirge leise leuchten …

Das große Uhrwerk

Nach längerem, schweigendem Warten bemerkte Boggi, wie die Papierlaterne sich senkte: Gabriel war müde geworden; Gabriel schlief ein. Er sank ins Gras und schlief gesund und rotwangig, den Kopf auf die volle Achsel gebettet. Boggi fing die Laterne auf und promenierte umher, indem er angestrengt über das bisher Erlebte nachdachte. Da musste er plötzlich unaufhaltsam lachen und bog sich vor Vergnügen. Indem er so mit sich selbst beschäftigt leise kicherte, übersah er einen Mann, der ihm entgegenkam; er trug eine Krücke und humpelte. Ein feines, weißes Gesicht unter einer seidenen, etwas fleckigen Kopfbinde. Und siehe da, der Mann kicherte gleichfalls, doch lautlos, wie angesteckt, und sprach: »Haben wir einen neuen Nachtwächter bekommen? Gott zum Gruß, Freund; wir sind Leidensgenossen; wir sind beide schlaflos; der Intellekt kommt nicht zur Ruhe.«

Boggi schnellte empor und erkannte in dem Mann den Dichter und Plauderer Harry Heine wieder. Er sammelte sich schnell und sprach: »Ich wusste selbst kaum, worüber ich lachte, Meister.«

»Also bloß animalisches Wohlbefinden«, sagte Harry und kicherte spitz; ein bisschen schwindsüchtig. Dann fuhr er zusammen und tastete sich langsam und sorgfältig seinen Rücken ab. »Es gibt mir jedes Mal einen Riss in der verdammten Wirbelsäule, wenn ich heiter bin«, stöhnte er. – Dann freundlicher: »Doch schwindeln Sie nicht; Sie sind noch ein Neuling und auch vom sarkastischen Fach, wie mich dünkt. Sie *dachten!*: Man hat, besonders wenn man noch so schlecht schläft wie ich, eine Art Ferngefühl und spürt es, wenn jemand *denkt*. Deshalb ersuche ich Sie: Lassen Sie uns ein wenig plaudern. Wir wollen promenieren; es ist noch mitten in der Nacht.«

Boggi fasste ihn unter den Arm, und mit schlürfendem Schritt ging der Meister neben ihm her.

»Man hat es ja ganz gut hier«, sagte er, »alles in allem ist's eine Sinekure, ein Sanatorium für überreizte Gehirne. – Wissen Sie, ich bin auch nur hierhergekommen, weil ich eine Art Unikum bin und außerdem noch Märtyrerverdienst um eine gute Sache habe. Ich habe mich keineswegs, wie Sie vielleicht, elegant mit dem Leben abgefunden, sondern unentwegt daran geglaubt, und an die hübschen Begriffe und Nippsachen, die das Dasein herkömmlicherweise verschönern sollen. Da ich eine lose Zunge hatte, ging mir's zuweilen recht munter, und ich wäre eine Hauptaquisition für unseren Marquis geworden –« (er flüsterte jetzt und sah sich scheu um), »wenn ich nicht wirklich *empfunden* hätte. Ja, das habe ich, Gott steh mir bei! – Ich habe nicht bloß nachgestammelt, sondern auch *produziert!* Unter Herzkrämpfen, ich versichere Sie! So sind denn auch einige ganz gute Sachen zustande gekommen. Doch dann geriet ich in Ihr Fahrwasser und warf mich aufs Glossieren. Daher kam's, dass ich manche eigene, echte Träne, die was darstellen sollte, unter die Lupe des Witzes nahm, wo sie nach kurzem Funkeln flugs verduftete; im Grunde bin ich ja auch nur ein Instrument für Augenblicksgefühlchen gewesen. Ich komme mir eigentlich unangebracht vor, hier, unter diesen Titanen ... Man hat mich ans äußerste Endchen platziert«, sagte er hüstelnd und schnupfte sich in ein gesticktes Taschentuch. »Doch Gabriel ist ein guter Bengel; er hat ein Herz für mich.«

»Aber Meister!«, rief Boggi tief erstaunt. »Wo bleibt Ihre Selbstherrlichkeit? Sie sind ein Dichter! Sie gehören unter die Großen! – Und nun werden Sie sentimental?!«

»So?«, sagte Harry. »So? Bin ich einer? Das freut mich. – – Du lieber Gott, meine paar Sächelchen! Man schätzt mich noch?«

»Bedeutende Verleger nehmen sich Ihrer an«, erwiderte Boggi. »Man druckt Sie in ungezählten Exemplaren – ja, zum Teufel, ich muss gestehen, Herr Heine, dass Sie mich enttäuschen! – Ich hoffte auf eine kleine, lästerliche Unterhaltung, einen kleinen Augurenaustausch; und nun sind Sie in solcher Verfassung!«

»Ja, nun ist das was anderes«, sagte Heine, plötzlich verwandelt, und hing sich fester an seinen Arm. »Sehen Sie, dies Taschentuch hat mir die Mouche noch gestickt; sie war ein gutes Kind. Ich glaubte, ich hätte den Chef arg verstimmt durch meine Witzchen, wissen Sie. Nun, der Chef ist tolerant; und die Mouche hat mir hier Zutritt verschafft. Ich liebte sie gar sehr, und auch ihr Busen hat für mich gebebt. Und, sehen Sie, in der Liebe kann man nie reproduktiv sein! – Man ist stets originell, wenn es zu Handgreiflichkeiten oder gar Versen kommt! ... Wie finden Sie übrigens diese Kolonie?«

»Im Vertrauen«, sagte Boggi, »etwas langweilig.«

»Du lieber Gott«, meinte Harry, »das finde ich nämlich auch. All diese Charakterköpfe, man kennt sie bereits; man kommt sich schier wie ein bestaubtes Museumsstück vor. Doch der Wahrheit die Ehre: Man ist im Allgemeinen recht unbehelligt. Mir kann's gleichgültig sein, ob irgendein krittelnder Epigone an meinem Denkmal das Beinchen hebt, oder ob es einen Machthaber in meiner Gesellschaft fröstelt. Ich glaube, ich bin auf dem Wege, zum Ursprünglichen zurückzugleiten, wie meine hiesigen Kollegen; nur werde ich vermutlich nicht über mein interessantes ›Ich‹ hinauskommen, denn für das Gänseblümchen bin ich zu stark östlichen Einschlags. Doch pssst! – Da wird es Tag, und meine Matratzen warten. Leben Sie wohl und Dank für das Plauderstündchen!« Er humpelte eilig davon.

Das nächtliche Intermezzo war von Gabriel nicht bemerkt worden, der, ausgeschlafen und munter, seine Laterne ausblies und Boggi suchte. Einmal noch zierlich gähnend, ging er in sein Häuschen zurück und bat Boggi, ihm zu folgen. »Eigentlich«, sagte er, »habe ich mein eigenes Bett. Du siehst es hier; es ist naturgewachsen.« Boggi sah ein Bettgestell, das mit Wurzeln in die Erde fasste. Das Plumeau war mit köstlichen Stickereien bedeckt: Liebesszenen aus dem ganzen Kreis der Schöpfung bis zu einem Menschenpaar, das sich durch Blumengewinde hindurch haschte. »Mein Erbteil«, erklärte Gabriel ernsthaft, »das ich mir jedes Mal testamentarisch selbst vermache, wenn ich mich erneuere.« Boggis Fuß stieß an ein großes, perlmutternes Ei. »Meine Puppen«, sprach der junge Hausherr. »Siehst du, wenn ich wieder ganz klein bin, so passe ich hinein. Du musst nämlich wissen, dass ich einen Kreislauf durchzumachen habe. Bin ich achtzehn Jahre alt, so werde ich wieder klein, mache einen Rückprozess durch. Von meinem zehnten bis zum sechzehnten Jahre trage ich Flügel, die ich, sobald ich über den Zaun springen kann, wie ein lästiges Kaulquappenschwänzlein abwerfe. Du kannst das erleben, wenn du dich hier brav beträgst. Ich bin jetzt schon auf dem Rückweg und erhalte demnächst meine Flügel wieder.« Er drehte ihm den Rücken zu. Boggi sah zwei kleine, farblose Membranen, die von Gabriels Schulterblättern hingen wie feucht keimendes, noch gefälteltes Laub.

»Und was ist's mit den Müttern?«

»Ja«, sprach Gabriel, »die sind vonnöten. Denen macht meine Instandhaltung keine körperlichen Beschwerden, doch brauche ich ihre Brüste und ihren Futternapf, denn in gewissem Sinne verdanke ich ihnen meine Existenz. Du kannst sie gelegentlich zu sehen bekommen, wenn ich dich zu dem Garten der Illusionen bringe; sie heißen Elpis, Pistis und Agape. Sie gehen immer selbdritt, wie überhaupt die Dreizahl hier eine Rolle spielt.«

»Also bist du am Schluss ein ganz kleiner Bube, den man auf den Armen trägt?«

»Wenn es dir Spaß macht, wirst du das tun können«, lächelte Gabriel. »Doch als Gesellschafter kann ich dir dann nicht mehr dienen, denn meine Geistesgaben werden naturgemäß spärlicher. Zum Schluss habe ich nur noch knospenhafte Instinkte und werde sehr gehätschelt, denn dann bin ich ein typisches Symbol und verlege mich ganz aufs Staunen.«

Plaudernd traten sie heraus, und Boggi sah sich mit seinem Freunde zusammen die Gegend an. Ein milder, flaumweicher Wind wehte über kleinen, festlich-frühlingshaften Birkenbeständen. Sie verließen die Ebene und gelangten zu der Gebirgskette. Nach dem Durchschreiten dämmeriger Forste, wo ein stetes, orgelartiges Sausen in den Wipfeln herrschte, erstiegen sie eine Höhe. Unter ihnen traten die Täler nach den vier Himmelsrichtungen auseinander, und jedes Tal war erfüllt von allen klimatischen Wundern der Schöpfung. Alle Stimmungen schienen zusammengedrängt; es war ein Funkeln, Duften und fernes Getöse millionenfach anklingender Tierstimmen. Und während sie dort weilten, wurde Boggi demütiger und von großen Ahnungen gestreift; sie sahen Nacht und Tag wechseln, traumhaft schnell, Sonnenpausen von Verdunkelungen durchsetzt, nach den großen Gesetzen der Bewegung und Wiederkehr, als prächtiges Uhrwerk ... Die Zeit rann, die Zeit fiel und stieg, wie Wassertropfen funkelnd, zerstäubend; alles Wesen, nach seinem Kreislauf, bildete sich neu oder versank ... Und doch schienens Boggi nur Minuten zu sein, in denen sich so unerhört viel abspielte; und er wandte sich, geblendet, erschöpft und sprachlos, dem Rückweg zu.

Als er Gabriel wieder betrachtete, entfuhr ihm ein Laut des Erstaunens. Ein milchjunger Knabe schritt neben ihm und trug Flügel am schmalen Rücken, Libellenflügel, die das Licht farbig brachen.

»Um Gottes willen!«, rief er aus. »Wie lange sind wir denn schon hier oben? – – Oder treibst du nur einen Scherz?«

»Einen Scherz?«, sagte Gabriel und flatterte eine kleine Strecke lang, während er sich mit den rosigen Zehen von den Wurzeln abstieß. »Du bist ein ganzes Jahr hier oben gewesen; weißt du das? Du warst nur ein wenig verblüfft über das reichhaltige Panorama ... Was wirst du erst Zeit brauchen, bis du zum Chef gelangst!«

Boggi schwieg verdrießlich. Dann sagte er: »Aber zunächst ersuche ich dich, wenigstens deine jetzige Fasson beizubehalten. – Du wirst nicht verlangen, dass ich mich allein durch all diese Rätsel durchbeiße.«

»Rätsel?«, klang die silberne Stimme zurück, kindlich und vergnügt. »Durchbeißen?! ... Aber bester Herr, das gibt es ja gar nicht! – Gewöhne dir nur das Denken hübsch ab, dann gibt es auch keine Rätsel mehr. Das ist alles klipp und klar. Da gibt es weiter nichts zu predigen.«

Sie waren wieder auf die Wiese zurückgekommen. »Ich hoffe«, sagte jetzt der Knabe besorgt, »dass mir niemand inzwischen Dummheiten gemacht hat; eigentlich reut mich meine Zeitverschwendung in deiner Gesellschaft, weil es schließlich ziemlich belanglos ist, ob du bekehrt wirst oder nicht. – Sieh da! Da ist ja schon jemand ausgebrochen! Dacht ich's mir doch!« Er lief, hüpfend und fliegend wie eine Zizindele, voraus. Boggi erblickte Harry Heine, der, mit seiner Krücke fuchtelnd, im Gras herumstolperte, und hörte seine scheltende Stimme. Vor ihm her schwebten, ängstlich zusammengedrängt, drei weibliche Gestalten von durchsichtigem Körperbau, die nach jedem Schlag der Krücke, die sie nie erreichte, ein Stückchen in die Höhe flatterten und dann, verwirrt spähend, auf den Platz zurücksanken.

»Ho!«, schrie Heine. »Ach, das tut wohl, wenn man sich Luft machen kann! Ich gönne mir Bewegung und schikaniere diese drei lustigen Metzen. Sie glauben gar nicht, was sie mir das Leben verdorben und mich genarrt haben. Pschütt! – Sie machen einem weis, sie existieren, die verfluchten Seifenblasen. Zerstückelt müssten sie werden, zerpustet!!« – Er schöpfte mächtig Atem.

»Was machen Sie, Herr Heine!«, jammerte Gabriel und fiel ihm in den Arm. »Lassen Sie mir doch meine Mütterchen in Ruh!«

»Ach was, Mütterchen!«, rief der Dichter. »Du bist auch so ein windiges Produkt.« Dann, zu Boggi gewandt: »Lassen Sie sich nicht mit dem Bengel ein, Herr Kollege. Er ist zwar recht handfest, von realem Fleisch, doch er schwindelt wie gedruckt. – – Das gönne ich den drei Dirnen, dass er sie recht schröpft, wenn sie ihn aufsäugen müssen. Da steckt wenigstens noch Komik drin!«

»Herr Heine!«, rief Gabriel befehlend und rasselte mit den Flügeln. Er stand spreizbeinig da, schön wie ein Blitz, und seine Muskeln bebten. »Sie werden sich auf der Stelle wieder hinter den grünen Zaun zurückziehen! Sie haben alle Disziplin verloren!«

»Hat sich was!«, lachte Heine. »Ich bin guter Laune, wenn zwar etwas wackelig auf den Füßen. Doch so ein Windhund wie du hat mir noch lange nichts zu sagen!« – Und er attackierte von Neuem das Trio.

»Er ist ganz außer Rand und Band«, flüsterte Gabriel Boggi zu. »Das kommt davon, wenn man anderen Leuten Gefälligkeiten erweist: Da fängt dann so ein zweifelhafter Kerl wieder mit dem Denken an und geht den Illusionen zu Leibe. – Da bleibt nichts übrig; ich muss ihm deutsch meine Meinung sagen.« – Mit graziösem Schritt eilte er hinter dem Dichter her und sprang ihm auf die Schultern, wobei er ihm den Hals mit den Beinen zusammendrückte und ihm die Krücke entriss. Heine wurde zahm. Sein Kopf sank mit einem schmerzlich erschöpften Ausdruck nach vorn, und er trottete, von der Krücke sanft gelenkt, wie ein gehorsames Pferdchen mit seinem Reiter hinter den Zaun zurück.

»Und ihr«, rief Gabriel noch den Weiblein zu, »macht mir gleichfalls keine Exkursionen mehr, sondern bleibt, wo ihr hingehört!! Dort seid ihr wenigstens keiner ungalanten Behandlung mehr ausgesetzt!«

Der Garten der Illusionen

Gabriel sagte: »Hier hat man wieder eine langsamere Zeitrechnung als dort oben, wo du die ganze Menagerie und das Kreislaufsystem unseres Chefs gesehen hast. Ein ganz klein wenig Ehrfurcht hast du jetzt bereits«, sagte er verschmitzt und lächelte ihm unter seinen dunklen Wimpern zu. »Das mehrt sich und häuft sich, guter Herr, und die vielen kleinen Eindrücke schmelzen zusammen zum blendenden Gesamtkristall, in dem die ganze Materie steckt. – Du darfst jetzt bei mir übernachten; ich hoffe, dass meine Gegenwart dir noch ein wenig animalische Empfänglichkeit beibringt.« Er klappte die Flügel zusammen und warf sich aufs Bett, das einen Geruch von Humus ausströmte. Boggi streckte sich neben ihm aus. Da geschah ein Wunder: Die Decke, die über beiden lag, begann in dem Glanz der Abendsonne, die durch den simplen weißen Vorhang des Fensters drang, wie ein lebendes Bilderbuch Farben um Farben zu entfalten. Boggi setzte sich auf und staunte. Er sah das ganze tiefe Schauwunder der Schöpfung, verkleinert gleichsam, üppig aufblühen; ja, er vermeinte Stimmen zu hören, fein und zart. Adam und Eva hatten sich erhascht und umfangen; Pfauhähne prunkten im Strahlengefieder um die Wette mit rotfüßigen Fasanen, die ihre Hennen sporenzuckend umkreisten; Kater und Katze flogen als wirbelnde Silhouetten vorbei; Affen rollten, unlieb schreiend, von Ästen oder schaukelnden Lianen; ja selbst ein dickes Flusspferd, asthmatisch schnaufend, wagte einen Galopp, alles niedertrampelnd, einer schelmischen Flussstute nach, die kleine Wassersäulen aus den Naslöchern spie. – – Und siehe da! – Ein kleiner Akkord geschah, ein holder, kurz zirpender Dreiklang, und alles erstarrte. Ein blaugewandeter, graubärtiger Mann ging langsam durch die Wildnis, und alles öffnete sich vor ihm, bis er im grünen Saum an der anderen Seite der Decke verschwunden war. Dann erlosch der Abendschein, um einer hellen Dämmerung Platz zu machen.

»Was war das?«, fragte Boggi fassungslos. »Hast du jeden Abend diese reizende Unterhaltung? Und wer war der kleine Graubart im blauen Mantel?«

»Das war nichts Besonderes«, sagte Gabriel, der, phlegmatisch blinzelnd, die Arme unter dem Kopf, zugesehen hatte. »Das war nur eine kleine projizierte Fantasie von mir. Der kleine Graubart ist der Beschließer, der Aufsichtsrat über all diese rührige Zeugung; ich hab ihn mir ausgedacht; er läuft noch einmal als letzter Effekt um die Peripherie, eh das Spielwerk aussetzt.« – Er strampelte die Decke auf den Boden. »Hör«, fuhr er fort, »ich habe dir noch etwas zu sagen. – In meinen letzten Gesprächen habe ich fast den Rest meines Geistes erschöpft; von morgen ab ist mein Denken ganz kindlich; ich werde acht Jahre alt, und mein Schlussvermögen macht so kleine Sprünge, dass du nicht mehr tiefsinnig reden darfst, wenn ich dich verstehen soll. – Darum will ich das bisschen Geist, was ich jetzt noch habe, dazu verwenden, deine nächsten Geschäfte zu regeln. Du hast dich also dem Bürgermeister vorzustellen und dich begutachten zu lassen; die Leute machen gerade ihre Zwielichtpromenade. Alsdann weckst du mich, und ich will dich zum Garten der Illusionen führen. – So, und jetzt will ich schlafen.« Mit dem letzten Wort, das schon von einem ächzenden, drolligen Gähnen erstickt ward, war er rosig entschlummert. – Boggi sprang auf und ging hinaus.

Eine schattenlose Dämmerung erfüllte die Straße, die von schweigenden Gestalten, die langsam dahinschritten, belebt war. Und doch, wenngleich alle Umrisse dunkel erschienen, leuchteten die Gesichter in einem milden Schein. Besonders die Stirnen und Augen, die sich aus stummer Grübelei erhoben, um dem scheuen Jüngling einen Blick zu schenken. Jeder hielt sein Spielzeug in der Hand, das doch gleichsam ein Attribut für ihn bedeutete; mit zärtlicher und behutsamer Andacht trugen sie es bald auf flacher Handfläche, bald unter dem Arm. Boggi erkannte die Spitzen der Menschheit in ihnen wieder, die größten unter den Produktiven, und schrak fast zusammen, als er auch hier, irgendwo, das grollende Kinn unter dem Dreispitz gewahrte. Doch seine Erinnerung ward hold enttäuscht: Der General saß unter einem Holunderstrauch und blies auf einer Kindertrompete.

Die Musiker trugen Triangeln, die im Gehen leise schütterten; die Dichter skandierten vor sich hin und wiederholten oft ein einzelnes Wort, dessen Klangschönheit ihnen behagen mochte; und dann machten sie Notizen in winzige Büchlein und nickten einander zu. Die Philanthropen trugen Büchschen mit Impfserum und steckten zuweilen besorgt die Nase hinein; die Philosophen hielten Pyramiden von Papierschachteln und trippelten vorsichtig und in großer Angst, ihr System möchte aus den Fugen gehn. Die Theologen führten wollige Schäflein an seidenen Bändern – sie waren am dünnsten gesät; einer unter ihnen hatte sich Wundmale an beiden Händen beigebracht, die er abwechselnd düster betrachtete. Die Maler gingen wie Nachtwandler, ohne Attribute, doch in köstlichen Kleidern, und die Bildhauer schritten in dem Schwarm ihrer eigenen belebten Werke dahin.

Und da sah Boggi, wie sich eine Gasse bildete und fasste sich ein Herz. Der alte Herr im Schlafrock kam, die andern überragend, sein Gänseblümchen im Knopfloch des Aufschlags, die Straße herab. Boggi nahte sich mit einer tiefen Verbeugung.

»Meister!«, sprach er laut. »Erlauben Sie ...«

Goethe ging weiter. Boggi war bestürzt; dann rief er:

»Erhabner Fürst der Dichtung!«

Goethe drehte sich nicht um; einige Leute blieben stehn und kicherten leise. Boggi schlich dem raschelnden Schlafrock nach. Dann flüsterte er:

»*Exzellenz!*«

Dies wirkte. Der Schlafrock hielt an und drehte sich langsam um. Dann sank er eine halbe Elle tiefer, und Boggi sah zwei köstlich gezierte Kothurne neben ihm stehen. Die Augen blickten ihm aus der Nähe ins Gesicht, diese braune, von tiefem Glanzlicht geschmückte Pupille, die, von vergilbtem Weiß umgeben, wie ein Zauberspiegel leuchtete. Die Augen blickten lange, lange, ohne Wimpernzucken, und Boggi fühlte sich durchschaut; jedes Geheimnis schien restlos preisgegeben, restlos erkannt. Doch er fühlte auch, dass diese Augen nicht urteilten, sondern nur sahen, hinter alle Dinge und Begriffe; und doch immerdar menschlich und gütig blieben. Und eine metallne, sonore Stimme erklang:

»Womit kann ich Ihnen gefällig sein?«

»Ich möchte zum Chef, Exzellenz. Ich bitte mich zu empfehlen.«

Eine Bewegung ging durch die Lauschenden. Das Wort »Chef« schien zu gefallen. Jeder sah den andern an und lächelte. Goethe blieb ernst.

»Ei, und womit legitimieren Sie sich?«

»Ich habe geliebt!«

Goethe schwieg eine Weile, dann sagte er: »Das war kurz und bündig. Eine Passion, das genügt. Und welcherlei Imagination besitzen Sie, mein Werter?« Boggi sperrte den Mund auf. Goethe begann zu schmunzeln; dann fügte er bei: »Vom ›Chef‹, versteht sich.«

Boggi sammelte sich. »Das ist verschieden, Exzellenz. Drunten besaß ich wohl nur die eine: den Kuss; doch das ist wohl eine der passendsten Imaginationen.«

»Er ist immerhin ein vortreffliches Symbolum«, sprach der alte Herr. »Er ist ein goldnes Schlösslein für End- und Anfangsring der großen Kette. Sie waren kein Jüngling, der den Himmel stürmen wollte, dünkt mich. Doch suchen Sie – unbeschadet! – des Guten und Schönen hier teilhaftig zu werden. Lassen Sie sich ganz von den Erscheinungen erfüllen, die so unablässig drängen; und Sie werden den Einzelheiten Ihre Liebe zuwenden. Alsdann wird sich Ihnen das Größte – der Chef – im Kleinsten offenbaren.« Er streichelte sein Blümchen, drehte sich langsam um, bestieg seine Kothurne und verschwand, während die andern sich gleichfalls zerstreuten.

Boggi blieb etwas enttäuscht und ernüchtert zurück. »Das wäre nun die Begutachtung«, dachte er, (sie kam ihm ein wenig gemeinplätzig vor). »Aber der Sache ist damit wenig gedient; ich werde mir bei Gabriel Rat holen.« Er trat in die Kammer und an das Bett. Da wäre er fast zurückgefahren, denn ein kleines, schmalhüftiges Bürschchen mit kindlichen Gliedern lag darin. Die Flügel hatte es abgestreift; sie lagen zerknittert am Boden.

»O weh!«, dachte Boggi. »Nun hat er seine Fasson wieder geändert – gebe Gott, dass er noch zu brauchen ist!« Eine Anwandlung von Zärtlichkeit kam über ihn, als er den schlummernden Knaben betrachtete. »Er hat mir wacker geholfen, der Kleine; er verdient meine Dankbarkeit! ... Ich will ihn hübsch väterlich behandeln!« – Er weckte den Schlummernden. Gabriel maulte ein wenig; dann entschloss er sich, aufzustehen.

Eine köstliche Mondnacht herrschte. Der Mond war dreifach so groß, als Boggi ihn je erblickt; er stieg, von dem zarten Rundregenbogen eines Hofes umgeben, wie eine große Seifenblase über den Wäldern auf. Der kleine Knabe strampelte, ohne ein Wort zu sprechen, neben Boggi her; ab und zu lachte er ihn an, mit leisem, glucksendem Lachen, das wie verhaltene Vorfreude klang. Und es wurde heller und heller; die große, veilchenfarbene Schattenphalanx der Berge drohte mit ihren Spitzen vergebens über die Alpe herein. Etwas wie Neuschnee, kühl und fröstelnd, lag in der Luft, und leichte Blitze säumten die Gipfel, wie der verlöschende Regen eines silbernen Feuerwerks. Unten auf der Wiese, zu ihren Füßen, lag noch der warme Duft wie ein feuchter Teppich und beschützender Schleier. Je mehr sie sich in unbekannter Richtung entfernten, desto kühler wurde es. Doch Boggi spürte kein sonderliches Frösteln; eine nie gekannte innere Wärme erfüllte ihn. Auch der Knabe war vergnügt. Da zeigte auf einmal der kleine Finger nach vorn, und der Mund, zuvor spröd geschlossen, sagte mit kindlicher Stimme:

»Da! – – Der macht den Anfang!«

Boggi spähte und nahm eine Gestalt wahr, die wie eine Mücke, vom Monde angezogen, stieg und sank. Der Mond hing, rund und glotzend, eine kalkweiße, von blauen Schatten berieselte Welt, im Raume ... Die Gestalt nahm an Deutlichkeit zu. Mit verrückten Gebärden, wie ein Hemd im Winde, flatterte dort ein Pierrot und warf seine Arme und Beine nach dem Takt eines unhörbaren Walzers auseinander, als wüsste er sich vor jauchzender Freude kaum zu fassen. Doch lautlos, lautlos ... Bisweilen schob sich ein weißes, lächelndes Gesicht, behutsame Augen unter tanzenden Brauen, aus der schwarzen Krause der seidenen Kutte, und eine Kette von Pompons, riesige violette Chrysanthemen, raschelte bis auf die kurzen Schuhe nieder ... Und im magnetischen Strom des Mondes, im silbernen Lichtkegel, geschah noch mehr; allerhand kurze Rauschverzückungen, von holden Gespenstern der Lebensfreude getanzt: ein wimmelndes, lautloses Gewühl von Masken war's ... Boggi vernahm ein Geräusch von zarten, wirbelnden Akkorden; ein Geigenstöhnen wie von Samt erstickt, schelmische Skalen gleich zerprickelndem Schaumwein ... Und horch, fern, ein geheimnisvoller Lerchentriller und bittende Worte Colombines: ›*Au clair de la Lune ...*‹ ... Dann traten sie aus dem Lichtkegel, und alles war verloschen, verklungen, vorbei.

»Na«, dachte Boggi, »wenn alle Illusionen, die ich noch zu sehen bekomme, in diesem Grade verständlich sind, so könnte mich schier ein Heimweh nach meiner früheren Station packen. – Sehen wir weiter zu. Ah, da ist ja schon das Tor! – Bei Gott, was für ein schwarzer Kolkrabe behütet denn dieses Paradies?!«

Ein hohes, durchsichtiges Gitter, zum Schutz durch eine Hecke verdoppelt, trat rechts und links vor ihnen auseinander. Sie kamen in eine Art Einfahrt; und der schwarze Kolkrabe hüpfte vor sie hin und sagte mit weicher, krächzender Stimme:

»Ich bitte um Ihren Pass!«

Eigentlich war es gar kein Rabe, sondern ein weißhaariger, schwarz gekleideter kleiner Professor, durch dessen goldene Brille (»O liebe Textkritik!«, dachte Boggi.) zwei muntere, fast schelmische Augen blitzten.

»Ja«, sagte Boggi, »einen Pass habe ich nicht, aber einen Begleiter, der mich wohl empfiehlt.« Und er hielt den Knaben in die Höhe. Die Brille fuhr kurz an ihm herab und herauf und konstatierte: »Das genügt. Diesen Homunkulus kennen wir. Kommen Sie.« – Der Professor trat voran; er zog wie ein Täuberich bei jedem Schritte den Kopf etwas zwischen die Schultern. Da aber nahm Gabriel plötzlich sein Händchen aus der Hand Boggis, rief klingend und lieblich: »Leb wohl!«, und verschwand spurlos.

Boggi rief vergeblich; er war schier untröstlich, bis der Professor Notiz nahm und sich umwandte. – »Ja, ja«, sagte er. »Seien Sie ruhig; es hat nichts auf sich, dass der Kleine Ihnen entlaufen ist. – Er gehört auch zu den Illusionen, ist also unsterblich und folglich immer da, wenn Sie ihn brauchen. Jetzt habe ich die Führung übernommen, und mir als Philologen dürfte es mit Fug zustehen, Ihren Cicerone abzugeben.«

»Ich bin zum Hüter bestellt«, fuhr er fort. »Ich bin Klassiker, wie Sie ja auch an meinem Äußeren sehen –« – er sah fast verschämt an sich nieder – »und demgemäß Verwalter aller großen Begriffe, an die sich Illusionen knüpfen. Sehen Sie, die Sprache, vornehmlich die griechische, ist eine Bildergalerie; sie enthält viel traditionelle, eingerahmte Wörter, die ich vor Verallgemeinerung schützen muss. – Ja, ja, die Verallgemeinerung!«, summte er. »Da geht es dann schnell bergab mit so einer Illusion. Wenn sie nicht im vornherein genug Knochenmark hat, verkümmere und verblasst sie, und ich muss alsdann mein stärkstes Brillenglas nehmen, um ihr Dasein zu beglaubigen.« Der Mondschein erzeugte eine Tageshelle. Vom tiefschwarzen Samt der Schatten gesprenkelt, öffnete sich vor ihnen ein Heckengarten mit glitzernden Bassins. Fontänen warfen stille, zerstäubende Perlengarben empor, und irgendwo, in der Ferne, sang ein Vogel eintönig und lockend. Im Umkreis, an den Mündungen verdämmernder Laubengänge, standen dorische Rundtempelchen von schimmerndem Marmor, und auf den Wiesen ergingen sich, verschiedengestaltet wie ein buntester Strauß, Abbilder von Menschen, vervollkommnet gleich leuchtenden Blumen von Fleisch, in köstlicher Form, immer neu erdacht und ausgestaltet – ein lautlos überwältigender Hymnus auf die Harmonie der Bewegung.

»Hier sehen Sie«, sprach der Professor, »die Auslese der Illusionen; der Typus ›Mensch‹ ist zart und kunstvoll verwertet, um Wesen von großer Harmonie zu zeugen. So eine Illusion ist ungreifbar, unfasslich; deshalb gibt es auch keine Persönlichkeiten hier, sondern nur das, was ihr ›Seelen‹ nennt, eben die Quintessenz großer Deckwörter, vage Vorstellungen solcher Begriffe. Denn die Begriffe selbst wurden noch nie konkret, und das ›Ding an sich‹ ist hier äußerst verpönt. Alles, was Sie wollen: Wörter, die auf dem Daunenpfühl der Überlieferung schlummern; traditionsstolze, einsame Begriffe, von sterbenden Helden oder großen Staatsleuten mit Vorliebe verwendet; auch Familienwörter, die mit einem Händedruck vererbt werden, Wörter unter Glas und Wörter, die mit jedem Frühling neu werden; alle diese gibt es hier, werden hier aufbewahrt, gehütet, gepflegt.«

»Und welche Liebschaft haben Sie, Herr Professor?«, fragte Boggi, in das silberne Gewimmel starrend.

Der Gelehrte lächelte fein; er bekam Wasser in die Augen. »Sie werden das schwer verstehen; ich habe abgeschlossen mit jugendlichen Begriffen, und mein Herz erwärmt sich nur mehr am Abstrakten – es ist, verzeihen Sie, eben ein echtes Philologenherz! – ›Tugend‹ und ›Freundschaft‹ sind meine Lieblinge. Unentbehrlich ist mir auch die liebliche ›Agape‹, ja ich kann wohl sagen, dass sie mir im Grunde bei allem die Hauptsache ist.«

»Also goutieren Sie auch den kleinen Abkömmling dieser drei Mütter, der mich hierhergebracht hat?«

»Nun freilich, freilich«, sagte der Professor gedehnt und ehrfurchtsvoll (und doch mit einer sonderbar verschmitzten Miene): »Von dem plaudern wir noch später. – Die bunten, koketten Leutchen, die hier in den Laubengängen auf und nieder laufen, sind meist nur Bastarde, von heterogenen Begriffen gezeugt, ephemere Geschöpfe, Schlagwörter.

Doch nun«, schloss er, »müssen Sie mich entschuldigen, wenn ich etwas mit dem Sprechen aussetze. Es herrscht, wie Sie ja wohl schon gemerkt haben werden, hier im Himmel mehr der Brauch des Betrachtens.« Beide gingen schweigend weiter. Als sie an einem der Tempelchen vorüberkamen, schritt der Gelehrte – er nahm sich sonderbar genug aus: schwarz und sinnlos in all der Farbenheiterkeit – zwischen den Säulen hinein, fachte das goldene Flämmchen, das in der Mitte brannte, sorgsam an und fuhr mit den runzeligen Fingern an der Kannelierung herab, wobei eine einzige, kleine, gerührte Träne sein Brillenglas trübte. Er nahm es herab und zwinkerte, kurzsichtig wie er war, mit einer drolligen Grimasse gleich einem geblendeten Kauz, bis er das Glas wieder geputzt hatte. Der kleine Professor begann Boggi lieb und wert zu werden, und er gab sorgsam acht, Schritt mit der morschen Gestalt zu halten, die gedankenvoll mit dem Kopfe nickte.

Und wie sie so dahinschritten, zögerte die Zeit, sie schien sich selbst einzulullen; sie schlief ein; und Boggi empfand – zum zweiten Male – die Betäubung des absolut Leeren; doch seine Genugtuung war groß. Der Mond schwebte, festgebannt, stets die gleiche kalkweiße, von blauen Schatten berieselte Welt, über dem Wundergarten, Wellen, gleichbleibende Wellen herabsendend im ewigen Rhythmus des Lichts. Und nun geschah es, dass der junge Mann sich verwandelt fühlte, ganz verwandelt. Der Spott versiegte wie ein müdes Bächlein, und die Ehrfurcht wucherte wie ungebärdiges Wachstum auf dem neu beackerten Boden seines Gemütes auf. »Nun beginne auch ich zu staunen«, sagte er sich und zitterte. »Ist das das Ende?«

Er wagte es, das Schweigen zu brechen.

»Herr Professor«, fragte er, »und was ist – – die größte, die Hauptillusion?«

Der Professor war zusammengefahren. Dann lächelte er wieder eigentümlich.

»Sie fragen: Was ist Wahrheit? – Ja, sehen Sie, Sie wollen es immer noch, dies ›Ding an sich‹. – Ich will's Ihnen aber verraten. Die größte Illusion ist der, zu dem Sie wollen.«

»Also der – Chef?«

»Ja.«

»Und was ist der Chef?«

Der Professor sparte sich die Antwort noch ein weniges auf. »Kommen Sie, ich will Ihnen etwas zeigen.« Der Weg stieg, und sie kletterten schweigend viele, viele Stunden lang. Endlich gelangten sie an eine Höhle, einem Tunnel vergleichbar, an deren Ende ein flammend rotes Dreieck glänzte. Sie schritten hinein, auf das Dreieck zu, das den Ausgang der Höhle bildete.

Der Professor hob die Hand. – »Gehen Sie durch; da werden Sie Ihren kleinen Freund wiederfinden und den … Chef erkennen.« Er selbst schritt zurück und zwinkerte heftig, denn seine Augen waren sehr geblendet. – Boggi trat aus dem Ausgang und sah sich um.

Er stand auf einer kurzen Halde; und ringsum blauten Abgründe. Er stand in kahler, einsamer, herrlicher Höhe: Die Sonne ging auf. Die Sonne, wie ein rotes Meer von Feuer, brandete mit Licht, purpurn zerrieselndem Licht über den hellblauen Himmel: Sie färbte Bergspitzen über Bergspitzen; sie feierte ein mächtiges, schier zürnendes Auferstehen. Sie war wie ein Schild und ein Hagel von Glanzpfeilen und kühler Glut; sie war wie eine Schlacht; sie siegte; und alles beugte sich vor ihr, übergossen von rosiger Scham, erschauernd in Demut bis in unendliche Ferne.

Boggi fiel nieder. Und als er die Augen wieder erhob, sah er vor sich, im kurzen Gras, ein Kind sitzen, ein kleines, rosiges Kind. Dies hatte seine Händchen auf den Boden gestemmt und schaute mit geöffnetem Mund mitten in die Sonne hinein; ein kleines, unmündiges Kind war's in der gigantischen Einsamkeit der Bergwelt. Es staunte und saß regungslos, nur in sein Staunen verloren. Und auch Boggi staunte, und staunend dachte er: »Dies ist … der Chef; ein Kindchen klein, das nicht einmal ›Ich!‹, sagt; das ganze Weltall lebt in ihm, schlackenlos, rein und von keinem Gedanken zerstückelt. Es sieht die Größe und staunt; es ist dumm und klein und sitzt auf einer Berghalde und weiß sich nicht zu fassen ...«

Eine Reue überkam ihn, überwältigend, furchtbar. »Und ich? – Habe ich ihn je erkannt? – Habe ich je auf einer Halde gesessen und in die Sonne gestaunt? ...« Er wendete die Augen ab; ein Schluchzen schüttelte ihn. – Da sah er ein gefiedertes Blättchen unter seinem Gesicht; er hatte nie etwas Schöneres gesehen. Er streichelte es; es war ihm ein Wunder; ein unfassliches Wunder.

Er lag und starrte es an.

Die Sonne stieg höher, rein, flammend; langsam und gewaltig trat sie ihren Kreislauf an. Boggis Gedanken schwanden. – – Er lag da; er hörte ein kleines, helles Jauchzen und lächelte; er sah das Kindchen, wie es sich leuchtend im Grase hin und her rollte.

Dann wurde es blau in ihm, immer blauer und blauer ... –

Als das Muttersöhnchen nach Hause kam, fand es den Meister mit einem sonderbaren Ausdruck tot auf seinem Bette liegen; und um ihn her standen sechzehn geleerte Liköre. Es rannte fassungslos fort und holte die anderen zusammen. – Sie kamen, verwildert und angetrunken, und nahmen ihm eine Gipsmaske ab.

Und dann, da er ihnen auf diese Art entzogen war, beklagten sie auch die Beträge, die sie nun und nimmer zurückerhalten sollten, und sahen sich nach einer Hinterlassenschaft um. Doch es gelang ihnen nicht, Gegenstände von Wert an Boggi zu entdecken.

So gewann denn, von keinen reellen Gesichtspunkten mehr beeinträchtigt, die ungetrübte Trauer wieder die Oberhand, und sie setzten ihn bei, schändlich frierend (man zählte den achtundzwanzigsten November), mit zartem Taktgefühl neben das schmucklose Grab eines ehemaligen Nähmädchens, eben desjenigen »Weibes, das nicht die Kraft besessen, sich gegen das Leben zu wehren«.